バチカン奇跡調査官

二十七頭の象

藤木　稟

角川ホラー文庫
20443

目次

大工のクインス「みんな、いるかい？」

機織りのボトム「そこに書いてあるとおりに、総括的に一人ずつ呼んでみろよ」

クインス「この書きつけにはな、公爵様の結婚式の夕べに御殿でやる俺たちの芝居に出るにふさわしい者を、アテネじゅうから選んで、その名前を書き出してあるんだ」

ボトム「まず、ピーター・クインス、どんな芝居だか言ってくれ。それから役者の名前を読みあげて、でもって要点に移ればいい」

クインス「うん、芝居の題は『世にも悲しき喜劇、ピュラモスとティスベの残酷なる死』っていうんだ」

ボトム「名作だね、間違いない。愉快な芝居だ。それじゃ、ピーター・クインス、書きつけどおりに役者を呼び出せ。諸君、広がれ」

シェイクスピア『真夏の夜の夢』より

プロローグ　伝説のはじまり

カンヌ国際映画祭十二日目。

後は賞の結果を待つばかりとなった最終日。

お馴染《なじ》みのレッドカーペットが敷き詰められた授賞式会場前に、一台のリムジンが滑り込んで来た。

運転手が恭しくドアを開く。

瞬くフラッシュの中、彼はカーペットに足を下ろした。

レッドカーペットの両脇には、タキシード姿でカメラを構えるマスコミ達が行儀良く整列し、その先にはリュミエール劇場へと続く上り階段がある。

マスコミ達の後ろには詰めかけた一般客らが、大きく柵《さく》から身を乗り出して、お気に入りのスターに向かって黄色い声援を送っていた。

彼は微笑を浮かべ、軽く手を振りながら、会場へ至る一歩一歩の感触を味わった。

それはまるでスローモーションの映画を見ているかの様な体験で、彼にはマスコミ記者たちの顔の一つ一つまでもが恐ろしく鮮明に見えた。

貧困と暴力に彩られた少年時代の痛みと苦しみ、脚光を浴びたデビュー時代の熱気と興奮、人々から寄せられた愛と羨望《せんぼう》のまなざし、また永遠の地獄のように感じられた鳴かず飛ばずの五年間、これまでの人生における様々な情景と情動が、彼の胸中に鮮やかに蘇《よみがえ》り、渦巻いていた。

階段を登って辿《たど》り着いた会場には、世界中から選ばれた映画関係者、そして名だたる俳優や女優がそれぞれ正装で身を固め、犇《ひし》めくようにして座っている。

彼もまた、用意されていた席に、ゆっくりと腰を下ろした。

いよいよセレモニー開始の時間となり、前方のスクリーンにこの日の為に用意されたショートフィルムが映し出された。

初めに短編部門と新人監督賞が続いて発表された後、いよいよ注目の長編部門の授賞式が始まる。

去年の男優賞に輝いたプレゼンターと審査委員長が、舞台中央に登場し、軽いジョークを交えながら、この日が来たことを祝福した。

招待客達はにこやかに笑っているが、それはマスコミ向けの笑顔に過ぎない。

内心では誰もが、この中で一番のスターであることを認められたがっているし、もしこの場限りでライバルと思《おぼ》しき相手を殺してもいいという法律上の許可さえあれば、毒殺くらい実行するものも少なくないだろう。

今年の男優賞にノミネートされている彼にも、二人の強力なライバルがいた。

演技派として知られる大物俳優と、独特の雰囲気で見る者を魅了する中性的な若手俳優である。

三人の席は近く、互いに笑顔で握手を交わしたが、そんなものは社交場の儀礼であって、相手をなんとか蹴落《けお》としたいというのが本音である。

とはいえ、結果は既に出ている筈《はず》だ。

最終ミーティングは既に終了し、その結果は厳重に封印されて金庫に保管されていて、今日、この授賞式会場へと持ち込まれるのだ。

会場のざわめきが落ち着いたところで、書類が審査委員長の手に渡された。

審査委員長が、勿体《もったい》ぶった手つきでゆっくりと封を解き、書類を取り出す。

カンヌ映画祭の最高賞、パルム・ドールの発表である。

「ゴルゴダの奇跡」

読み上げられたのは、彼が主演を務めた映画のタイトルだった。

心臓の鼓動が一気に速くなった。

だが、過大な期待は禁物だ。期待は大いなる絶望を生む。

彼は己をそう戒めつつ、野生動物のように目と耳を研ぎ澄ませ、審査委員長の次の動きを見守った。

監督の感謝のスピーチが終わると、次の書類が審査委員長に渡される。

会場中の期待と注目が、彼の背中に向けられていた。

まさにその瞬間《みなぎ》だった。

緊張と興奮が漲る会場内に、ただならぬ気配が潜んでいるのに、彼は気付いた。

その気配は、ただの憎しみとか嫌悪とか怒りといった言葉では言い表せない代物だ。謂《い》うなれば世界中の悪意をかき集め、幾千もの怨嗟《えんさ》の炎でどろどろと溶かし煮て作られた、純然たる邪悪と怨毒の塊が人型を成した――そのようなものである。

そいつが今、会場の中に潜んでいる。

間違いない。

彼にはそれが手に取るように分かった。

振り返って確かめたいが、今ここで不審な動きは禁物だ。

彼は目だけをギョロギョロと動かして辺りを窺《うかが》った。

どこだ？

心臓が早鐘のように鳴る。

その時、視界の隅に映っていたライバルの顔が、ぐんにゃりと歪《ゆが》み、化け物のように変化した。

そして彼の口から、がらがらとした野太い男の声が発せられた。

いい気になるなよ

ドッと嫌な汗が全身から噴き出す。

いい気になるなよ。お前なんかは伝説にはなれない

(なっ、何故、今、俺にそんな事を言うんだ……)

彼はガタガタと震え、その震えが誰にも見つからないよう、両腕できつく身体を抱いた。

先程までライバルが座っていた席には、いつの間にすり替わったのか、頭の異様に大きな、緑色の服を着た小さな生き物が座っていた。

それは人間のようにも、そうでないようにも見えた。

敢《あ》えて言うなら、それは昔話に出てくるゴブリンに見えた。

お前はここで終わりなんだ。伝説の器じゃないからな

所詮《しょせん》は時代に忘れられていく、凡百アーティストの一人さ

ようく、思い出してみろよ

お前が人に愛されたことなんかあるか?

例えば、お前の母親

あのアバズレは小さなお前を置いて、男と出て行ったし

父親も再婚して、すぐお前は施設送りだった

それで誰かがお前を引き取りに来てくれたか?

いいや、お前なんて、いてもいなくてもいいと思った人間ばっかりじゃなかったか？
お前はそれを知ってるから、人に愛されようと、媚《こ》びへつらって
まあここまでは来たんだろうよ
けどさ、これ以上になるわけないだろう？
周りを見てみろよ
みんな生まれた時から、誰かに愛されていた者ばかりなんだよ
俺だって、あいつだって、みんなそうさ
それが本当の天賦の才ってやつなんだ
けど、お前は違う。そんな程のもんじゃない
だからさあ
このお祭りが終わったら、少しばかりいい夢みたって、そう思って忘れることさ
第一、お前が忘れなくったって、人がお前を忘れるんだから……
お前はこれで終わり。これで終わりなんだ
ゴブリンの口から、恐ろしい死刑宣告が下された。
彼は恐怖に目を見開いた。ぼたり、と冷たい汗が床に滴る音が谺《こだま》した。
華やかな舞台では審査委員長が、手にした書類を見、記された名を確認していた。
一瞬、会場中の時が止まったかのように静まりかえる。

次の瞬間、彼の耳に届いたのは、ライバルの名前であった。

眩《まばゆ》い一条のスポットライトが、彼の視界の隅の席を、射るように照らした。

会場に万雷の拍手が渦巻く。

するといつの間に再びすり替わったのか、その席にはゴブリンではなく、ライバルの姿があった。ライバルは大きく手を振り、微笑みを浮かべて立ち上がった。


なっ。俺の言った通りだろ？


雷のような喝采《かっさい》の中、耳元で野太い声が響いた。

急な悪寒と激しい吐き気が彼を襲った。

だが、ここで失態を犯すわけにはいかない。

「失礼」

足の震えを抑え、動揺を堪《こら》えながら、彼はよろよろと立ち上がった。

会場を後にし、トイレに駆け込む。

そしてどうにか個室のドアノブに手を伸ばした時だ。

彼のタキシードの裾《すそ》がぐいっと引っ張られる感触があった。

振り返った彼は、ぎょっと目を見開いた。

あの忌わしいゴブリンが、すぐそこにいたからだ。

「いいか、教えてやる。伝説っていうのはな、マーロン・ブランドやオーソン・ウェルズ、マルチェロ・マストロヤンニやポール・ニューマンのような奴らを言うんだ。音楽の世界なら、ロバート・ジョンソンやジミ・ヘンドリクス、ジョン・レノンにマイケル・ジャクソンだ。

だがな、愚か者よ。お前は彼らの靴底のゴミにも及ばない。伝説の器じゃない。所詮は時代に忘れられていく、凡百アーティストの一人さ」

そう言われた彼は、熱せられた飴玉《あめだま》のようにぐんにゃりと床に溶け落ちた。

頭も身体も、手足も骨も無くなったかのようだ。

実際、彼は手足の力を失い、床に崩れ落ちていた。

一体、何の為にここまで来たのだろうか。

世に名を残す伝説になれないのなら、何の為の人生だと言うのだろう。

彼は恐ろしい無力感と虚脱感を覚え、自分を動かしていた一切の情熱が尽き果てたように感じた。

「どうせ契約しなかっただろう？」

ゴブリンは、馬鹿にした笑いを含んで囁《ささや》いた。

「契約？　特別なエージェントのことか？」

「やっぱり何一つ分かっちゃいないな。もっと偉大な力との契約だよ」

ゴブリンは、けらけらと笑った。

（ああ。そうか……）

次第に薄れ行く意識の中で、彼はその時、ようやくゴブリンの言葉の意味を理解した。

（そうか、分かった、遂に分かったぞ。栄光の中で輝き続ける方法が……）

ゴブリンの笑い声が辺りに谺していた。彼は吐瀉《としゃ》してその場で気を失った。

第一章　午前二時の聖母

1

バチカン市国——すなわちチッタ・デル・ヴァチカーノは、イタリアの首都ローマ市内に存在する、世界最小の独立国である。

ローマ法王を最高統治者とするこの国は、世界十二億八千万人余りのカソリック教徒の総本山であり、昔も今も世界中の宗教と国際政治に大きな影響を及ぼす力を持ってきた。

そしてまた、国土全域が世界遺産として登録されている唯一の国でもある。

サン・ピエトロ広場は二十四時間開かれており、広場を包み込むように建てられた四列のドーリア式円柱による二百八十四本の列柱廊と、その上に建つ百四十体の聖人像が、まるで両腕を広げた母のようにして、世界中の信者らを迎えている。

その設計者であるジャン・ロレンツォ・ベルニーニの目指したものは、「テアトルム・ムンディ（世界劇場）」。「世界」とは「宇宙」と同じ意味であり、人間が人形のように神に操られて自己の役割を演じる、あるいは神を観客としてそれぞれに芝居を演じる、そのための舞台となるのが世界＝宇宙であるとの考えに基づき、設計されたといわれる。

広場の中心には、かつてカリグラ帝の戦車競技場にあった二十五・五メートルのオベリスクが聳《そび》え、その左右には、永遠の命の源キリストを表わす噴水がある。

広場から階段を登り、サン・ピエトロ大聖堂へ向かうと、一階と二階部分を十二本の通し柱で貫く巨大なファサードがあり、その屋上には正面に立つイエス・キリストを中心に、洗礼者ヨハネと十一使徒の像が巡礼者を見守っている。

大聖堂の内部は広大だ。身廊の長さが約百八十六メートル、翼廊は約百三十七メートル、天井までの高さは約百二十メートル、床面積約二万三千平方メートルというスケールの中に、ミケランジェロ作のピエタ像を始めとする何百体もの石像や、ドメニキーノの「聖ヒエロニムスの聖体拝領」、ピエトロ・ビアンキの「無原罪の御宿り」、カルロ・マラッタの「キリストの洗礼」といった数々の祭壇画、モザイク画、歴代法王の墓碑などがあり、建物の柱や壁にもそれぞれ豪華な装飾が施されている。

主祭壇の後陣には玉座の祭壇があり、そこには聖ペテロが使ったともいう木製の椅子（カテドラ・ペトリ）が据えられている。

そして祭壇前に聳える巨大なブロンズ製の大天蓋《てんがい》（バルダッキーノ）は、オリーブの枝や月桂樹の葉が絡みついた四本のねじれ柱によって支えられ、その上部には花綱を差し出す四組の天使と、法王の象徴である鍵《かぎ》、冠、聖書、剣を支えた小さな天使達、金の宝珠が掲げられている。

そこから目を上げると、ミケランジェロが晩年に設計したクーポラがあり、その縁には

「あなたはペテロ。この岩の上にわたしの教会を建てる。わたしはあなたに、天の国の鍵を授ける」と刻まれている。

大聖堂の北に隣接するエリアには、バチカン宮殿と歴代ローマ法王の蒐集品《しゅうしゅうひん》を収蔵展示する美術館群があって、それらは総称「バチカン美術館」、もしくは正式名称「法王の記念物・博物館・ギャラリー」と呼ばれている。

古代彫刻の名品が並ぶ美術館や、エジプト美術館、エトルリア（古代イタリア）美術館。

聖書の貴重な古写本などを多数所蔵し、四世紀まで起源が遡《さかのぼ》るバチカン図書館。

地図や碑文などの専門ギャラリー。

世界各地の民族美術を展示する布教・民族学美術館。馬車博物館。

それから、ミケランジェロの天井画「創世記」や、祭壇壁画「最後の審判」、ペルジーノ、ボッティチェッリらの壁画で知られるシスティーナ礼拝堂。

さらにはボルジア家出身のアレクサンデル六世が居住していた、ボルジア家の間。ユリウス二世の命でラファエロが「聖体の論議」や「アテネの学堂」などの壁画を描いた、四部屋からなるラファエロの間。他にもフラ・アンジェリコの壁画が残されている、ニコラウス五世の礼拝堂や、聖ピウス五世の間など、かつての法王庁の建物の一部も展示室として一般公開されている。

キリスト教をモチーフにした絵画やタペストリー約五百点が十八の展示室に並べられた、ピナコテカ（絵画館）も勿論《もちろん》、忘れてはならない。

そこでの一番人気は、神の子と告げられたキリストに三人の弟子がひれ伏す場面と、悪魔に取り憑《つ》かれた少年に奇跡を起こすキリストを描いた、ラファエロ作の「キリストの変容」だろう。

その右隣にはラファエロ初期の作品「聖母の戴冠」が、左隣には雲に乗る聖母子と洗礼者ヨハネらが描かれた名作「フォリーニョの聖母」が並べられている。

「その『フォリーニョの聖母』が、どうかしたんですか？」

若き神父、平賀《ひらが》・ヨゼフ・庚《こう》は、黒曜石のように輝く大きな目を瞬《しばたた》いた。

彼はバチカンの『聖徒の座』の科学部に属する奇跡調査官である。

奇跡調査官とは、バチカン市国中央行政機構のうち、列福、列聖、聖遺物崇拝などを取り扱う『列聖省』にあって、世界中から日々寄せられる奇跡の申告に対し、厳密な調査を行い、これを認めるかどうかを判断して、十八人の枢機卿《すうききょう》からなる奇跡調査委員会にレポートを提出する役目を負っている。

かつての『異端審問所』が魔女などを摘発する異教弾劾の部署であったのに対し、『聖徒の座』は、法王自らが奇跡に祝福を与えるという目的で設立された。

奇跡調査官達は皆、某《なにがし》かのエキスパートであり、会派ごと、得意分野ごとにチームを組んでいる。そして日々、奇跡調査に明け暮れ、世界中を飛び回っていた。

「午前二時になると、その絵の前にマリア様が現われて預言をするらしいと、この手紙は言っている」

平賀の問いに苦い顔で答えたのは、ロベルト・ニコラス神父だ。

彼は目尻《めじり》の垂れた青い目が印象的な青年で、民俗学と暗号解読の専門家。平賀の調査パートナーでもある。

「預言とは、どのような？」

「それがどうも要領を得ないんだ。詳しい話は手紙に書けないから、直接会いに来いと書いてある」

二人は『聖徒の座』の二階にある部屋で、上司のサウロ大司教と向かい合っていた。

サウロは赤いベルベットの椅子にゆったりと腰掛け、深い皺《しわ》が刻まれた額に掌《てのひら》を当てながら、深い溜息《ためいき》を吐いた。

「うむ。普段ならば目に留める迄《まで》もない話だろう。だが、同じ内容の電話が最近、事務局や観光局にも届いておるのだ。

ピナコテカの受付には、深夜に入館する方法を訊《たず》ねる電話が、今週だけで十件以上も寄せられておる」

「成る程、そこで私達が裏付け調査をすることになったのですね。ピナコテカにマリア様が出現なさるなんて、素晴らしい奇跡です。是非この目で確かめませんと」

平賀は声を弾ませた。

「通常の奇跡調査ですと、申請の根拠となるような写真や映像、ハッキリした目撃者証言というような、事前調査の資料があるのでは？」

ロベルトが慎重に訊ねる。

サウロは首を横に振り、封の開いた封筒をロベルトに差し出した。

ロベルトはそれを受け取り確認した。

「差出人はデーボラ・ブルネッティ。住所はローマ市フーモ……近いですね。ひとまずこちらのご婦人から、聞き取り調査はできそうですが」

様子を窺《うかが》うようなロベルトの言葉に、サウロがじっくりと頷《うなず》く。

二人は「調査開始します」と声を揃え、一礼をして部屋を退出した。

扉を閉じた途端、平賀が満面の笑みでロベルトを振り返った。

「調査現場が目と鼻の先だなんて、出張の手間が省けてラッキーですね。今夜早々、『フォリーニョの聖母』の前で張り込みができますよ」

「ま、そうだけど」

ロベルトが浮かない相槌《あいづち》で応じる。

「どうしましたか？　何か問題でも？」

「まあね。えらく適当な奇跡調査を僕らに振ってきたなと思ってさ。しかも事前調査までこちら任せとは……」

「言われて見ればそうですね。調査官一年生に戻ったみたいです」

平賀の言葉に、ロベルトは肩を竦《すく》めた。

「たまには初心に戻るのもいいか。それじゃあ僕は信者名簿でデーボラさんの電話番号を調べて、連絡を取るとしよう」

「では、私はカメラなどの機材の手配をしてきます」

二人は階段下で別れ、それぞれの席へと戻った。

ロベルトがパソコンで信者名簿にアクセスすると、デーボラの連絡先とプロフィールはすぐに見つかった。

年齢五十七歳。女性。夫と死別後、一人暮らし。教区の聖ルカ教会信徒会で副長を務める、熱心な信徒のようだ。

早速、彼女に電話をかけて身分を名乗り、お宅を訪問したいと申し出る。するとデーボラは「いつでもいらして下さい」と、はしゃいだ声をあげたのだった。


フーモの町はローマのアウレリアヌス城壁の外側にある。

かつて労働者と職人らの町として開発されたが、時代と共に廃れて空き家だらけとなり、永らく治安の悪化が懸念されていた。

そこへいつの間にか、安い家賃を求める若者らが住み着いた結果、近年は若者文化の発信地などとも呼ばれているエリアだ。

平賀とロベルトは初めてフーモの駅に降り立ったが、最初に目にしたゴミくずの山と、道路中に転がる飲み散らかしのビール瓶に目を丸くした。

駅前の一等地に建つ雑居ビルは、買い手のないまま朽ち果てかけている。割れた窓硝子《ガラス》が辺りに散乱し、帽子を目深に被《かぶ》った少年達が点々と、非常階段に蹲《うずくま》っていた。

その近くの路上に布を広げ、怪しげな品を並べて売る者もいた。

鉄路を囲う長い鋼板には、髑髏《どくろ》の怪人ゴーストライダーや百目の巨人アルゴス、巨大蜘《く》蛛《も》シェロブといった不気味なキャラクターたちが、妙にリアルなタッチで描かれている。

その中に、棺桶《かんおけ》から出て来る一人の男が描かれていた。

茨《いばら》の冠を被り、額に滴る血。バターブロンドの長い髪、物憂げな表情。

イエス・キリストのようだが、何故かロックギターを持っている。

アルノ通りには個性的なブティックやアクセサリー店、楽器店や画廊、レトロフューチャーな玩具《がんぐ》店、ヴィーガン料理店といった、一癖ありそうな店々が並んでいた。

スノードームの専門店やピノキオ人形専門店といった、商売が成り立つかどうか怪しい極狭の店舗もある。

それでもシャッターを開いているだけマシかも知れない。半開きのシャッターに音楽やアートの貼り紙をびっしりと貼り付けた、得体の知れない店舗も目立っている。

黄ばんだボウリングピンのオブジェを屋根に載せたビルの前には、ブラックメタルの一団が屯《たむろ》して、ロベルト達に中指を突き立てた。

暫《しばら》く歩くと公園があった。

ベンチで昼寝をしている者や、ぼんやり空を見ている者、輪になって音楽を聴いている若者などがいる。噴水の周りでは子どもらが遊んでいた。

噴水はバルベリーニ広場を意識した物で、中央に貝殻の上で跪《ひざまず》く半人半魚の海神トリトーネと四頭のイルカの像が建っていた。

どこかほっとする光景を眺めながら、角を曲がる。

裏通りは倉庫街で、バイクの解体屋やジャンクショップが並んでいた。

その先に聖ルカ教会の尖塔《せんとう》が見え、周囲に煉瓦《れんが》造りの安アパートが犇《ひし》めいている。

デーボラの家もその一角にあるようだ。

住所を確かめ、呼び鈴を鳴らす。

すると内側から扉が大きく開き、樽《たる》のように丸々とした婦人が現われた。

「ようこそ、バチカンの司祭様がた。お待ちしていましたわ」

デーボラはよく響く声で言い、室内に二人を招き入れた。

「失礼します。先刻ご連絡差し上げた、ロベルト・ニコラスです」

「初めまして、平賀です」

「デーボラ・ブルネッティよ、宜《よろ》しくね。我が家へようこそ」

デーボラは二人をリビングのソファに座らせ、クッキーとコーヒーを勧めた。

「有難うございます。とても美味《おい》しいです」

ロベルトはいつもの営業用スマイルを浮かべた。

「まあ、嬉《うれ》しいわ。ところで神父様、フーモの町は気に入って?」

「ええ、勿論《もちろん》」

「良かったわ。けど、ここも昔と比べると、すっかり変わってしまったんですのよ。おかしな格好をした若者が増えたり、昔のお友達は出て行ってしまったりして。まあ、それでも誰も住まなくなるよりは、いいのでしょうけど。でもね、いつも信徒会のお友達と言っているのよ、ここいらには教会が一つじゃ足りないわね、って」

デーボラは肩を竦め、ペロリと舌を出した。

「成る程……」

個性的な町並みを思い出しつつ、ロベルトは同調的に頷いた。

そして徐《おもむろ》に咳払《せきばら》いをした。

「ところでデーボラさん。バチカンに下さったお手紙の件で、詳しいお話を聞かせて頂けるでしょうか？」

「ええ、そうね。えっと、どこからお話ししようかしら」

デーボラは顎《あご》に手を当てながら、話し始めた。

「私達の信徒会では、お年寄りや病人のいるご家庭を訪問したり、孤立しがちな若者の家々を回って教会へ来るように呼びかけたりするのだけどもね、不在がちなお家なんかだと、何度も足を運ばなくちゃいけないでしょう？　だから時々、ポストに連絡先を投函《とうかん》しておいたりもするのね。そうすると、後から電話でお話しできるでしょう？

けど、電話だと行き違いも起こるからって、ある時、皆でスマホを持ったらもっと便利じゃないかって、あれは確か、そう、リック神父のご提案だったと思うのだけど、とにかくそういう話になったのよ。私はもう、そういう難しそうなのは一寸勘弁《ちょっと》して下さいって言ったの。こんな歳から大変なのは無理です、って。けど、アプリとかって言うのかしらね、あれってとても便利なんですってね。ああいうものは、ロベルト神父もお使いになっているのかしら？」

「そうですね、多少は」

ロベルトは適度な相槌を打った。

「あら、そうなのね。やっぱりバチカンでもお使いなのね。でも最初は何かと大変だったでしょう？　本当にね、私達も色んな事があったわ。研究会をやったり、支援企業を募ったりもしたし……。けど、なんとか皆でスマホを持つことになって……。えっと、それが一カ月ほど前のことだったんだけど」

デーボラは喉《のど》が渇いたらしく、ぐっと紅茶を飲んだ。

「色々大変だったんですね」

ロベルトが合いの手を入れる。

「そうなの。でもね、いいこともあったわ。今まで私達の呼びかけに無関心だった若年層の子や、イタリア語が不慣れな外国の子らと、話ができたりもして。

そうこうしていて……あれが起こったの。今から一週間ほど前のことよ」

デーボラはひっそりと声を落とした。

「覚えのない番号から『教えて下さい』というメッセージが届いたのよ。それで、私が電話で応対すると、電話口から啜《すす》り泣きが聞こえてきたの。『私、もうすぐ死ななきゃいけないんですか？』って……」

「何ですって？」

それまで置物のように静かだった平賀が、眉《まゆ》を顰《ひそ》めた。

「十代半ばぐらいの少女の声だったわ。彼女、本気で怯《おび》えていてね、何かとんでもなく怖がっていると分かったの。私みたいに長年相談員をやっていると、相手の言葉が本当なのか嘘なのか、勘で分かるものなのよ。

それで、私は彼女に落ち着くようにと声がけをしたのだけれど、何だか自分の声も震えているのに気付いたわ。酷《ひど》い寒気がしてきて、上着を羽織ったの。そうして、その子と二十分ばかり話していたかしら」

デーボラは胸に手を当て、浅い呼吸を整えた。額に脂汗が滲《にじ》んでいる。

「その時、その子が教えてくれたのよ。もうじきファティマ第三の預言が現実になって、裁きの日が来るのだとね……。

バチカンにマリア様が現われて、その日に備えて心するよう警告しているのよ。証拠だってあるわ。目撃者がいて、彼がマリア様の預言を撮影していたから」

「撮影ですって？」

「その映像はお持ちですか？」

平賀とロベルトが口々に訊《たず》ねる。

デーボラは傍らに置いていたポシェットを手に取ると、中からまだ新しいスマホを取り出してテーブルに置いた。

「その子が私にもビデオを送ってきたの。

私、この目で確かに見たわ。フォリーニョの聖母の前に、光輝く美しいマリア様が現われて、恐ろしい警告をなさるのをね……。

本当に、その夜は怖くて眠れなかったわ。そして翌朝を待って、教会の皆にビデオを見せに行ったのよ。

でも……その時、ビデオはもう観れなくなっていた。

しかも不気味なことに、突然スマホの画面が消えてしまって、充電しても何をしても、二度と動かなくなってしまったのよ」

デーボラはぞくり、と身体を震わせ、自分の肩を両手で抱いた。

「故障でしょうか。拝見します」

平賀はそう言うと、デーボラのスマホを手に取った。

表面についた傷や凹《へこ》み、ケーブル接続部の汚れを丁寧にチェックした後、背面の電池パックをはずして接点部分を綿棒で拭《ふ》く。

電池をきっかり十秒放置した後、再び装着し直して、電源ボタンを長押しする。

反応がないのを確認すると、今度はＵＳＩＭカードを取り出した。やはり綿棒で汚れを落とし、接触を確かめるように何度か抜き挿しをする。

それから自分の鞄《かばん》をゴソと漁《あさ》り、モバイルチャージャーを取り出してスマホに接続した。

小さく祈りを唱えながら暫《しばら》く待った後、再び電源ボタンを長押しする。

すると今度は起動音が流れ、無事に画面が動き出した。

「あら！　まあ！」

デーボラは指を組み、感動の目で平賀を見詰めた。ロベルトもほっと安堵《あんど》の息を吐く。

スマホの待ち受け画面にアイコンが並ぶと、平賀は電話の絵を指差した。

「デーボラさん、いつもこちらのアプリをお使いですか？」

「ええ、そう、そうなの」

デーボラが答える。

「はい、分かりました」

平賀は頷《うなず》くと、自分の鞄からノートパソコンを取り出し、テーブルに置いた。それをネットに接続してレスキューソフトをダウンロードする。ソフトを起動した後、ＵＳＢケーブルでパソコンとスマホを繋《つな》ぐ。

するとスマホのスキャンが始まった。復元可能なデータのリストがパソコン画面に表示される。

平賀はリストから目当てのトークを選んで、復元ボタンを押した。

出力先にスマホを選ぶ。

するとデーボラのスマホに、あの日の少女のメッセージ画面が復元表示された。

少女からの最後のメッセージには、動画サイトのURLが貼られている。

平賀はそれをクリックした。だが、画面はエラーを表示するだけだ。

「リンク切れですね。メモリの中を攫《さら》ってみましょう。一見ストリーミングのように思われる動画でも、きっとキャッシュに自動保存されています」

平賀は独り言を呟《つぶや》いてスマホを弄《いじ》っていたが、やがて嬉《うれ》しそうに顔を上げた。

「ああ、良かった。データがまだ残っていましたよ！」

平賀はデーボラのスマホをテーブルに置き、再生ボタンを押した。

2

白い画面に、タイプ文字のテロップが出ている。

『これから語ることは全て真実である。

今現在、全世界のカソリック信者にあてて、ファティマの聖母から、新たな啓示が下されている。

聖母はバチカンに勤める信仰深き男の前に姿を現わした。そしてこれから先も同じ場所で、男に預言を下すと約束された。

男は畏れおののき、聖母の御言葉を人々にどう正しく伝えるべきか、人々が聖母の御姿を見聞きできればどれほど素晴らしいかと考えた。

そして、聖母の御姿を撮影することを決意したのだ。

私は彼の友人のネットニュース記者にすぎないが、かつてファティマの奇跡が新聞によって広く知られたように、この奇跡を広める手助けをしたいと願っている』

テロップが消え、画面は暗転した。

中央付近に青白い光の塊がぼんやりと映る。

それからすぐ、オートフォーカスがピントを合わせる機械音がした。

次の瞬間、画面は薄暗いオレンジ色になり、画面の中央にハッキリと、『フォリーニョの聖母』の絵画が映った。

画面右下に映る時刻は、午前一時五十五分。

『フォリーニョの聖母』の展示場所といえば、ピナコテカの第八室で、この時刻にその場所にいる人間は、美術館の関係者。恐らく夜間警備員と想像がつく。

絵画に向けられている白く丸い光は、恐らく警備員の持つ懐中電灯だろう。

それを裏付けるかのように、白く丸い光が絵画に向けられている。

朧《おぼろ》な光の輪の中には、幼子を抱き、青いローブを纏《まと》った聖母が雲に乗る姿が、仄《ほの》かに色づいて見えている。

聖母の左下には洗礼者ヨハネと聖フランチェスコが、反対側にライオンを連れた聖ヒエロニムスと、ラファエロに絵の制作を依頼した貴族、シジスモンド・デ・コンティが描かれている。

画面がブレない所を見ると、三脚が使われているのだろう。

時刻が五十六分に変わった。

ふっと懐中電灯の明かりが消えた。

画面は暗い黄色のトーンで、ややざらついている。

光源らしき物は見当たらないが、正面の絵画は細部までハッキリと見えている。

かなり高感度のカメラを使っているらしい。

そこで映像が一瞬途切れ、すぐに続きが再開された。

今度は右下の時刻が一時五十九分を指している。

画面に全く変化はない。

だが、時刻が午前二時に変わった時だった。

絵画の上に白く眩《まばゆ》い光の玉のような物が忽然《こつぜん》と現われたかと思うと、それが見る間に大きく膨らんだ。

『また会えたことを嬉《うれ》しく思います。

私はかつてファティマの幼子に三つの啓示を授けた者。

そして三番目の預言を、時が来るまで秘するようにと命じた者……。

ですが約束の時が過ぎた今もなお、人々は真実を知らされず、それ故に行いを改めず、嘘偽と離隔と悪虐の中で、主の御光から遠ざけられています』

幻想的な、アルトの声が響いた。

厳かで、憂いを含み、この世のものとは思えぬ調べを帯びた声だ。

膨張した輝きは、なだらかな曲線を持つ人の形にゆるゆると姿を変え、遂には青いローブを纏った聖母の姿が現われた。

聖母は全身から柔らかな光を放っている。

その顔立ちは非の打ち所なく麗しく、ラファエロの絵が具現化したかのように肉感的で、ふくよかな頬の血色や、微《かす》かに揺れる睫《まつげ》毛までが見て取れた。

聖母の口元が、息をするように動いている。

憂いを帯びた青い目が、僅《わず》かに開かれた。

『私の姿を見、言葉を聞くすべての者は、老いたる者も、幼き者も、この先どのような試練が待ち構えていようとも、これをよく知り、心して、主の摂理と共に克服する運命を喜びなさい。

私は運命の先駆けとして参りました。今より三度の警告を授けましょう。

ファティマ最後の奥義が明かされる日まで、もう時間がありません。

第三の預言は今年この場所から、現実のものとなるでしょう』
その時、聖母の放つ光が強くなったかと思うと、眩い七色の光が辺りを包み込んだ。
次の瞬間、聖母の姿は忽然とかき消え、後には静かなピナコテカと、壁にかかる『フォリーニョの聖母』だけが残った。
そこで映像はプツリと切れた。

＊　＊　＊

キーン・ベニーニは息をするのも忘れ、パソコンの前で凍りついた。
全身に冷たい汗が流れている。
何という衝撃だ……。
バチカンのピナコテカに、聖母マリアが出現していたとは……。
しかも聖母はこれから先、三度の警告を授けられるという。
それは恐らく想像を絶するほどに恐ろしい、世界の終末に関する預言に違いなかった。
なのに、それを告げに来た聖母のあの清らな美しさ、気高さはどうだろう。
稲妻がキーンの身体を駆け抜け、心を燃える様に熱く昂《たか》ぶらせた。
このような奇跡をこの目にすることになるとは……。

自然に溢《あふ》れ出した涙に気付き、キーンはそっとそれを拭《ぬぐ》った。

ファティマの聖母……。

言うまでもなくそれは、カソリック教会が公認する聖母出現の奇跡の一つである。

時は第一次大戦中の一九一七年五月。

ポルトガルの田舎町ファティマに住む三人の子ども——ルシア・ドス・サントス、フランシスコ・マルト、ジャシンタ・マルトの前に「白いドレスを着た貴婦人」が現われて、それから半年間、同じ場所で、子どもらにメッセージを示すと語られた。

その不思議な女性は、自分を「天国から来た」と説明し、自分が何者で、何を望んでいるか、十月には全てを話すと約束された。そして、これ以上神を怒らせないように、キリストに背かないようにする為に広めるべき警告を、子どもらに伝え続けたのだ。

この不思議な噂は村人に広まり、翌月には五十人の村人が子どもらと共に約束の地へ赴いた。彼らの目に聖母は見えなかったが、全員が爆発音を耳にし、小さな雲が登っていくのを目撃したという。

それが更なる噂を呼んで、翌月には五千人の巡礼者がファティマに集まった。

聖母は三人の子らの前の柊《ひいらぎ》の樹上に出現し、罪人の為、主への愛の為に祈るように伝えると、三つの預言を語られたという。

最初に聖母が両手を広げると、地を突き刺すかのような眩《まぶ》しい炎が現われ、三人の子どもらは火の海を見、ルシアは苦痛と絶望に叫ぶ人間の魂と、奇怪なサタンの姿を見た。そして聖母は、人々が罪からの回心をしない限り、死後は地獄へ導かれ、永遠に出ることはできないと伝えられた。

　聖母は次に、第一次大戦が間もなく終わること、しかしさらに大きな戦争が起き、沢山の人が死んで、その多くが地獄に落ちてしまうこと。またその前兆として、ヨーロッパに不思議な大きな光が出現し、それが「戦争と飢饉《ききん》と、教会や法王様への迫害が、天罰として人類に降りかかる日の近いしるし」だと伝えられた。

　事実、それから二十一年後の一九三八年一月、本来北極圏でしか観測されない筈《はず》のオーロラが、ヨーロッパ全域で二時間に亘《わた》って観測されたことが記録されている。

　その翌年の一九三九年九月、ドイツ軍のポーランド侵攻をきっかけに、第二次世界大戦が開始され、第二の預言の正しさを証明することになった。

　第三の預言も、第二の預言と共に子ども達へ託された。

　だがその際、聖母は「第三の預言は一九六〇年になったら公開するように。それまでは秘密に」と、子ども達に厳命されたのだった。

　これらの様子を群衆と共に見ていたフランシスコとジャシンタの父親、マヌエル・マルトの証言によれば、聖母の出現が始まった時、樹の上に灰色がかった雲がかかり、真夏だというのに冷たい風が山から吹き下りてきた。そして、空き瓶の中で飛び回っているハエの羽音に似た音が聞こえたという。

　翌八月。三人の子らは事の真偽を聞き出そうとした当局によって拘束され、約束の場所に行くことが出来なかった。だが、現地に押し寄せた二万人は、快晴の中で雷鳴を聞き、樹の側にかかった靄《もや》のような雲が天に登っていくのを目撃したのだった。

九月には、子どもらは再び約束の場所に行くことが許された。

この時の聖母は十月に一つの奇跡を行うと告げた。聖母出現を見守っていた三万人の巡礼者は、青空に滑ってゆく光り輝く球体を見、また太陽の輝きが鈍って辺りが黄金色になったのを見たという。

そして十月。新聞記者や科学者を含む五万人とも七万人ともいわれる大群衆がファティマに集結し、大いなる体験をしたことが、語り継がれている。

その日は雨で、人々はずぶ濡《ぬ》れになっていた。

ところが、突然、雲間から現われた太陽が、ダンスをするようにくるくると回転し、様々な色の閃光《せんこう》を放ち、高温を発しながら、地面めがけて急降下をし始めた。そして、狂ったように急降下や回転を繰り返す太陽の熱で、人々の服はすっかり乾いてしまった。

何万人もが同時に体験したこの不可解な現象は、約十分間に亘って続いたばかりか、何キロも離れた場所からも目撃された記録が残っている。

この日、ルシアらは丘に聖堂を建てるよう神託を受け、この時、聖母はようやく自らを「ロザリオの聖母」と名乗ったのだった。

その後、フランシスコとジャシンタの兄妹《きょうだい》は幼くして病死し、ルシアは修道女となって二〇〇五年まで生きた。

一九六〇年まで秘密にと命じられた第三の啓示は、ルシアを通じてバチカン法王庁に伝えられ、「ファティマ第三の秘密」と呼ばれて公開の時を待つことになった。

ところが約束の日が過ぎても、法王庁はそれを公表しなかった。

ただ、六〇年代にそれを閲覧した時の法王、ヨハネ二十三世が、その内容に絶句して再度封印し、次の法王パウロ六世もその封印を開いて内容を見たところ、余りの衝撃に卒倒して数日間人事不省になり、「この内容は決して世に出してはいけない。私の墓場まで持っていく」と語ったことが伝わっている。

さらに時が流れ、二〇〇〇年のこと。

フランシスコとジャシンタの兄妹は、時の法王ヨハネ・パウロ二世によって列福された。

そして約束の時から四十年間に亘って発表を先送りにされてきた「ファティマ第三の秘密」が、法王庁教理省から公文書として発表されたのだ。

発表によると、聖母がルシアらに見せた啓示は、法王と幾人もの司教、司祭、修道士、修道女、そして信徒らが、険しい山の上で兵士に殺されるという内容であった。

そして法王庁は「永らく封印されてきた第三の預言が示していたものは、一九八一年に起こったヨハネ・パウロ二世暗殺未遂事件であった」との解釈を示したのである。

だが、どう考えても法王庁の説明には無理があった。

まず、公開された範囲の文書を見ただけでも、それが法王一人の暗殺について書かれたものでない事は明白だ。

それに、ファティマ第一の啓示が地獄の存在を、第二の啓示が世界大戦を預言していたのに比べて、第三の啓示が「法王の暗殺未遂」というだけでは、余りに不自然だ。第三の啓示は、長年バチカンによって秘匿され続け、何人もの法王が絶句した内容である筈だ。恐らく次の世界大戦と、人類滅亡に関する警告に違いなかった。

真実を知る目撃者ルシアは、二〇〇五年に九十七歳で死去してしまったが、身の回りの世話をしていた修道女に、「バチカン法王庁の発表は自分が見聞きした内容と違う」と漏らしていたそうだ。

その修道女が後年、ルシアの思い出を匿名で発表している。

『第三の啓示は、第三番目の世界大戦のことを示していました。

古《いにしえ》の大悪魔が復活し、世に潜む小悪魔達が暴れ出して、憎しみと不寛容と不安が世界を席巻します。それが宇宙大戦の始まりです。

各国は密《ひそ》かに開発していた新兵器で、互いを滅し合うでしょう。

兵士達は嵐や雷を吐く銃を構え、おぞましいウイルスが蔓延《はびこ》ります。

宇宙から火の矢が降り、最も美しい泉が最初に汚染されるでしょう。

二十億人あまりが苦しんで亡くなり、残った人々も無事ではありません』

昔、祖父と一緒にその本を読んだのを、キーンはよく覚えている。

その頃既に悪魔の手下らが身近に潜んでいることにも、彼は気付いていた。

古の大悪魔の存在をハッキリ知ったのは、七年程前だろうか。

大悪魔が作った闇の組織は、これまで人類の歴史に様々な影響を及ぼしてきた。

奴らはかつて魔女や霊媒などの力を用いていたが、今ではコンピューターシステムを駆使した未来予測を利用して様々な部署に取り入り、世界を陰から操っている。

その本部はアメリカにあるが、イタリアも奴らに侵蝕されて久しかった。

暫《しばら》く鳴りを潜めていた奴らが、また動き出すのだ。

しかもその始まりの場所は此処《ここ》、ローマだ。バチカンなのだ。

ピナコテカに出現された聖母が、そう警鐘を鳴らしている。

このまま放っておけば、間もなく最後の宇宙大戦が起こってしまうと。

手遅れになる前に、どうにかしなければならない。

キーンの脳裏に、仲間達の顔が浮かんだ。

その時だ。携帯がメールの着信音を鳴らした。

差出人は、F。リーダーのフェルナンドからの呼び出しだ。

キーンは震える拳《こぶし》を握り、立ち上がった。

フーモに住むダニエラ・シュミットは、愛《いと》しい人を亡くして、すっかり生きる気力を失っていた。

3

彼女は三年前にも愛する母を亡くしていた。

他に兄弟はいない。

たった一人残された家族である昆虫蒐集家《しゅうしゅうか》の父親は、自身もどこか昆虫めいた無口な男で、何を考えているか分からない。遊び心もない。ひたすらルーティン通りの生活を繰り返しながら、薄気味の悪い虫の死骸《しがい》を増やす事だけを生き甲斐《がい》にしている。

当然、娘には無関心だ。ダニエラの名前を呼ぶことも滅多にない。

母の思い出を語り合ったり、傷心を慰め合うこともなければ、ダニエラが寂しさを訴えたところで、理解する素振りもない。

そもそも父は、ダニエラのことを自分の娘だと認識しているのだろうか。

たまたま家に居着いている、たまに見かける家政婦か何かだと勘違いしていてもおかしくない。

誰からも関心を持ってもらえない日々は、ダニエラの存在をどんどん薄く削り取っていくようだった。

そんな消え入りそうに不安な心を、愛する彼は支えてくれた。

なのにその彼さえ、この世からいなくなってしまった。

世界が余りに理不尽でダニエラに冷たかったので、彼女の心は衰弱し、感情もすっかり失われてしまった。

機械のように、生きるという作業をこなしながら、その裏では、彼の後を追って確実に死ぬ為にはどうすればいいか、いつどこから飛び降りようかと、彼女はそればかりを考えていた。

そうした日々が続く中――。

ダニエラはバイト先で、思わぬ噂を耳にした。

この町で、深夜、彼の姿を見かけた者がいるというのだ。

最初は意味が分からなかった。

でも、もしそれが本当なら……。

ダニエラは知り合いの伝手《つて》やネットを駆使して、懸命に彼の情報をかき集めた。

どんなに小さな情報も大切にし、勘違いと思われるような話も真剣に聞き、彼の噂があれば何処にでも駆けつけた。

占い師や祈禱《きとう》師のサイトで相談をしたり、まじないもしたりした。

そうして遂に彼女は、愛する彼に巡り会えたのだ。

夜霧の深い、町外れの交差点だった。

彼は少し上背を丸めた癖のある姿勢で、路面に描かれた不可思議な絵の上に立っていた。微《かす》かな街灯の明かりが、彼の繊細な横顔を照らしている。

彼の足許《あしもと》からは血のように赤い霧がゆっくりと流れてきた。

ダニエラは怖さも忘れて、愛しい人の許に引き寄せられて行った。

柔らかにうねるバターブロンドの髪も、吸い込まれそうなヘーゼルの瞳《ひとみ》も、形のいい弓なりの唇も、全てが彼のものだった。

どうして彼がこんな場所の、見たこともない絵の上に立っているのか。何故、死んだ筈《はず》の愛しい人が、再びこの世に存在しているのか。

ダニエラには分からないことばかりだったが、もう一度彼に会えた歓喜が全てを包み込んだ。

ダニエラは思った。映画や小説では、よく死んだ恋人が帰ってくる話がある。それらは完全な作り話だと思っていたが、実際に起こることもあるのだと。

死の国から戻った恋人が、恐ろしい化け物に変化するようなホラーもあるが、別にそれでも構うものか。

彼が亡霊であっても、怪人であってもいい。

もし、彼が自分を殺しに来たと言ってもいい。

何であっても彼は、ダニエラが愛した彼に違いないのだから。

「ライモンド」

ダニエラの呼びかけに、彼は甘く微笑し、両手を広げた。

ダニエラがその胸に駆けていく。

ライモンドは彼女に優しくキスをした。

「本当？　本当にライモンドなの？」

「ああ、君が呼んでくれたんだろう？　だから僕はこうしてここに来れたんだ……」

「ええ、そう、そうよ。私、ずっと貴方《あなた》に会いたいと祈っていたの！」

そうしてダニエラは、身も心も全てが蕩《とろ》けるような至福の時を過ごしたのだった。

快感が彼女の脳裏でスパークし、甘い吐息が二人の間で交わされる。

だが、素晴らしい時もさほど長くは続かない。

ライモンドの悲しげな表情を窺《うかが》い見たダニエラは、二人に別れの時が迫っているのを感じ取った。

「時間だ。僕は行かなければ……」

ライモンドは切ない声で呟《つぶや》いた。

「お願いよ、せめてもう一度会いたい。どうすれば又、貴方に会えるの？」

ダニエラの言葉に、ライモンドは目を閉じ、首を振った。

「分からない……。僕には分からないんだ。分かっているのは、僕が死んだ身だということだけだ」

「いいえ、貴方はこちらの世界に戻って来れたじゃない。きっと何か方法があるのよ。それを二人で探しましょう」

「僕が何故ここに居るのか、僕にも分からない。恐らく僕は、生と死の狭間《はざま》を彷徨《さまよ》っているんだろう。そして魂が呼ばれた方向に、吸い寄せられていくんだ。けど、どこへ向かっているかは分からない。

今日も気付けばここに立っていた。そして……又、呼ばれている……」

ライモンドは魘《うな》されたように呟き、彼が立っていた交差点を見た。

ダニエラも彼と同じものを見た。道路にチョークで描かれた不可解な絵を。

「あの絵の力なのね。誰が描いたのかしら」

「力のある魔法使いだろう。僕は行かなければ……」

ライモンドはゆらりと立ち上がり、ふらふらと後ずさった。

（待って！）

ダニエラは彼の身体に縋《すが》り付いて引き留めようとしたが、力も声も出なかった。喉《のど》がからからに渇き、手足が痺《しび》れる。

その間に、ライモンドがゆっくりと離れていく。

ダニエラは彼の方へ、震える手を伸ばした。

その時だ。二人の間に炎が壁のように立ちふさがり、ライモンドの姿がかき消えた。

そして魔物が笑ったような叫んだような、不気味な声が辺りに木霊《こだま》した。

――それがその夜の一部始終だ。

ダニエラは彼と再会する方法を一層の熱意で探し求めた。

町じゅうを彷徨い、あの日見たのと同じ記号をいくつか見つけることもできた。

そしてそれが悪魔を呼び出す為の、悪魔の紋章と呼ばれるものだとも知った。

路上にその紋章を見かければ、当然その側で彼の出現を待ったし、見覚えた紋章をチョークで路上に描き、彼の出現を強く願ってもみた。

だが、どうやっても彼との再会は叶《かな》わなかった。

そうしている間にも、彼が死との境をあてどなく彷徨っているのかと思うと、居ても立ってもいられないのだ。

あの夜ライモンドを呼び出した魔法使いを探し当て、どうにか願いを叶えてもらいたい。いっそ弟子にしてもらいたい。ダニエラは切なる願いに胸を焦がした。

恐ろしい悪魔の罠《わな》が行く手に待ち構えていることなど、彼女は知る由もなかったのである。

4

アルノ通りに建つボウリング場、ソレイユ・ボウルの地下にはライブハウス、三階にプールバー、四階にゲームセンターがある。

エレベーターのドアが四階で開くと、キーンの耳に幾重もの電子音が聞こえて来た。

薄暗くがらんとした店内に並んでいるのは、いずれもレトロなゲーム機だ。ピンボールマシンが数台と、テーブル型のビデオゲーム機。モニタとボタン、スティックがついた格闘技ゲーム機。フライトシミュレータやバイク型の体感機。それらがとりどりの色の光を明滅させている。

足元に伸びたケーブル類が、床の上に蜘蛛《くも》の巣模様を描いていた。

天井には大小のダクトやガス管、ドレン配管などが、艶々《つやつや》とした環形動物のように這《は》い回っている。

「待っていたぞ、キーン」

リーダーのフェルナンドは、スロットマシンに身を凭《もた》れさせて立っていた。

ごわついた白髪で、眉間《みけん》に深い皺《しわ》のある気難しそうな顔立ち。灰色の作業着のようなものを着て、長靴を履いている。

一見すると、彼が崇高な目的を持つ革命の指導者だとは、誰も思わないだろう。

だがフェルナンドの瞳には、まるで日本刀のような鋭さと迫力が宿り、彼が凡人とは違う卓越した精神性を持った人間だと、物語っているのだった。

こうした外見をつくろうのも、意外な場所を会議場に選ぶのも、敵を欺く為のフェルナンドの作戦である。

「悪魔のシステムが動き出したことは、気付いているな?」

「分かっている。そして僕らの目的は、奴らのメインシステムを停止させることだ」

フェルナンドの問いかけに、キーンはしっかりと答えた。

フェルナンドは頷《うなず》き、破壊プログラムを仕込んだフラッシュメモリを胸ポケットから取り出した。

メモリはキラキラとプリズムのような光を放っている。それはフェルナンド達が長年かかって開発した、まさに天使の力を封じたプログラムだ。

メインコンピューターにこのプログラムを仕掛ければ、奴らに一泡吹かせられる。

だが、奴らは驚くほど警戒心が強い上に、安全でセキュリティの高い隠れ家を数多く持っており、定期的にアジトを移動してしまう。

おまけにアジトの警備は厚く、組織の刺客も手強《てごわ》い。

フェルナンドに不屈の志と敵を欺く才覚がなければ、とても今日まで戦い続けることはできなかっただろう。

「指示をくれ、フェルナンド。他の仲間達は何処なんだ？」

キーンの言葉に、フェルナンドは「着いて来い」と顎《あご》をしゃくって歩き出した。

二人が着いたのは、三階のプールバーだ。

扉を開くと、赤ら顔の大男や全身にピアスをつけた女、タトゥーまみれの半裸の男らが、煙草で白く煙った空間を彷徨《うろつ》いていた。

酒の臭いと汗の臭い、油の臭い、煙草の臭いが入り混じった悪臭がする。

これも敵を欺く為とはいえ、かなり酷《ひど》い場所だ。

奴らの監視の目は防犯カメラのある場所全てに行き渡っていると、フェルナンドは言う。だから、ホテルやチェーンの飲食店、公園や路上も危険なのだ。

キーンはバーの店内を見回し、監視カメラが無い事を確認した。仮にあったとしても、ここなら酷い煙や油のせいで、カモフラージュできそうだ。

(流石はフェルナンドだ)

キーンは少し噎《む》せながら、そう思った。

店主の趣味なのか、店内には古い映画やカルト映画のアートポスターが、所狭しと貼られている。

キーンの四人の仲間達は、店の隅の黒いソファに陣取っていた。

小太りのジャコモはバットマンのTシャツを着て膝《ひざ》の上にパソコンを載せ、ビールを呷《あお》っている。

カーラは緑色に染めた短髪で、赤いタンクトップに網タイツ姿。格闘技で鍛えた筋肉とドラゴンのタトゥーが目立っている。

二人の前にはビール瓶がいくつも並んでいる。

長髪に髭《ひげ》を生やした痩《や》せ型の青年、オメロは俯《うつむ》いてスマホを弄《いじ》っている。普段は無口だが、キレるとおっかない奴だ。

一番奥の席のジューヒーは、青いサリー姿で髪をひっつめ、周りの雑音などまるで気にしない様子で、書類らしきものを読んでいた。

「さあ、作戦会議だ」

フェルナンドが、キーンの背中を押した。

「よう、遅かったな」

ジャコモが片手をあげて挨拶《あいさつ》した。少し酔っているせいか、機嫌が良さそうだ。

「ハーイ」

カーラは明るく言った後、おどけてキーンに抱きつくと、キーンの耳元で深刻な声で囁《ささや》いた。

「キーン、頼りにしてるわよ」

やはりジャコモもカーラも「奴ら」の監視の目を警戒して、わざと明るい酔っ払いのフリをしているのだ。

オメロとジューヒーはキーンに黙って目配せをし、会釈をした。

「待たせてごめん」

キーンはわざと軽い調子で謝りながら席についた。

そのソファはボロボロで、ところどころ穴が開き、中からウレタンが顔を覗《のぞ》かせている。

そして小さなゴキブリが穴の間から時々、這い出てきていた。

きっとソファの中はゴキブリだらけなのだろう。キーンはぞっと背筋を強張らせた。

だが、他の皆が平気で座っているものを、大騒ぎするのは格好が悪い。

キーンは頭《かぶり》を振って、気持ちを切り替えた。

「みんな、何の話をしていたんだい？」

「敵のアジトへ通じる進入口が分かったんだ」

ジャコモが丸い眼鏡をくいっとあげ、パソコンの画面をキーンに示した。

「凄《すご》いじゃないか、ジャコモ」

キーンは画面を覗き込んだ。

「オメロが見つけたのさ。彼の手柄だ」

ジャコモの言葉に、オメロが満更でもなさそうに頷く。

「ただ、問題があるんだよ。入り口に厄介な電子錠があるのさ」

カーラは煙草に火を点《つ》け、煙を大きく吐き出した。

ジューヒーが頷き、持っていた書類をテーブルに置く。

そこには電子錠の複雑な図面が描かれていた。

「色々手掛かりを探したのだけど、今はここまでしか分からなくて」

ジューヒーは困り顔をした。

「この錠が開かないのか。確かに、見たこともない形だ」

キーンの呟《つぶや》きに、仲間達は各々溜息《ためいき》を吐いた。

ジャコモとカーラは再びビールを呷った。オメロはスマホに目を落とす。

暫《しばら》くするとカーラが不意に席を立ち、バーカウンターの方へ駆けて行った。

「そのテクノロジーは、この私でもたった一度しか見たことがない」

フェルナンドが徐《おもむろ》に口を開いた。

「いつ、どこでだい？」

「イラク戦争で使われたのだ。あの戦争は次の大戦のひな形として仕掛けられたものだ。生物化学兵器などの最新テクノロジーが、あそこで実験された」

フェルナンドは声を低く落とした。

キーンの額に冷や汗が流れる。

「キーン」

カーラの声に振り向くと、彼女は頭にターバンを巻いた、背の高い男を連れていた。野犬のような目つきをした、見たことのない顔だ。

「彼はイラク人の特殊技術者だ。カーラがとうとう探し出したのだ」

フェルナンドの台詞《せりふ》にキーンは驚き、思わず生唾《なまつば》を飲んだ。

「ええ。あたしがイラク人の同志に声をかけて、やっと見つけたんだよ」

カーラは小声で、しかし誇らしげに言った。そしてそっとキーンに小箱を手渡した。煙草の箱のようだが、受け取るとずっしりと重い。

「こ、これは？」

「解錠キーだ。キーン、それをお前に保管してもらいたい」

「僕に出来るだろうか……」

「出来るとも、お前になら出来る！　それに、あとの四人は、お前よりもっと監視の目が厳しいんだ。活動が長いからな」
フェルナンドは強い口調で言い、期待に満ちた目でキーンを見詰めた。
カーラもキーンを見詰め、大きく頷《うなず》いている。
二人は自分を高く評価してくれている。その気持ちがひしひしと伝わってくる。
「分かった、やるよ。僕も自分の役目を果たす」
キーンは小箱を固く握り締めた。
「それでいい。次の木曜まで保管するのがお前の役目だ」
フェルナンドはユーロ札の束をイラクの男に差し出して言った。
男も監視を気にしているのだろう。それを素早く鞄《かばん》に入れ、バーを出て行く。
「キーン、お前も行け！」
フェルナンドの命令にキーンは頷き、席を立った。
ポケットの中で小箱をしっかり握り、ソレイユ・ボウルを出て、早足で歩く。
空には月も星もなく、辺りはやけに暗かった。
木曜日までこれをどこに隠すべきか、キーンは家の中を思い浮かべた。
ソファの中、ベッドのマットの中、冷蔵庫の中……。
どれもこれも平凡で、すぐにバレてしまいそうだ。
明日どこかで鉢植えを買って、その土に隠すのはどうだろう？
あれこれ考えながら、家の近くまでやってきた時だ。

道の向こうから、サングラスの男がキーンに向かって歩いてきた。
ドキリ、とキーンの心臓が鳴った。
男の肌は青白く、歩幅は大きく、表情は動かない。軍人かロボットのような動きだ。
何かがおかしい。違和感が膨らんでいく。
敵の監視者だろうか。
キーンはなるべく自然な動きで道を右折し、路地に入った。
そっと振り返ると、サングラスの男も後を追って来る。
キーンは焦った。ポケットの小箱を握る手が汗ばんでいく。
昨夜まで尾行の気配など一切なかったのに、こんなに早く目をつけられるとは。
カーラの動きが漏れていたのか？
それともイラクの男か？
分からない。
だが、家まではあと三ブロックだ。一旦《いったん》家に戻り、頭をハッキリさせたかった。
脳の芯《しん》がジンジンと痺《しび》れるような感覚がした。
手足が一気に冷え、心臓は飛び出しそうな音を立てて危険警報を鳴らしている。
(次の角を曲がったら、全力疾走だ)
自分に言い聞かせ、足を速めた、その時だ。
今度は真正面から、サングラスの男が歩いて来た。

（挟み撃ちだ！）

キーンは咄嗟《とっさ》にすぐ脇の細い路地に飛び込み、全速力で走った。

下水の臭いが漂うぬめぬめした道を、訳の分からない液体や嘔吐《おうと》の跡を踏み散らしながら、キーンは必死に走った。

変色したキャベツや腐った肉が道路に転がり、無数のゴキブリが群れる道を逃げ惑った。

少しでも足を緩めると、背後の足音が大きくなる。

心臓が破れるまで走り続けるしかない。キーンは懸命に両足を動かした。

裏路地が迷路のように入り組んでいるのは幸いだった。

だが、幾つ目かの角を曲がり、走り続けたキーンの目の前に、突然フェンスが立ちふさがった。

行き止まりだ。道を戻ることは出来ない。フェンスをよじ登るしかない。

背後からは男達の足音がひたひたと近づいてくる。

キーンの頭は非常事態にフル回転した。

（もし僕が捕まっても、解錠キーだけは守らないと！）

キーンは近くにあった大きなブリキのゴミ箱に、大切な小箱をねじ込んだ。

それから勢いをつけてフェンスに飛びつき、必死によじ登った。

息を切らし、向こう側に飛び降りる。

それから後をも見ずに、キーンは走った。

本能のまま走り続け、限界を超え、それでもどれほど走っただろうか。

前方の街灯めがけてどうにか走り抜けた先には、公園通りがあった。

海神トリトーネが水を噴き出している前で、大音量を鳴らしてダンスチームが踊っている。それを見守る観客が三十人ほどいるだろうか。

キーンはぜいぜいと息を切らし、観客の最後尾に紛れて座った。

息をどうにか整え、そっと周囲を窺《うかが》う。

サングラスの男達はいない……。

どうにか撒《ま》けたようだ。

キーンは長い溜息を吐き出した。

それから喉《のど》の渇きに気付き、通り沿いのバーでビールを頼んだ。

そのビールは勝利の味がして、キーンは思わず微笑んだ。

窓ガラス越しに通りを観察し、追っ手がいないのを確認しながら、頭の中に自分が通って来た地図を思い浮かべる。

フェンスとゴミ箱の位置は、だいたい見当がついた。

男達が現場を去るまでの時間をやり過ごし、キーを回収だ。

まさか奴らもゴミ箱にあんな物を隠すとは、思わないだろう。

仮にゴミ箱を漁《あさ》って、煙草の箱を見つけても、ただのゴミだと思うだろう。

カーラはそういう事態も想定して、宝箱を煙草の箱にカモフラージュしていたのだ。

バーを出て歩いていると、小雨が降り出した。
キーンは上着を頭から被《かぶ》り、ゴミ箱の場所に戻った。
蓋《ふた》を開け、隠した場所を探る。
だが、小箱が見つからない。
(まさか……)
キーンはゴミ箱をかき回し、更にはひっくり返して中を漁った。
水銀灯の明かりの下、地面を這《は》い回った。
だが、小箱は何処にも無い。
(やられた……奴らは気付いていたんだ!)
道理でキーンをあれ以上追って来なかった訳だ。
奴らは目的を果たして引き上げたのだ。
キーンの頭は真っ白になった。
何処かから時を告げる鐘の音が、絶望を知らせる調べのように響いてきた。
キーンは震える手で、フェルナンドに連絡を入れた。
『キーンか? どうした』
フェルナンドのくぐもった声が聞こえる。
「フェルナンド、すまない。奴らにキーを奪われてしまった」
キーンは掠《かす》れ声を振り絞った。

『何だって！　あれからまだ数時間しか経ってないんだぞ、もうやられちまったのか！　全く、何だってお前みたいな馬鹿に大事な仕事をやらせちまったんだ！』

フェルナンドの怒鳴り声が頭の中に木霊《こだま》する。

キーンは自分の情けなさに頭を掻《か》き毟《むし》り、涙を流した。

「本当に済まない、フェルナンド。僕のせいだ。本当に済まない。もし許されるなら、もう一度僕にチャンスをくれ。命をかけて約束を果たすから。お願いだ、フェルナンド。次は絶対にうまくやる。貴方《あなた》の期待に応《こた》えるから……」

キーンは自分が知っている、ありとあらゆる謝罪の言葉を口にした。

フェルナンドの大きな溜息《ためいき》が、やがて電話口から聞こえた。

『本当だな』

「誓って言う。二度とヘマはしない」

『そこまで言うなら、お前を信じよう。いいだろう、私はお前を見捨てたりしない』

「有難う、有難う、フェルナンド……」

『私はお前を買っているんだ。そう言っただろう？　お前には才能がある。他の同志達には私から取りなしておこう』

フェルナンドの電話は切れた。

キーンはへなへなと道路に座り込んだ。

フェルナンドは何とか分かってくれたが、自分のせいで折角の大きなチャンスが潰《つぶ》れてしまったのだ。

キーンは自分のふがいなさに泣き声をあげた。

足を引き摺《ず》って家に戻る途中、酒屋でグラッパを買い、部屋に戻って呷《あお》るようにそれを飲んだ。

飲んで飲んで、飲み続けた。

5

「カーラ、お前に客だ」

バーの店主がカウンターから合図を送ると、緑髪の女が駆け寄って来た。腕から喉、顎《あご》にかけてドラゴンのタトゥーを入れた、スタイルのいい女だ。

アラブ系の男と話しながら、店の奥へ去っていく女の尻《しり》を見送っていると、店主が話しかけてきた。

「あまり女によそ見してると、可愛いエンマに告げ口するぜ、フィリッポ」

「ウルセエ。それよか、エンマは今日休みなのか？」

フィリッポはビールを呷って訊《たず》ねた。

「連絡がつかねえんだよ。どうせ遅刻だろう」

店主は溜息を吐いた。

「なんだ。あいつこの前、情報誌に載るとか何とか、自慢してただろう？」

「ん？　ああ、ネット情報誌のライモンド・アンジェロ追悼特集のことか。うちの店に取材が来て、デビュー前のあいつの話なんかを聞いてったんだ。エンマはあいつの大ファンだったから、ついでにインタビューを受けたって次第さ」

　店主は軽く答え、カウンターの隅に置かれたチラシを指差した。

「なあマスター、ライモンドがこのビルの地下で歌ってたって噂は本当か？」

「そうだぜ、アマチュアバンド時代にな。音楽性がどうとかは知らねえが、女には滅法モテる男だった。うちの店に来た日にゃ、女共が砂糖に群がる蟻んこみてえだった」

「エンマもそうだったってか。ケッ、つまんねえ」

　フィリッポはビールの空き瓶を振り、お替わりを催促した。

　話し相手のエンマが不在で暇になり、情報誌のサイトにアクセスしてみる。

　すると、やけに気に障るタイトルがトップページで踊っていた。

『悲劇の王子、ライモンド・アンジェロ、カンヌに死す』

　フィリッポは咥《くわ》え煙草で目を眇《すが》め、記事の中にある筈《はず》の、エンマのインタビューを探した。だが、それはなかなか見つからなかった。

　目が記事を追ううちに、フィリッポはライモンドという、一欠片《かけら》の興味もない男の人生を知ることになった。

ライモンド・アンジェロはフーモの貧しいカソリック家庭に生まれた。幼少時に母親は失踪《しっそう》、父親は再婚。彼は新しい家庭に馴染《なじ》めず、施設で、孤独な青春時代を過ごす。

学校を退学してアマチュアバンドを結成するが、メンバーの急死などが原因で解散。偶然遊びに行ったローマの町で、雑誌モデルとしてスカウトされた。

そんなライモンドの転機は二十二歳の時。

テレビドラマの端役としてドラマ出演すると、続くドラマで名優トニ・ベルドーネの息子役に大抜擢《ばってき》され、演じた悲劇のサボイア王子役が大ヒット。鮮烈な映画デビューを果たす。

その後は作品に恵まれず、低迷が続く。が、今年のカンヌ映画祭でパルム・ドールを獲得した話題作『ゴルゴダの奇跡』で、キリスト役を熱演。男優賞は逃したものの、今後の更なる活躍が期待されていた。享年二十七歳。

(何が悲劇の王子だ、ナヨナヨしやがって。ただの一発屋じゃねえか)

フィリッポは苛々《いらいら》と煙草を吹かした。

そして彼はようやく「ファンのコメントコーナー」という囲み記事の中に、エンマの小さな写真を見つけた。

アイドル時代のマドンナを思わせる、派手なメイクに、フェイクのブロンド。網タイツと胸を強調したビスチェスタイルだ。

目一杯のお洒落《しゃれ》をして写るエンマを見て、フィリッポは溜息を吐いた。

――フィリッポが行きつけのプールバーのバーメイド、エンマ・ドナートの死を知ったのは、その翌日のことである。


バーのカウンターでフィリッポは彼女に酒を手向け、店主と語り合った。

「人は分からんもんだな。エンマは自殺だそうだ」

店主はやるせない溜息を吐き、葬儀で聞いた話をフィリッポに伝えた。

「そうか……。何か深い悩みがあったんだな」

フィリッポが煙草をくゆらせる。

彼にとってエンマは別に恋人でも何でもない、二十歳も年下の小娘だった。

ただ、結婚もせず、子どももいないフィリッポにとっては、遠縁の姪《めい》ぐらいの親しみを抱かせる存在だった。それが若くして自殺とは、案外ショックなものである。

「エンマの妹は、エンマはライモンドの後追い自殺だろうと言っていた」

「……そんな馬鹿な」

「そうだよなあ。でも」

店主はぐいっとウィスキーを呷り、続けた。

「死因は全身打撲、ようは飛びおり自殺だ。サッビア通りの脇の十字路でな」

「随分もの静かな場所だな」

「ま、自殺に選ぶぐらいだからな。現場に争った形跡もないのに加えて、エンマは最近、『もうじきライモンドに会える』と妹に言ってたんだと」

「会えるって？　天国でかよ」

「そういうことだろうさ。それともう一つ、エンマが飛びおりた路面には、悪魔の紋章らしき物が描かれていたらしい」

「悪魔の紋章？　なんでそんなものが……」

「分からん。最近、町で時々見かけるって噂もあるぜ。何だか不気味な話だよな」

店主は眉《まゆ》を顰《ひそ》めた。

＊　＊　＊

ルカ・コンテは、エンマ・ドナートを崇拝していた。

エンマは彼のマドンナだった。

彼女が大好きだというライモンドに近づく為に、インディーズ時代の彼のCDを買い集めてコピーバンドを作ったし、ライモンドの詞を真似て、エンマが好みそうなラブレターを書いたり、曲を作ったりもした。

ソレイユ・ボウルの地下で自分達がライブをする日は無料チケットを贈り、見に来てほしいとアピールした。

エンマはなかなか振り向いてくれなかったが、ルカは必死で努力した。

そうしている間に、ライモンドが死んだ。

落ち込んでいるエンマを見ているのは辛《つら》かった。だが、それと同時に自分にチャンスが巡ってきたとも彼は感じた。

彼女にどのようなアプローチをすべきか、悩みあぐんでいたルカは、ある日、彼女を喜ばせるプレゼントを発見した。

それを手に入れる権利も、苦労して整えた。

彼女は必ずやルカに向かって、「有難う、ルカ。愛しているわ」と微笑む筈だった。

なのに、その夢がようやく叶《かな》うという時に、エンマが死んでしまうとは。

これ以上の皮肉が世の中にあるだろうか。

そのプレゼントの為に、ルカは貯金をはたき、ギターも売ったというのに……。

自暴自棄になり、かなりの酒を飲んで、夜明け近くにバーを後にしたルカは、エンマに最後の別れを告げるべく、サッビア通りへと向かった。

そこは古い倉庫街で、街灯もまばらであった。人影も他にはない。

時折、遠くで、悲しげな、恨めしげな野犬の遠吠《とおぼ》えがしていた。

エンマのような若い女性が一人歩きするには、結構な勇気が必要な場所だ。

濃紺だった空は次第に白み、朝霧が辺りに立ち込め始める。

あてどなく通りを彷徨《さまよ》っていたルカは、ふと何かに気付いて足を止めた。

視界の隅に白い何かが過《よ》ぎった気がしたのだ。

少し道を引き返すと、脇道の十字路に直径一メートルほどの円らしき物が見えた。

エンマは悪魔の紋章に向かって飛び降りたと聞いた。恐らくここが現場だろう。

血痕《けっこん》や遺品などは見当たらなかった。ただ、人が倒れた形をなぞった白線が、路面に描かれている。

そのほぼ中央部あたりに、うっすらと紋章らしき絵も残っていた。

ルカに分かったのは大きな二重円と、内円の中にある切れ切れの模様。二重円の間に書かれたRとVという文字ぐらいだ。

ルカは円の側に跪《ひざまず》き、エンマの為に祈った。

その時だ。ルカは何者かが背後を横切る気配を感じた。

ぞわり、と寒い空気が背中を撫《な》でる。

(なっ、何だ?!)

振り向いた先に、人影はない。消えかけた街灯が瞬いているだけだ。

だが、どこからか微《かす》かな息づかいが聞こえてくる。

『俺に会いに来たんだろう?』

闇の中から、地を這《は》うような低音が聞こえて来た。

『そうだろう? ルカ・コンテ』

自分の名を呼ばれ、ルカの産毛は逆立った。全身に鳥肌が立つ。喉《のど》がからからに渇いて張り付く感じがした。

得体の知れない闇に四方から圧迫され、押し潰《つぶ》されそうだ。

ルカは慌てて側の空き倉庫へ飛び込んだ。

壁に背をつけ、天を仰ぐ。心臓の音がやたらうるさく鳴っていた。

(落ち着け、落ち着け……)

ルカはそのまま暫《しばら》く、身動きせずにいた。

少しずつ、鼓動が鎮まってくる。

耳を澄ましても怪しい物音が聞こえないのを確認し、ルカは物陰からそっと辺りを窺《うかが》った。

だが、何ということだろう。

全身が黒い剛毛に覆われた不気味な生き物が、倉庫の目の前に立っていた。

背丈はルカと同じぐらいだろう。体格は人にそっくりで、長い尻尾《しっぽ》がついている。

「お前は悪魔……か……」

ルカはゴクリと生唾《なまつば》を呑《の》んだ。

悪魔はニヤリと笑い、一歩ずつ近づいて来る。

『ルカ・コンテ。お前は何処にも行けないし、何者にもなれないのさ!』

「うるさい!」

アーッハッハッハ！


悪魔の哄笑《こうしょう》が辺りに響き渡る。割れ鐘のようなおぞましい声だ。

ルカは耳を塞《ふさ》いで倉庫の奥へ逃げ出した。

内階段を駆け上がりながら、汗ばむ手で携帯を取り出し、番号を押す。

呼び出し音が短く鳴り、受話器を取る音がした。

「助けて下さい！　殺される！」

ルカは走りながら叫んだ。

『こちらローマ警察です。落ち着いて、まずは名前を仰《おっしゃ》って下さい』

「ルカ・コンテです。今、悪魔に追われているんです！」

『ルカさん。場所はどこですか？　住所や番地は分かりますか？』

こんな緊急事態なのに、電話口の声は苛々《いらいら》するほど冷静だ。

「早く！　助けてくれ！」

ルカは悲鳴をあげた。

悪魔はすぐ背後まで迫っている。

階段の先はもうない。屋上へ続く扉が開いている。ルカは屋上へ転がり出た。

＊　＊　＊

都会の片隅で、二十四歳のバーメイドが飛び降り自殺をし、彼女に片思い中の青年が、まるでその後を追うようにして、同じ場所から飛び降りた。

それは少しだけロマンティックだが、陳腐でありふれた、どこにでもある事件だった。

彼らの友人達は暫くSNSでそれらを話題にし、間もなく忘れていった。

ところが、ここに一人。

新聞の片隅に埋もれ、まだ誰もがその異常性に気付きもしなかったこの事件に、得体の知れない胸騒ぎを覚える人物がいた。

彼女の名は、フィオナ・マデルナ。

ローマ警察に所属する、優秀な心理学者だ。

カラビニエリ（国家治安警察隊）特捜部と協力し、様々な難事件を解決してきた、美人プロファイラーである。

「この事件はボクを呼んでいるよ。ね、君もそんな気がするだろう？」

フィオナは潤んだグレーの大きな瞳《ひとみ》を瞬き、テーブルの上のサボテンに声をかけた。

第二章　交差点

1

デーボラのスマホを証拠品として一時預かることとし、平賀とロベルトは彼女の家を退出した。

二人は暫く無言であった。

平賀の頭の中は、さっき見た映像をどう検証するかで一杯だったし、ロベルトはあの映像が拡散すればどういう騒ぎが起こるか想像して憂鬱《ゆううつ》になっていたからだ。

フーモの駅に着いた頃、ロベルトは重い口を開いた。

「さっきの午前二時の聖母の映像、どう思った？」

「一見しただけでは、本物なのかどうか分からなかったです。どうやって真偽を確かめるべきか考えていた所でした」

平賀はいつものように淡々と答えた。

「本当にね……。僕もこれまで聖母マリア出現の証拠だという写真や動画を山のように見てきたが、正直言って飛び抜けている。仮に作り物だとしたら、かなり出来がいい」

ロベルトは悩み深げに言った。

「はい。午前二時の聖母の動画には、撮影機材や日時に関するメタデータは付属していなかったので、詳しいことは殆《ほとん》ど分かりません。

背景のピナコテカは実際に現場で撮影された可能性が高いでしょう。あのマリア様は人形でも人間でもありませんでした。本物でないなら、非常に良く出来たCGでしょう。

ひとまず背景について検証し、合成の痕跡《こんせき》をチェックすべきかと」

「ふむ。問題の動画の撮影が深夜二時なら、ピナコテカに入館できる人間は極めて限られる。撮影者は夜間警備員である可能性が高いね。メンテナンス業者やそれ以外の者の可能性もあるけど、いずれも入出館記録には残っている筈《はず》だ」

「昼間に現場を撮影し、夜らしく加工した可能性も一応は考慮しませんと」

平賀はメモ用紙に自分の言葉を書き留めた。

「映像の技術的な検証は君とシン博士に任せるとして、僕にできそうなのは、現場に出入りした不審人物のチェックと、背景に映る『フォリーニョの聖母』の真贋《しんがん》判定かな。

午前二時の聖母の動画のコピーと、絵画部分の静止画、それらを鮮明化したデータが出来次第、僕にも送って欲しい」

「はい、分かりました」

「で、今夜は何時からピナコテカに詰めるつもりだい？」

「閉館後、なるべく早く入館したいと申請してあります」

「そうか。分かった」

ロベルトは軽く頷《うなず》いた。

ピナコテカの閉館は午後六時。それから暫く清掃等のメンテが行われる。

特別許可を取った平賀とロベルトの入館は、午後七時過ぎに認められた。

警備主任のマッテオ・ブルーニに先導され、二人は薄暗い館内をオレンジ色のフットライトに沿って進んで行った。

夜のピナコテカには、昼間と違う顔があった。

静まりかえった館内の端々の、闇の中に蟠《わだかま》る気配をロベルトは感じた。

博物館や美術館には、思念が長い時をかけて形になったような何者かが潜んでいる気がしてならない。

通り過ぎる部屋部屋に並ぶ絵画の色合いも、昼間とはまるで違う。滲《にじ》んだ陰影から、闇に潜む野生動物のような、密《ひそ》かな息づかいが聞こえてくるようだ。

それは絵画の中に閉じ込められた生者や死者、精霊や天使達の思念だろうか。

明かりの届かない闇の中に一際暗い闇があって、そこから恐ろしくも美しい悪夢が這《は》い出してきそうな心地がした。

一行がピナコテカ第八室に到着すると、ブルーニは部屋の照明を点《つ》けた。

途端に眩《まばゆ》い白さが広がり、見慣れたラファエロの絵が三点、目の前に現われる。

間近で見る『フォリーニョの聖母』の絵も額も、それがかかった壁面の感じも、動画のものと非常によく似ていると、ロベルトは思った。

平賀は早速ペンライトと虫眼鏡を構え、ピンセットを片手に床を這い回り始めた。

「あの……彼は何をなさってるんでしょうか」

ブルーニが眉《まゆ》を寄せ、ロベルトに訊《たず》ねた。

「ブルーニ主任は午前二時の聖母の動画をご覧に？」

「ええ。情報局のバイロウ主任と一緒に見ました。いや、実際のところ、かなりの衝撃でした。神父様、あれは本物なのでしょう？」

ブルーニは深刻な顔で、ひっそりと訊ねた。

「それをこれから検証します。平賀神父は床に撮影者の遺留品がないか、三脚の跡などがないか、調べているのです。僕らの仕事は事実確認ですから」

「はあ、そういうものですか……。それで、お二人がこの現場に来られたということは……もしかすると今日にでも、マリア様の出現が見られるのでしょうか」

ブルーニはごくりと唾《つば》を呑《の》んだ。

「いいえ、まさか今日とはいかないでしょう。仮にあの映像が本物だとしても、二度と起こらない可能性もあります。

ところで、お願いしたデータとリストの方は？」

ロベルトがさらりと答える。

「ええ。まず、この第八室にカメラはありません。一番近い通路にある監視カメラの映像は、うちと情報局でチェック中です。

入館者リストの方は一ヵ月分、持って来ました。深夜の入館者は警備員、設備の定期メンテの作業員のみとなっています。ここ一ヵ月、展示物の入れ替えは行われていませんでしたから」

ブルーニはポケットから紙の束を取り出し、ロベルトに渡した。

「不審者はいないのですね？」

ロベルトはリストに目を通しながら訊ねた。

「ええ、記録上にはないのです。あとは監視カメラのチェック次第です。そちらの結果は分かり次第、お知らせします」

「ええ、お願いします」

ロベルトはリストを見終わると、『フォリーニョの聖母』の前に行き、利き目にモノクルをつけてじっくり観察し始めた。

ブルーニは二人の様子を興味深げに見ていたが、十分もすると退屈してきた。

「では私は別の場所の見回りがありますので。御用があれば無線で呼んで下さい」

ブルーニは警備員用の無線子機をロベルトに渡して去った。

残された二人は尚《なお》も熱心に対象の観察を続けた。

床のチェックを終えた平賀は鞄《かばん》を広げ、パソコン、カメラ、三脚、延長コードなどを取り出していった。

パソコンの画面に静止画を表示させ、それと見比べながら、カメラを置くべき位置を探っていく。

だいたいの位置が決まると三脚を立て、次はビデオカメラの選定に入った。用意してきたカメラは五台だ。明かりを点けたり消したりしながら、一番近い映りのものを選んでいく。

セッティングが終わった後も、彼はカメラの微調整とテスト撮影を入念に繰り返した。

「どうだい、テストは上手《うま》く行ってる?」

ロベルトが平賀に声をかける。

「カメラの位置はだいたい合っていると思うのですが、映りが少し違うんです。レンズか機材が違うのでしょうね」

「テスト映像を僕にも見せてくれるかい?　レンズ越しの『フォリーニョの聖母』を確認したいんだ」

「ええ、どうぞ」

平賀がいくつか撮っていた動画をパソコンで再生した。

ロベルトは暫《しばら》くそれを見て、短く溜息《ためいき》を吐いた。

「僕が見る限り、午前二時の聖母の動画とこの画面は、ほぼそっくりだと思う」

「そうですね、相当似ています。試しに二つを重ねて表示してみます」

平賀は問題の動画の上に、撮影中のカメラ映像を透明度四十パーセントに設定し、重ねて表示させた。すると二つの画面はピッタリと重なった。

「見て下さい。カメラの位置はやはりここだと思います」

平賀は安堵《あんど》したように言った。

「色合いは微《かす》かに違って見えるけど、位置は確かにここだろう」

ロベルトも同意した。

「ええ。今からここにカメラを設置して、今夜マリア様が出現なされ、それを撮影できれば一番いい訳です」

平賀は素直な意見を述べた。

「全くね。ファティマでは、聖母はきっかり一カ月おきに六度、姿を現わされたというが、今度はどうなんだろう」

「時期については全く分かりません。午前二時の聖母の動画の中で、マリア様はあと三度、警告を授けると仰《おつしや》いました。

ロベルト。私達の仕事は真偽判定ですが、ここで私達の目の前にマリア様が出現されれば、それは奇跡といっていいですよね？」

「そうだろうね。君と僕で複数の証言者がいることになるし、君のビデオカメラ以外に、僕らのデジカメやスマホでも証拠は撮るだろう。調査官の僕らが嘘を吐く可能性は低いと見做《みな》されるだろうしね」

平賀はニッコリ笑った。

「それなら良かったです。

私達の前にマリア様が出現なされて、私が撮影に成功し、それが奇跡認定され、そのマリア様とあの動画のマリア様が同じ映りであれば、どちらの映像も本物です。

ですが、マリア様が出現なされない場合、問題の動画のマリア様が本物だったか偽物だったか、何と比較してあの動画の聖母が偽物と断定すべきでしょうか。

現在、シン博士が画像合成の有無を確認中ですので、その結果を待ちながら、今日はいくつかの実験をする予定なのですが……」

平賀はそう言うと、鞄からもう一つの三脚を取り出し、カメラと絵画の間に置いた。

そして電球を三脚に取り付け、青い布を被《かぶ》せた。

「この三脚をマリア様と仮定して、今日は発光の状態とそれが周囲の壁や絵画に与える影響を計測しようと考えています。条件を変えながらそれを繰り返すことによって、マリア様の発光と同じ効果が得られる照明の方法というものが、ある程度推測できる筈《はず》です。

その結果、これまでに世界中で目撃されてきたマリア様が発光されるという現象そのものの原理についても迫れる可能性があります。ただ……」

平賀は眉を顰《ひそ》め、言葉を継いだ。

「私がどうやってもマリア様の発光と同じ輝きを再現できなかった場合、それは単に『現在の器具と物理法則による演算によってマリア様の輝きが再現できなかった』という結果にしかならず、既に撮影された午前二時の聖母が偽物だとは、言えない道理です。

音声についても、今後解析を進めます。それに関しても、巷《ちまた》に出回っている音声ソフトですとか俳優の声が使われていると分かれば、『あれはマリア様の声ではない』と言えるのですが、そうでない場合は……。

問題の動画のマリア様が真のマリア様でなかったと証明するのは、悪魔の証明の如くに困難な訳です」

平賀は握った両手を口元に押し当て、考え込んだ顔になった。

「ふむ……。シンプルに考えて、もしあの午前二時の聖母の動画が偽物なら、作った人間や動機、意図を突き止めるという方法はあるね。

仮に作者がいるなら、『彼』は、非常に出来のいい動画を作り、ごく短期間ネットに流し、それを削除するという行動をしている。その意味は何か、これから『彼』がどう動くかを見ていれば、ある程度動機や背景が推測できるだろう。

現状、僕が言えるのは、問題の動画に映った『フォリーニョの聖母』が限りなく本物に近い、ということだ。それで、あの動画がここでなく、仮にどこかのスタジオで撮影されたとしたら、背景に出来の良い贋作《がんさく》を使ってることになる。

ラファエロの贋作屋は世に多いけど、贋作屋の世界そのものは狭いから、最近その仕事をした人間とか、買い取った人物に辿《たど》り着く可能性は有り得る」

「ああ、成る程」

平賀はじっくりと頷《うなず》いた。

「いずれにせよあの動画のマリア様、ファティマ第三の預言がバチカンから始まるだなんて、物騒な警告をしてくれたものだよ。もっといい預言なら良かったのに」

ロベルトは大きく溜息を吐いた。

「ええ。ファティマ第三の預言といいますと、とんでもなく恐ろしい内容だという評判です。第三次大戦や核戦争、生物兵器戦争による大量虐殺、あるいは宇宙戦争の預言だったとも言われていますよね」

「法王庁はファティマの奇跡を一九三〇年に公認したが、第三の預言を公表しなかった。その結果、余程恐ろしい、隠すべき内容だという噂が一人歩きして、一九八一年にはカソリック元修道士がハイジャック事件を起こして『ファティマ第三の秘密を公開せよ』と要求する事件まで起こったんだ。

法王庁が重い腰をあげ、第三の預言を公表したのは二〇〇〇年だ。余りに長い時間が経った後だ。それで、まだ真実を隠しているだろうと世間に疑わせてしまった」

「かつてルシア嬢が受けた啓示を記した本物の文書は、バチカン図書館にある筈です。ここだけの話、教えて下さい。ロベルト、貴方《あなた》はご覧になりましたか？」

平賀はキラキラと輝く瞳《ひとみ》で訊《たず》ねた。

「いや、悪いけど僕は見ていない」

「そうですか、残念です。貴方でも知らないことがあるんですね」

「それはそうだろう。何だって知ってる訳じゃない。実際、バチカンは謎だらけさ」

ロベルトは苦笑いで答えた。

「私はたった今まで、午前二時の聖母のメッセージの内容を心配していませんでした。どのような警告であれ、人々がそれを真摯《しんし》に受け止めれば、より良い結果に結びつくだろうと、漠然と考えていたんです。

ですが、考えてみれば意味深ですよね。『ファティマ最後の奥義が明かされる日まで、もう時間がありません』『第三の預言がバチカンから始まります』だなんて……」

暗い顔になった平賀に、ロベルトは手を打って言った。

「それこそ考えても仕方のない事さ。それより平賀、一寸《ちょっと》お腹がすかないか？」

「何ですか、突然」

「今夜は長丁場だと思ったから、用意してきたんだ」

ロベルトはそう言うと、鞄から敷物を取り出して床に敷いた。

その上にマグボトルを二つ、箱入りのビスコッティ、アルミホイルに包まれた物体二個を取り出して並べる。

平賀は目を丸くした。

「いけません、ロベルト。館内は飲食禁止です」

「まあまあ、落ち着いて。せめてカフェ・ラッテを頂くぐらいはいいだろう？　朝までここで張り込むんだからさ。ちなみにホイルに包んであるのは、君の好きなグリル茄子《なす》とルッコラとモッツァレラチーズのサンドイッチだよ」
ロベルトは悪戯《いたずら》っぽくウインクをした。
それから時刻は刻々と過ぎ、午前二時が近づいて来た。
二人は緊張して時を迎えたが、やはりその日は何も起こらなかった。
「……今日は駄目でしたね」
平賀は残念そうに呟《つぶや》くと、肩を落としたのだった。

2

午前〇時に目覚まし時計が鳴り、フィオナはホテルの一室で目を覚ました。
今から町に出て、今夜は一晩中探検をするつもりだ。
その為に夕方から睡眠薬を飲んで、たっぷり眠っておいたのだ。
窓を開くと、風がざわめきを運んで来た。じっとりとした闇が肌に絡みつく。
空には異様にギラギラとした、白銀の満月が輝いていた。
どこかで狼男が目覚めそうな、素晴らしい夜だ。
満月は生き物のバイオタイド（体内の潮汐《ちょうせき》）に影響し、テンションを狂わせる。
だから普段は平穏な人間も何故だか感情的になり、景色だって変化する。
満月の日に交通事故や凶悪事件が多いことは有名だ。

「切り裂きジャック」、「ボストン絞殺魔」、「サムの息子」などの歴史に残る事件は、満月の日に発生しているという。

それも自然な話だろう。

地球上の生命現象や物理現象は、宇宙を行き交う力の顕現だ。だから、全ての生体は宇宙からの作用を受け、宇宙の動きと共鳴しながらリズムをとって動いている。

無論、おかしな気分に操られるのは人間だけではない。

こんな夜は危うい境界線が闇に溶け出して、初夏の気配にムズムズしている妖怪《ようかい》達も、無防備な怪物達も、町を彷徨《さまよ》い出すだろう。

悪戯な妖精《ようせい》達は怖い物見たさの好奇心に耐えられなくなって、そっと人の世を徘徊《はいかい》するに違いない。

月の光を浴びながら、彼らは朝まで大騒ぎするだろう。人間は怖いぞ、人間は面白いぞ、と言いながら……。

そして彼らの霊気にあてられた人間達も、更なる狂気に駆り立てられていくだろう。

翌朝になれば皆、元の世界に戻っていくと言われるが、本当はどうなるものだか分かりはしない。

そもそも自分はどちら側の生き物なのだろう？

フィオナは小首を傾げた。

さて。それにしても、こんな夜には特別な趣向が必要だ。人にも人でない者にも、礼儀を尽くさなくてはならない。

フィオナは徐《おもむろ》に旅行トランクを開いた。

取り出したのは、胸元と袖《そで》に大きなフリルがついた、クラシカルなパイレーツ・ブラウスと、ピッタリした黒の革パンツだ。

ブルーグレイの口紅と同色のアイシャドーでメイクをし、ソロモンの紋章を象《かたど》った大きなペンダントをつけて、髑髏《どくろ》のピアスを耳に飾る。

ビニールレザーのニーハイブーツを履き、手に黒手袋をはめた。

最後に葡萄色《ぶどういろ》の立て襟マントを羽織り、シルクハットを被《かぶ》る。

どこかドラキュラめいたその装いは、フィオナの病的な美貌《びぼう》、そして痩身《そうしん》や青白い肌、長い手足によく似合っていた。

彼女は白いチョークをポケットに入れると、町へと繰り出した。

踊るような足取りで石畳の上を進んでいく。

一人で夜道を歩いても、フィオナは少しも寂しくも怖くもない。フィオナはいつも精霊達や古《いにしえ》の魔女達と交信できるのだ。

(ボクはフィオナだよ、さぁ、今宵《こよい》もみんな、遊ぼうよ)

心の中で繰り返すと、さわさわと風が吹き、精霊達がフィオナを誘う。

やあ、フィオナ、いい夜だね

こっちだよ、こっちへおいで……


(やあ、いい夜だね)

彼女は微笑みながら歩き続け、サッビア通りを訪問した。

倉庫街の十字路の、悪魔の紋章の傍らにやって来ると、掠《かす》れてもう殆《ほとん》ど読めない、路面の模様に手を当てる。

よく見えなくとも、彼女はその紋章を知っていた。

二重丸の間に、RONOVEの文字。内円の中には、縦横の線と、抽象化したラッパのような意匠。

悪魔の十九軍団の長で、怪物の姿。言語表現力などを授ける悪魔、ロノヴェを表わす紋章だ。

六月四日と五日。この紋章の上に、二人の若者が続けて飛び降り、死んだ。

(あの二人は、悪魔を呼び出したのかな?)

フィオナの心の呟きに、精霊達はざわついた。

(どうしたの、怖いのかい? ボクはちっとも怖くないよ。今夜はボクが悪魔を呼び出すんだ。誰か、いい場所を知らないかな?)

フィオナは心で問いかけながら、歩き出した。

(なら、私が得意だよ。フィオナ、こっちにおいで)

一人の魔女が、影となって、駆け抜けていく。

それを追って、裏通りにふらりと迷い込み、方角も分からない道をどれほど彷徨っていただろう。

ふと気付くと彼女は寂れた町工場跡を歩いていた。

かつては小さな工房が連なり、活気もあったのだろう。だが、今では人々は去り、錆《さ》びて傾いたシャッターと、室内に残されたガラクタの山を月光が照らしていた。

所々には住んでいる者もいるようで、時折、「自転車修理出来ます」や「仕立て承り」といった文字が、思い出したように軒先に出ていたりもする。

何故だか懐かしい、遠い昔に見たような場所だ。

錆びついた看板には『ルジアーダ通り』と書かれている。

ぽつり、ぽつりと街灯が立ち、そのうちいくつかの電球は切れていた。

フィオナはやがて不思議な予感に導かれ、薄暗い十字路で立ち止まった。

(ここなら、悪魔を呼び出せるよ……)

魔女が、そっとフィオナの耳に囁《ささや》いた。

ポケットからチョークを取り出し、道路にしゃがむ。

そうして彼女は、記憶している悪魔の紋章を路面に描き始めた。

最初に二重円を描いた時、誰かの視線に気付いて、フィオナは顔を上げた。

すると十字路の北側の、街灯の物陰に、黒服の男が立ってこちらを見詰めている。

丸刈りで、サングラスをかけた男だ。上背が高く、左手に黒い楽器ケースのようなものを持ち、軍人だか門番のように直立不動の体勢で立っている。

フィオナが手を振って挨拶《あいさつ》を送ると、男は腕を九十度に曲げ、指を揃える奇妙な挨拶をした。

それを終えると、男は再び直立不動の姿勢に戻り、踵《きびす》をくるりと百八十度返して歩き去って行った。

どうやらフィオナの邪魔をするつもりはないようだ。

「お休み、門番さん」

フィオナは呟き、紋章の続きに取りかかった。

（紋章はその悪魔のシンボルだから、それに呼びかければいいんだよね。誰かに見られちゃ駄目なんだっけ？）

フィオナは記憶を手繰ったが、よくは思い出せなかった。

「ん。まあ、いいかな」

呟きながら、残りの意匠を描いていく。

縦、横、縦、横と線を引き、装飾の丸印を描き加える。だが、懸命に神経を集中していたのに、だんだん自分が何を描いているのか、分からなくなってきた。

ゲシュタルト崩壊を起こし、全部が奇妙な絵に見えてくる。

なんだか楽しい。笑いが込み上げた。

フィオナは鼻歌を歌いながら最後に文字を書き入れ、紋章を完成させた。

できた、と安堵《あんど》の息を吐き、シンボルから少し離れて、路上に三角座りをする。

（ドキドキするね。何か起こるかな？）

心の中で精霊や魔女達に問いかけながら、ぼんやりと数十分を過ごしただろうか。

フィオナは辺りに漂う気配を感じた。

顔をあげると十字路の東側から二人、西側から三人、北側から一人。十代半ばから二十歳ぐらいに見える男女がポツリポツリと、十字路へ向かって歩いてくる。

彼らは十字路の側で立ち止まり、フィオナと彼女の描いたシンボルを囲むような形で、遠巻きに円陣を作った。

「サモナー」

彼らの中の誰かが言った。皆、熱に浮かされたような目でフィオナを見詰めている。

（サモナー？　ボクのことを言ってるのかな？）

フィオナは訝《いぶか》りながら一同をじっくりと見回して、彼らが皆、同じ金色のバッジをつけているのに気が付いた。

その瞬間だ。

「アぁンタアァワァァ、誰なのョォオオオオ――ッ！　ぎぃい――ッ！」

フィオナの背後からおぞましい悲鳴があがった。

思わず振り向くと、十字路の南側の街灯の陰に、一人の女が立っている。

女は裾《すそ》が大きく膨らんだ真っ赤なロングドレスを着、レースの長手袋をはめた手で黒薔《ば》薇《ら》の花束を持っていた。

顔には黒いシフォンのヴェールを被り、それをウエディングヴェールのように長く垂らしている。そのせいで、顔つきはよく分からない。

ただ、ヴェールの隙間から見える目は殺気を孕《はら》み、射殺さんばかりにフィオナを睨《にら》んでいる。赤い唇は怒りに歪《ゆが》み、大きく開いた白い胸元が興奮に上下している。

その異常な女の様子に、フィオナは興味を覚えて、じっと見つめ返した。

その時、何処かから、ガラン、ガランとブリキが倒れたような音が響いた。

誰かが短い悲鳴をあげる。

何人かの少女は悪魔の紋章を指差して叫んでいた。だが、その目は遠くを見ている。

「あそこだ、いたぞ！」

また別の声がした。若い青年が北の街灯あたりを指差して叫んでいる。

フィオナはそこに黒い影を見たような気がした。彼女は目を眇《すが》めたが、何者かの影は素早く闇に溶けてしまった。

だが、まだ気配は消えていない。近くに居るはずだ。何かが近くに潜んでいる。

フィオナの脳に不可解な信号が走る。

「俺も見た」

「尻尾《しっぽ》が生えていたわ」

間、空から何かが降ってきた。

「いいえ、違うわ、あれは彼よ」

皆が口々に叫んだ。

(彼？　彼って誰だろう？)

フィオナは混乱しながら、ゆらりと立ち上がった。

すると突然、大きな黒い鳥のような影がフィオナの頭上を横切ったかと思うと、次の瞬
間、空から何かが降ってきた。

そして、重い音と共に地面に叩《たた》き付けられた。

どん。ぐしゃ。ぐしゃ。ぐしゃ。

おかしな音がして、紋章の上に血の染みが広がっていく。

黒いシフォンのヴェールを被《かぶ》った女は、まるで闇に溶けるようにいなくなっていた。

集まっていた少年少女らはどこか恍惚《こうこつ》と、のんびりとした動きで空を見上げている。

そして、また別の誰かの声が辺りに響いた。

「今、やっぱりいたよ。尻尾があった」

「きっと、うまくいったんだね」

「行きましょう……」

彼らは互いに目配せをし合うと、蜘蛛《くも》の子を散らすようにして、夜の闇に散って行った。

(何が起こったんだろう。ボク、悪魔を呼び出しちゃったのかな？)

フィオナは首を傾げ、悪魔の紋章の上に降ってきたものを見た。

大きな黒い鳥かと思ったのに、ただの女だった。

年齢は恐らく三十歳前後。

ブルネットの髪が横顔にかかり、緑色の瞳《ひとみ》を大きく見開いたまま死亡している。

両手を大きく広げ、両足は有り得ない方向に曲がっていた。

なに、これ……？

死体の傍らにかがんで見ると、胸には小さな剣が刺さっていた。

(自分で胸を突いてから飛んだのかな？)

フィオナは短剣の柄《つか》にそっと触れた。それを死体の胸から引き抜くと、たらり、と血が滴った。

刃の部分が稲妻のようにジグザグになっている、変わった短剣だ。柄の部分にはルーン文字が彫られていたが、意味はよく分からない。

フィオナは顔を顰《しか》め、女が降ってきたと思われる建物を見上げた。

築年数がかなり古そうなアパートだ。

最上階の四階の窓が開いて、カーテンが風に揺れている。

フィオナはそこにちらりと黒い影を見た気がした。

ざわざわと、夜の精霊達が笑いさざめく声が聞こえてきた。

腕時計を見ると、時刻は午前二時半だ。

「えっと……。こういう場合は、地元警察を呼ぶのだっけかな？」

フィオナは小さく呟《つぶや》きながら、ポケットから携帯を取り出した。

3

およそ十分後、警察車両と救急車がやってきて、侘《わ》びしい路地裏はたちまち物々しくなった。

遺体の周りにチョークで線が引かれ、飛び散った血の痕《あと》に番号が振られていく。

鑑識がせわしなく現場を動き回っていた。

「あんたが遺体から凶器を引き抜いたのか？　何故だ！」

刑事らしき背広姿の大男が、フィオナを責めるように問うた。

「ええと……。御免なさい。儀式に使う特別なものかなと思って、つい……」

すると刑事は何を言っているんだ、という軽蔑《けいべつ》の目でフィオナを睨んだ。

「おい、あんた、頭は大丈夫か？　そいつは証拠隠滅を図ったと取られる行為だぞ。この女とは知り合いか？」

「知らないよ。そこで死んでるのを見る前は、一度も見たことない。最初は、大きな鳥だと思ったんだ」

フィオナは首を横に振った。

刑事は溜息《ためいき》を吐いた。

「ここで何があったか、見聞きしたことを話してもらおうか」

「ええと、ボクはここの交差点に悪魔の紋章を描いたんだ。それで、何か起こるかしらと思っていたら、あそこに門番が立っていた」

フィオナは交差点の北を指差した。

「門番だと？」

「うん。サングラスをかけた男が、門番みたいに立ってた」

「目撃者か。特徴は？」

「目撃はしたかどうか知らないよ。すぐに立ち去ったから。年齢は多分三十代かな。背が高くて、髪は丸刈りだった。ボクを見て、挨拶《あいさつ》をしたよ」

フィオナは腕を九十度に曲げて指を揃える仕草をした。

「何だ、それは」

刑事は顔を顰めた。

「ボクにも分からない。でも、何かの挨拶だと思うな……」

フィオナは、虚《うつ》ろに答えた。

「とにかく怪しい奴には違いない」

刑事は手帳に書き留めた文字をペンで突いた。

「それから、若い子達が六人、いや七人か、この交差点にやって来た」

「何だって？　何故だ」

「そんなの、ボクには分からない」

　フィオナの答えに、刑事は苛立《いらだ》った溜息を吐いた。

「で、そいつらが何をしたんだ？」

「そうだね、特に何もしてないかな。ボクを見て叫んだり、尻尾がある何かを見たと言ったりしてた」

「尻尾だと？」

「そう。悪魔を見たのかな？」

「悪魔？」

「うん。そこに紋章を描いたから。それで女の人も降ってきた。後からボクが見上げたら、四階でカーテンが揺れて、黒い影をちらっと見たかも」

「待て待て。その建物の四階で何かを見たのか？」

「見たというのかなあ。ちらっと見たような、見なかったような。微妙な感じだったんだ。

　ボクがそうしてる間に、若い子達は去って行ったよ。皆、目配せをしてさ、スッと消えてしまったんだ。彼らは知り合い同士なのかな、一寸《ちょっと》奇妙な感じだ。彼らが言ってた言葉は、『尻尾を見た』とか、『うまくいった』とか、『あれは彼よ』とか……確か、そんなことを言い合っていたと思う」

　フィオナは大きな目を瞬きながら、考え、考え言った。

「一体、何なんだ、それは。あんた、薬でもやってるんじゃないだろうな？」

「そんなことしてないよ。調べてくれてもいいから」

微笑んだフィオナに、刑事が頭を掻《か》き毟《むし》った時だ。

Tシャツにスウェット姿の男を連れた警官が、刑事に敬礼をして、声をかけた。

「ムーロ刑事」

「どうした」

「死んだ女の同居人を連れて来ました」

「何っ！」

ムーロ刑事はフィオナの聞き取りを中断し、男に向き直った。

くしゃくしゃに寝癖のついた髪の毛。赤ら顔で、小太りの男だ。目の下には、ひどい隈《くま》があった。

「ローマ警察のムーロ刑事だ。お前の名前は？」

「ジャコモ・ボスキです」

ジャコモは緊張した様子で、おどおどと答えた。

「職業、年齢は？」

「エンジニア、二十五歳です」

「亡くなった女性との関係は？」

「恋人です。一年前から同棲《どうせい》しています」

「彼女の名前、職業、年齢は？」

「カメーリア・バッジョ。二十七歳。レストラン店員です」

「そのアパートで暮らしてるんだな」

「はい、四階の三号室です」

「その部屋で何があった？」

ムーロはじろり、とジャコモを睨《にら》んだ。

「し、知りません。僕は何もしてません。物音が聞こえるまで、僕は隣の部屋で寝ていましたから」

「物音とは？」

「家具がガタガタいうような……音です。あの、最近、彼女はよく魘《うな》されていたんです。悪魔に襲われる夢をよく見ると言ってました。それで、夜中にしょっちゅう起きたりするので、ベッドを分けて寝ていたんです。昨夜は、遅くまでゲームをしていて、なかなか苦戦して、次のステージに進むことができないまま、いつの間にか寝ていました」

「で、物音がして、目が覚めて、それからどうした？」

「僕は、彼女が起きたんだと思いました。それで心配になって、彼女の部屋の扉を開いたんです。そしたら……中に黒い影がいて、僕に向かってきたんです」

「黒い影だと？」

「はい。悪魔だと思います。尻尾《しっぽ》がありましたから」

ジャコモ・ボスキは真剣な表情で答えた。

「何だと？　お前はまさか、悪魔だか何だかが恋人を殺したと言いたいのか！」

　ムーロは怒鳴った。

「ぼ、僕も何が起こったか、よく分かりません。とにかく彼女の部屋に、尻尾のある黒い悪魔がいたんです。それが、天井にササッと素早く這《は》うようにして登って行って、僕に襲いかかってきたので、僕は何とかそれを退治しようともがきました。そしたら、そいつは、突然、消えました。ほ、本当です。それで、気がついたら窓が開いていて、外を見てみたら、彼女が道路に倒れているのが見えたんです」

　ジャコモは冷や汗を拭《ぬぐ》いながら答えた。

　ムーロ刑事は呆然《ぼうぜん》として暫《しばら》く無言だったが、気を取り直したように咳払《せきばら》いをした。

「お前にはこの後、署に来て貰《もら》うとして、ひとまず現場検証だ。お前の家へ行くから案内しろ。お前も一緒に来るんだ」

　そう言うと、ムーロは先頭に立って歩き出した。

　警官がジャコモの腕を取り、その後に続く。

　フィオナも最後尾に着いていった。

　ジャコモのアパートの扉は古い鉄製で、錆《さ》びて軋《きし》んだ音がした。

　エレベーターもレトロな旧式だ。

　ムーロ刑事とジャコモ、警官が乗り込んで鉄柵《てっさく》を閉めると、それが蝸牛《かたつむり》のようにゆっくりと四階へ上昇していった。

ジャコモの四〇三号室は、エレベーターのすぐ正面にあった。

一行は玄関を入った。

室内にはアニメのポスターやグッズ、フィギュアが並んでいる。

一行はカメーリアの部屋へ向かった。

ジャコモが見た悪魔の動きを説明する間、ムーロは腕組みをして無言であった。警官も黙り込んでいる。

ジャコモが話し終わっても、誰も口を利かなかった。ジャコモの証言をどう受け取るべきか、困惑していたのだ。

「その悪魔が短剣で彼女を刺したのかな？」

唐突に、細い声が室内に響いた。

いつの間に付いて来ていたのか、それはフィオナだった。

「短剣ですか？　いえ、知りません。その場面は見ていませんでした」

ジャコモは彼女を警察関係者と思ったのだろう、振り向いて答えた。

「短剣だよ。見たことない？　刃がジグザグの形をしていて、柄《つか》にルーン文字が彫られた、小さいやつ」

するとジャコモは「ああ」と、思い出したように頷《うなず》いた。

「だったら、魔法の剣ですね」

「魔法の剣？」

「知りませんか？　マジックマスター・オズモンド。今、そのゲームの攻略中なんですけど、そのオズモンドの最強の武器で、稲妻の剣（Spada di fulmine）ていうレア品なんです。ちゃんと魔女に精霊を宿してもらったものなんです。あれが無いと、後が続かないんですよ。あと1ステージでクリアなんです」

ゲームのことを言っているらしく、ジャコモは残念でならないように言った。

「ふうん」

「もう少しで悪魔を倒せるんです。あれ？　そういえば稲妻の剣がない。この壁に飾っておいたのに。悪魔め、あいつが持っていったんだな。何てことだ。あれがないと先に進めないのに……」

ジャコモはきょろきょろと辺りを見回し、頭を抱えた。

「ここに剣があったんだね？」

フィオナが訊《たず》ねた時だ。

「おい、なんでお前がここに居るんだ。出て行け！」

我に返ったムーロ刑事が、フィオナに気付いて怒鳴った。

「その女を摘《つ》まみ出せ！　ああ、一応、そいつの連絡先を聞いておけ。それと鑑識をここへ呼ぶんだ！」

ムーロ刑事は警官に命じ、フィオナは玄関から外へ押し出された。

4

『最近、フーモに悪魔が出るんだって』
『知ってる。すごく長い尻尾があるんだって』
『そうそう。十字路に悪魔の紋章を描くと、呼び出せるんだって』
『けど、見た人は皆、死んじゃうんだって』
『ヤバいじゃん！』
『うん。死から逃れる方法はね……』

最近、そんな噂話をよく耳にする。
悪魔なんて、いる筈《はず》がないのに。皆、面白がって大騒ぎをする。
きっと毎日が憂鬱《ゆううつ》だから、ワッと騒げるネタが欲しいのだ。
何故憂鬱かは、ゾーエにもわかる。皆、ストレスまみれだからだ。
親友のクレオは家族にトラブルを抱えてる。
早くに結婚したエルサは暴力夫と別れられない。
デーリアは彼氏の浮気性に苦しんでる。
ラウルはなかなか仕事が見つからない。

コンラードとエリクは愛と差別に悩んでる。
そして勿論《もちろん》、みんな金がない。
ゾーエ自身は将来性のないバイトをこのまま続けるか、迷っている。
このまま進めば袋小路だと分かっていても、他に行く道も分からない。
友達と集まると、皆、我先に愚痴大会だ。
苛々《いらいら》して煙草を吸って。踊って、歌って、呑《の》んで、騒ぐ。
それで今夜も一晩、どうにか不安に押し潰《つぶ》されずに済んだ。
疲れた息を吐き、ゾーエは大きく欠伸《あくび》をした。
眠気が急に押し寄せてきていた。さっきから、足元がふらついている。
（ヤバい、ヤバい。遊び過ぎたかな……）
早く帰ってベッドに入りたかった。ゾーエは裏道を通ることにした。
薄暗い通りを歩いて行くと、足元に落ちた何かに躓《つまず》いた。
二、三歩蹌踉《よろ》めいて振り向くと、路面にチョークの落書きと、血溜《だ》まりがある。
ぬめっとした、嫌な感触が足裏にあった。
暗くてよく見えないが、動物の死骸《しがい》でも踏んでしまったのだろうか？
ゾーエは眠い目を擦《こす》り、その時、ハッと気付いた。
（嫌だ。ここ、十字路じゃん。それにあの落書き、何？　あれ、悪魔の紋章？）

『最近、フーモに悪魔が出るんだって』

『知ってる。すごく長い尻尾があるんだって』

『そうそう。十字路に悪魔の紋章を描くと、呼び出せるんだって』

ゾーエは頭《かぶり》を振って、馬鹿な噂の声を頭から追い出した。

深呼吸をして冷や汗を拭う。

悪魔だなんて、馬鹿馬鹿しい。

そういえば、ゾーエが小さい頃も、同じような作り話が流行《はや》ったことがある。

あれも確か、十字路に出る魔物の話だった。

十字路に血を捧《ささ》げると、黒い魔物がやって来て、何でも願いを叶《かな》えてくれる。

けど、願いが叶うとその代償に、怖い異世界へ連れ去られてしまう。

だからうっかり十字路の血を踏んだ時は、小指と薬指をクロスさせて、呪文を三度唱えなければならない。確か、そんな話だった。

そんな単純な話でも、幼いゾーエには相当恐ろしかった。話を聞いて暫くは、十字路を通る度に呪文を唱えていたほどだ。

ふっと昔を思い出し、懐かしさに頬を緩めた時だ。

ゾーエは、鼻先に漂う異臭に気が付いた。

(この臭い……。血だわ)

ぞっとして足元を見る。すると靴にべったりと赤黒い血がついているのが分かった。

ゾーエは思わず小指と薬指をクロスさせて、呪文を唱えた。

「マージア、シンミア、アーリア、フェニーチェ。マージア、シンミア……」

生温かい風がねっとりと、ゾーエの身体に纏《まと》わり付いた。

『見た人は皆、死んじゃうんだって』

『ヤバいじゃん!』

『うん。死から逃れる方法はね……』

友人達の言葉が脳裏に甦《よみがえ》る。

(死から逃れる方法があるって、クレオは言ってたっけ。けど、何だっけ?)

ゾーエはポケットから携帯を取り出した。

親友のクレオに電話をかける。クレオは出ない。どうしたのだろう。

「あたしよ。ゾーエ。悪魔から逃げる呪文って何だっけ? すぐに教えて。悪魔が近くにいるみたい。とても怖いの」

留守電にメッセージを吹き込んだ。

間もなく折り返し電話がかかってくる筈だ。ゾーエは胸に携帯を抱きしめた。

その時だ。

十字路の上に描かれた紋章と、奇妙な手書き文字。そしてその上に黒い影が立っているのに、彼女は気が付いた。

その影はゾーエより二回りも大きく、長い尻尾《しっぽ》が生えている。

「あ……あ……来ないで……嫌――ッ！」

ゾーエの震える悲鳴は、鈍器が骨を砕く音と血の飛び散る音にかき消された。

＊　＊　＊

十一歳の愛らしい少女、フランチェスカ・プーマの遺体が発見されたのは、カッファレッラ公園の遊歩道にある十字路に描かれた、悪魔の紋章の上であった。

発見時刻は午前六時七分。発見者は、近所の郵便局員リオネッロ・チッチ。犬の散歩中の出来事だ。フランチェスカは近所でも有名な美少女だったので、すぐに彼女と分かったのだと、リオネッロは涙ながらに語った。

小雨の降る中、フランチェスカの遺体が担架に乗せられ、運ばれていく。

鑑識達は歩道の交差点に描かれた紋章と、奇妙な手書き文字に向かってシャッターを切っていた。

1　ELEFANTE（象が一頭）

2 ELEFANTI（象が二頭）
3 ELEFANTI（象が三頭）
4 ELEFANTI（象が四頭）
VENTISETTE ELEFANTI（象が二十七頭）

その怪文は、悪魔の紋章のすぐ近くに書かれていた。

昨日殺害されたゾーエの事件と全く同じものだ。

まるで数え唄《うた》のように一頭から四頭まで象を数え、最後に突然、二十七頭と書かれているのも謎なら、デジタル文字に似た不自然な字体であるのも酷《ひど》く不気味だ。

現場に駆けつけたムーロ刑事は頭を抱えた。

少女は現場から遠くないバルトロメオ通りの一軒家で、両親と二つ年上の姉、三歳の弟と共に暮らしていた。実母は五年前に死去し、現在の母親は後妻だが、実の親子のように仲のいい家族で、目立ったトラブルはなかったという。

父親のマンフレードは郊外にワイン畑を所有し、ローマ市内で三軒のワインレストランを営む素封家で、娘のフランチェスカは、幼い頃からリトルミスコン——子どもの美人コンテストで何度も賞を取るほどの美少女であった。

明るいプラチナブロンドの髪に大きな青い目という容姿に物怖《ものお》じしない陽気な性格で、クラスメイトから近所の人にまでファンが多く、とりわけ父親の彼女への溺愛《できあい》ぶりは有名だったという。

普段通りに登校し、下校途中の雑貨店で買い物している姿が防犯カメラに映っていた。

それ以降の足取りは不明。

外出していた母親が午後八時に帰宅し、フランチェスカの不在に気付いて、友人の家などに連絡。どこにも姿がないことから、午後九時、警察へ通報された。

身代金目当ての誘拐事件が疑われたが、犯人からの連絡はなく、翌朝遺体になって発見される。

遺体の状況は俯《うつぶ》せ。服装は登校時と変化なし。服装の乱れはなし。

死因の断定は解剖を待って行われるが、首の右大動脈に一カ所、背中に三カ所の刺し傷があるところから、出血性ショック死と推定されていた。

ムーロ刑事と部下達はその日、丸一日かけて聞き込みを行ったが、フランチェスカに恨みがありそうな人間を発見することは出来なかった。

複数の人物が被疑者として名を挙げたのが、彼女のストーカーで近所に住む男、四十五歳のエリージョ・アゲロだ。

また、「最近、見慣れない男が家の周りを彷徨《うろつ》いていた」という家族の証言から、彼女のファンの仕業とも考えられる。

犯人や犯行を直接目撃した者は一人もいなかった。

唯一の目撃者は、カッファレッラ公園近くのマンションに住むフランチェスカのクラスメイトで、その少女は「公園を彷徨《さまよ》う悪魔を見た」と証言していた。

ムーロ刑事は行き詰まっていた。

公園という公共の場所で堂々と犯罪が行われ、これだけ目撃者がいないというのも、考え難い事態だ。

だが、長く刑事をやっている経験上、時折、エアーポケットのような空白時間に起こる事件があるという事も、ムーロは知っていた。まるで悪魔の仕業か神の悪戯《いたずら》かというような事件が実際、起こることがある。

この事件も恐らくはその類《たぐい》だと、ムーロの勘が告げていた。

迷宮入り……という嫌な単語が頭を過《よ》ぎる。

そもそもこれらの事件の犯人像というものが、ムーロにはまるで浮かばなかった。

わざわざ十字路に奇怪な絵を描き、意味不明なメッセージを書き添え、そこに遺体を置くことに何の意味があるのか、ムーロには想像も出来ない。

先日のゾーエ事件で、死亡直前の被害者が友人に「悪魔が近くにいるみたい」とメッセージを残したり、今回のフランチェスカ事件でクラスメイトが悪魔を目撃したりというのも、理解の範疇《はんちゅう》を超える。

彼が最初に担当した事件——六月十二日に自宅から墜落死したカメーリア・バッジョ事件の犯人も悪魔だと、彼女の恋人が証言している。

更に言えば、六月五日に墜落死したルカ・コンテも、死の直前に「悪魔に追われている」と警察へ電話を入れたことが分かっている。

ひとまず、ルカとカメーリアの不審死については、自殺として処理することに、ローマ警察内では決まりかけていた。ところが、その矢先のゾーエ・ゴッティ撲殺事件と、今回のフランチェスカ・プーマ刺殺事件である。

これをきっかけに、恐らく先の不審死二件についても、再調査が必要と判断されるだろう。

慢性的に人手不足のローマ警察とムーロ刑事にとって、頭の痛い問題であった。

フランチェスカ・プーマの事件は、その日のうちに、地元メディアに大きく取り上げられた。

華やかな少女の悲劇的な死はあっという間に人々の話題となり、マスコミは悪魔の目撃談と現場に残された悪魔の紋章、謎のメッセージなどについて、過熱報道を繰り返した。

一連の事件を『十字路連続変死事件』と名付けて報道する新聞も出始めた。

人々の怒りは、憎むべき犯人と、それを野放しにしている警察に向けられ、ローマ警察へは抗議の電話が相次いだ。

追い詰められたムーロ刑事は、とうとう悲鳴をあげた。

今回のような怪事件は警察の手に余る。専門家に解決を依頼すべきだと。

カラビニエリの特捜部に、『解けない事件はアメデオ・アッカルディへ』とまで呼ばれる天才捜査官がいることは、警察関係者には有名な話だ。

カラビニエリとは、陸軍、海軍、空軍に続いてイタリア軍を構成する第四の軍隊組織であり、一般の警察機能と軍隊としての機動力を併有した組織でもある。中でも、イタリア全土における組織犯罪、麻薬取引といった、国家治安に関する重大事件を取り扱うのが、特捜部（ＲＯＳ）というエリート集団であった。

ムーロ刑事はどうにか上司を説得し、アメデオ大尉に助けを求めた。

5

アメデオ・アッカルディは、黒い制服に制帽姿。左の肩章から白いベルトを襷《たすき》にかけ、真っ赤なライン入りの黒ズボンを穿《は》いた精悍《せいかん》な男である。

最近広いオフィスに移り、直属の部下も増えたアメデオだったが、彼の口から出てくるのは溜息《ためいき》ばかりだ。

その原因は様々にあるが、直近に生じた悩ましい事態は、彼の妻が息子のアデルモを名門私立学校に入学させたいと言い出したことである。

親の自分が言うのも何だが、息子は自分に似て成績が悪い。贔屓目《ひいきめ》に見ても勉強嫌いだ。妻が望むレベルの私立学校への入学など、夢のまた夢なのだ。

しかしながら妻は息子に、ありえない夢を見ていた。

昨夜も地元で評判のカリスマ家庭教師を雇えたことに大はしゃぎの妻と、その授業について行けずに落ち込むアデルモと、白けた顔で人形遊びをしている娘のアイーダと、色とりどりのパーティメニューが並んだダイニングテーブルを前にして、アメデオは居たたまれない時を過ごしていたのだった。

妻は息子の皿に、上等のステーキを盛り付けながら言った。

「貴方《あなた》が駄目な訳なんてないわ。だって、貴方のお父さんはね、誰にも解けない難事件を沢山解決して、世の中から尊敬されている、とっても頭のいい人なのだもの。貴方はその血を引いているの。

アデルモ、貴方の地頭はいいのよ。一寸《ちよつと》努力さえすれば、大丈夫なんだから」

そしてアメデオを振り返って、にっこりと笑うのだ。

「ね、そうでしょう？　貴方」

アメデオは曖昧《あいまい》に笑ってみたものの、息子が不憫《ふびん》で仕方ない。

かといって本当の事を家族に語る訳にもいかない。

これまで難事件を解決してきたのは自分ではなく、ローレン・ディルーカという天才で、それを世間には秘密にしているということを……。

それで彼は、「余り無理をさせなくてもいいんじゃないか」とか、「男の子はのびのび育てるのが一番だぞ」などと意見を言うのだが、妻の耳には届かない様子だ。

どうすれば、息子に対する過剰な期待を妻にやめさせられるのか。

アメデオは思案に暮れていた。

気弱な溜息を繰り返すうち、憂鬱《ゆううつ》な約束の時間がやって来た。

扉がノックされ、ムーロ刑事が現われる。

アメデオはムーロ刑事から事件の経過を聞き、事件のファイルを受け取った。

すると間もなく事件に関連する書類の入った段ボール箱が、アメデオの部屋に運び込まれてきた。


現時点でアメデオがこの事件について把握しているのは、一連の事件が必ず十字路で起き、そこに必ず同じ紋章が描かれていること。

さらにここ二件の事件では、絵の側に「象が一頭、二頭、三頭、四頭、象が二十七頭」という奇怪なメッセージが添えられていることぐらいだ。

アメデオは眉間《みけん》に皺《しわ》を寄せながら、事件ファイルを読み始めた。


第一の事件。事件発生時刻、六月十二日午前二時半。

被害者はカメーリア・バッジョ。二十七歳。レストラン店員（写真添付）。

ルジアーダ通り二八四番の自宅前交差点で、全身打撲により死亡。胸部に小型の剣による刺し傷があるも、致命傷ではないと判明。現場に紋章（写真添付）。

カメーリアが悪魔に突き落とされたと、同棲《どうせい》中の恋人ジャコモ・ボスキ（エンジニア、二十五歳）が証言。

目撃者はフィオナ・マデルナ（住所記載）。六月十二日午前二時半、警察へ通報。


アメデオはそこで思わず我が目を疑った。

フィオナ・マデルナ。それは変人心理学者で、アメデオの仕事上の相棒の女だ。

（あの女、事件現場で何をやってるんだ‼）

アメデオは呼吸困難を感じてぜいぜいと息を吐き、制服の襟を緩めた。

どうにか気を取り直し、次のファイルを開く。


第二の事件。事件発生時刻、六月十四日午前三時前後推定。

被害者はゾーエ・ゴッティ。二十二歳。タトゥーショップアルバイト（写真添付）。

マレーア通り五五二番地の交差点で、撲殺。凶器はバールのようなものと推定。

現場に紋章（写真添付）および謎の怪文（写真添付）。

目撃者はなし。ゾーエ自身が深夜二時四十五分、友人に「悪魔が近くにいる」と電話メッセージを残している。

発見者は近所に住む主婦、ロレーナ・ブランディ。午前九時十五分、通報。

第三の事件。事件発生時刻、六月十四日午後九時から十時推定。

被害者はフランチェスカ・プーマ。十一歳。中学生（写真添付）。

カッファレッラ公園内にて、刺殺死体として発見される。首の右大動脈に一ヵ所、背中に三ヵ所の刺し傷。凶器は大型ナイフと推定。

現場に紋章（写真添付）および謎の怪文（写真添付）。

目撃者は一切なし。

彼女のストーカーが捜査線上に浮かぶも、アリバイがある。

見慣れない男が自宅付近を徘徊《はいかい》していたという、家族の証言があり。

参考までに、カッファレッラ公園近くに住む被害者のクラスメイトが「公園を彷徨《さまよ》う悪魔を見た」と証言している。

発見者は近所に住む郵便局員、リオネッロ・チッチ。六月十五日午前六時七分、通報。

※参考事件。
六月四日、エンマ・ドナート（二十四歳、バーメイド）が紋章の上で、全身打撲で死亡。飛び降り自殺と推定。

六月五日、ルカ・コンテ（十九歳、フリーター）が紋章付近で、全身打撲で死亡。飛び降り自殺と推定。（死の直前、悪魔に追われていると警察に電話相談あり）

ざっとファイルに目を通したところで、アメデオはフィオナに連絡を取った。

「フィオナか？　俺だ、アメデオだ」

『やあ、大尉。ご機嫌よう〜』

フィオナは妙なハイテンションで電話口に出た。

「お前、まさかラリってるのか？」

アメデオが眉《まゆ》を顰《ひそ》める。

『失礼なことを言わないでくれるかな。ナンバーを見て大尉からの電話だと分かったから、きっと素敵な事件の依頼が来たと思ったんだ。それだけさ』

フィオナの言葉に、アメデオは長い溜息を吐いた。

彼女との付き合いは短くないが、一向に理解できない女である。家庭的な妻や、仕事熱心でタフな同僚の女性捜査官などとは全く違う。

顔とスタイルだけを見ればモデルばりの美人だが、アメデオの好みでは決してない。それよりも、彼女が全身から放っている陰気で不幸そうなオーラに、会う度、肝が冷える。

性格も奇矯で、怪奇事件には目がない変態女である。仕事の用がなければ、金輪際、近寄りたくない存在だ。

『それで、今度の事件は何だい？』

身を乗り出して目を見開くフィオナの姿が、アメデオの脳裏に浮かんだ。

「今話題の、十字路連続変死事件だ。お前もよくよく知っている筈《はず》だな。何しろお前、第一の事件の目撃者なんだろう？」

アメデオの言葉に、フィオナは暫《しばら》く黙っていた。

「どうしたんだ？」

『いや、どうしてあれを第一の事件って言うのかな。エンマやルカの事件だってあるじゃない……。だけどそれはともかく、嬉《うれ》しいよ。あの事件を担当できたら、どんなにいいだろうって、思っていたからね』

フィオナは夢見るような口調で言った。

「本当に、お前は変人だな。あんな事件に関わりたいだなんて」

『興味深いじゃないか。大尉はそうじゃないの？』

「俺は普通の事件が好きなんだ。だが、依頼だから仕方が無い。ひとまず現場の聞き込みから開始する。お前も聴取に同行しろ」

『うん。喜んで……』

そうして二人は同時に電話を切った。

第三章　象が一頭、二頭、三頭、四頭……

1

キーン・ベニーニは異様な不快感と共に目を覚ました。

右腕の皮膚の下を、小さな虫が無数に這《は》い回っている様な感覚がある。

腕をしげしげと確認する。すると何時ついたのか、手首に針傷の様なものがあった。

こんなもの、寝る前は絶対についていなかった。

異常な感覚はそこを中心に広がっている。

ぞわり、とする寒気と不安が押し寄せた。

その時だ。携帯が鳴った。

『キーン、私だ。フェルナンドだ。少し遅くなったが、仲間達に話を通しておいた。皆、今まで通り、お前を同志として認めると言っている』

「よ、良かった……本当に。けどフェルナンド、ひとつ問題が起こってる」

『どうした？』

「腕が変なんだ。知らない内に針の傷が出来ていて、なんだか皮膚の下を、虫が這い回るような感覚があるんだ」

『むずむずするような、痺《しび》れた感じはどうだ？』

「ああ、そんな感じもある」

『奴らだ……』

「敵が僕の居場所を見つけたって言うの？」

するると電話口から、フェルナンドの溜息《ためいき》が聞こえた。

『当然、有り得る事態だ。お前は敵を撒《ま》いたつもりでも、尾《つ》けられていたんだろう。奴らはお前の隙を見て、薬を注射したに違いない。VNBだ。放っておけば死に至り、死体からは毒物が検出されない暗殺用の薬物だ』

キーンの全身にぶわっと脂汗が噴き出した。

「ど、どうしたらいいんだ」

『解毒剤はどうした？　渡している筈だ』

キーンは記憶脳をフル回転させ、思い出した。そうだ。護身用の医療品を受け取った後、家の薬品棚に紛れ込ませたのだ。

慌てて立ち上がってバスルームへ行き、戸棚を開く。「鎮痛剤」とカモフラージュ用ラベルのついたオレンジ色のボトルを逆さに振り、錠剤を二つ出して飲み込んだ。

暫くすると、じんわりと効果が出て来た。腕の異様な感覚が治まってくる。

キーンはほうっと安堵《あんど》の息を吐いた。

「効いているみたいだ。変な感覚が無くなってきた」

『よし、間に合ったな』

「助かったよ、有難う。けど、奴らに居場所を知られてしまった。何処かに隠れた方がいいだろうか？」

『慌てるんじゃない。慌てて動けば、余計に監視が厳しくなる。敵もまだお前の全ては把握していない。ひとまず敵に家を知られたことには、気付いていないフリをしろ』

「そ、そういうものか……」

『ああ、ここからが正念場だ。慎重に動くんだ。だが、盗聴器には気を付けろ。もう余計なことは喋《しゃべ》らない方がいい』

「分かった」

『これから重要な用件をメールで送る』

「分かった。念のため、メールも読み終わったら削除しておく」

『ああ、それがいい』

フェルナンドの電話は切れ、すぐにメールが届いた。

駅の西口近くに新しく出来たネットカフェで、今日午後二時集合と書いてある。まだ時間はたっぷりあった。

キーンは窓辺に立ち、カーテンの隙間から外を見た。

怪しい男達の影はないようだ。ただ埃《ほこり》っぽい町の景色が広がっている。

ここ数年は異常気象で雨が少なく、気温は高く、大気は乾燥気味だという。その原因は二酸化炭素による温暖化であり、海水温の上昇が地球的問題になっているのだ。

そんなことを考えながら、テレビをつけると、丁度気象ニュースが流れていた。

だが何気なくそれを見たキーンは、少なからず驚いた。

気象学者が登場し、温暖化など問題ではないし、そもそも温暖化は起こっていないと喋り出したからだ。

本来の地球のサイクルは数年後に氷河期へ移行するタイミングにさしかかっており、多少の温室効果による気温上昇などは誤差の範囲だと、学者は言った。

しかも彼によれば、地球の冷却化こそが危険であって、今から早急に対策を取らねばならないと言うのである。

キーンは首を傾げた。

毎日、ニュースや新聞は様々な事件を報道する。そして見たことのない専門家という人達が登場し、訳知り顔で解説をする。

軽く聞き流していれば真実らしく聞こえるが、彼らは肝心なことに触れなかったり、先日言ったこととまるで違うことを突然言い出したりするから、注意が必要だ。

そして町で暮らす人々も、どこかの解説者の意見を聞けば、あたかも自分が丁度考えていた意見だと言わんばかりに受け入れる。そして、その意味を半分ほど分かっていたり、いなかったりしながら、なんとなく気分で納得したりするようだ。

ファッションや風俗の流行が、どこからともなく現われて、持て囃《はや》されるようになり、たちまち人々を席巻したかと思うと、また新しいものが出てきて、以前のものは何事もなかったかのように忘れ去られていくという現象によく似ていると、キーンは思う。

政治もそうだ。ふと気がつけば、聞いたこともないような議案が通り、法律が改正されたと知らされる。そして法改正の意味と理由について、スッキリしない解説の報道が流されるのだ。果たしてそれを誰が望んだかも、ハッキリしない。

そもそも議会が本当に機能しているのかどうか、国民の意見や票やらがそこに反映されているのかどうかも、サッパリ分からない。

ある日まで素晴らしいと讃《たた》えられていた筈《はず》の法案が悪法と言われ、常識は非常識となり、善行は悪行と断じられる。

世間は猫の目のように目まぐるしく変化し、その度に経済は悪化の一途を辿《たど》っていく。

世界の良心たるべきバチカンまでが、様々な危機に見舞われていく。

何かが、何処かがおかしい。軸が狂っている感じがする。

自分の心にある不安感の根底は、この世界への不信感なのだろう、とキーンは思っていた。そしてそう思う度、嫌な頭痛を覚えるのだった。

そんな時に知り合ったのがフェルナンドだ。

彼の言葉を聞き、行動を見て、彼が優れた人間であり、正しいことを考えていると、キーンには分かったのだ。

以来、彼の活動に参加している。なのに、先日は大きな失敗をしてしまった。

（だけど、いつまでも失敗を後悔してるだけじゃ駄目なんだ）

キーンはどんよりした気分を振り切るように立ち上がった。

普段通りに生活するのがいいとフェルナンドは言ったが、約束の時間まで家でのんびりできる気分でもない。

キーンはシャワーを浴びて支度すると、近くのカフェへ出かけることにした。

聖ルカ教会の近くに、熟年夫婦が営んでいる小さな店がある。馴染《なじ》みの店だから安心できるし、料理は安くてボリュームがある。

「よう、キーン。今日は早いんだな」

店主がカウンター越しに声をかけてきた。

「まあね。カプチーノとジェラートを」

キーンは明るく答えた。

「ジェラートは何にするんだい？」

おかみさんが訊《たず》ねる。

「ミント」

「まあ、貴方《あなた》はそればっかりね」

キーンはカウンター席に座った。

おかみさんが微笑みながら、ジェラートを掬《すく》ってくれる。

この店にはうるさいテレビも新聞もない。本棚にあるのは聖書と画集と子ども向けの絵本だけ。店内で流れる音楽も、落ち着いたものだけだ。

そこがまた、キーンの気に入っている。

人の良いこの夫婦は、世間に張り巡らされた陰謀のことも、自分達がその駒となって生かされていることも知らないのだろう。

仮に知ったところで、非情な戦いに身を投じるような人柄でもない。優しいおかみさんはショックを受けて、大泣きするに違いない。

知らなければ知らないで、世界の時は流れていき、沢山の偽物の笑顔や、砂上の楼閣のような生活が積み重なっていく。そこにもきっと意味はある。

ただ、自分は知ってしまった側にいる。そういうことだ。

店主やおかみさんと他愛ない世間話をしながら、キーンはカプチーノを飲み、ジェラートを舐《な》めた。

平穏なひとときが過ぎていく。

キーンはお喋りを続けながら昼前までのんびり過ごし、カルボナーラの大盛りを食べて、店を出た。

時刻は一時半。丁度いい時間だ。

駅の裏側にあたる西口は利用者も少なく、雨除《よ》けの庇《ひさし》も傾いて錆《さ》びていた。

細く迷路のように入り組んだ道の両側には、古いアパートが並んでいて、その所々が虫歯のように朽ちている。

キーンが道に迷いながら指定の場所を探していると、三階建ての雑居ビルの地下に「新装開店」の文字とネットカフェの看板があった。

入店受付を済ませて中に入る。カーラが目敏《めざと》くキーンに気付き、駆け寄って来た。

「カーラ、その……こ、この間はごめん」

キーンは緊張しながら彼女に詫《わ》びた。

「あたしがあれを手に入れるのに、どれだけ苦労したと思う？　よくもアッサリ失くしてくれたよね。全くとんでもない馬鹿野郎だよ、あんたは」

カーラはまだ怒っているようだ。

「本当にすまない」

キーンは悄然《しょうぜん》と項垂《うなだ》れた。何を言われても返す言葉がない。

「だからそいつを信用するな、って俺は言ったんだ。キーンが間抜けと知ってて選んだお前にも、結構な責任はあるんだぜ」

オメロは冷淡に言った。呆《あき》れているのか、彼なりの慰めなのかは分からない。

ジューヒーは何も言わず、神秘的な黒い目でキーンを見詰めて黙礼した。

「自分の迂闊《うかつ》さは反省してる。それで僕自身も痛い目に遭った。奴らに家を突き止められて、今朝は殺されかけたんだ」

キーンの言葉に、皆は驚いた顔をした。

「殺されかけた？」

「ああ、VNBを注射されたんだ。でもフェルナンドが解毒剤を持たせておいてくれたから、助かった」

オメロは難しい顔をして携帯を弄《いじ》りながら、「馬鹿め」と、何度か呟《つぶや》いた。

「ちっ、馬鹿め。お前なんか殺したって、何にもなんないってのによ、馬鹿め」

すると、フェルナンドがオメロの肩にそっと手をかけた。

「そうまで言うな。キーンだって一生懸命にやっているんだ」

するとオメロは溜息《ためいき》を吐き、沈黙した。

そしてそのまま携帯を弄っていたが、突然、弾《はじ》かれたように顔をあげた。

「おい、大変だ」

「どうかしたの？」

カーラが問い返す。

「ジャコモがパクられた。道理で連絡がつかない筈だぜ」

オメロは携帯をテーブルの上に置いた。キーン達が画面を覗《のぞ》き込む。

画面にネットニュースの動画が流れ、『十字路連続変死事件の容疑者を逮捕』と、テロップが出ている。

バットマンのTシャツを着た小太りの男が、手錠をかけられ、警察に連行されていく様子が映し出されている。その顔にはモザイクがかかっていたが、体形や歩き方の特徴、見慣れたTシャツの柄から、それがジャコモだと皆には分かった。

ナレーターの声が聞こえてくる。

『十字路連続変死事件犠牲者、カメーリア・バッジョさん殺害容疑の男が連行されていきます。どうやら彼女と同棲《どうせい》中だった恋人のようです。

この連続変死事件への対応の遅れについては、ローマ警察へのバッシングが日増しに高まっていましたが、皆様、ご覧下さい。容疑者を連行しているのは、カラビニエリの捜査員です。どうやら本日付をもって、カラビニエリ特捜部が事件解決に乗り出すことが決定したようです』

「敵の罠《わな》に嵌《は》まったな……」

フェルナンドが苦い顔で呟いた。

「えっ、じゃあ、どうするの？」

仲間の逮捕という不測事態に、キーンは軽くパニックを起こした。

「どうするったって、どうしようもないよ」

カーラは諦《あきら》めたように溜息《ためいき》を吐いた。

「ああ、ジャコモのことはどうしようもねえ。それより厄介なのは、ジャコモの知り合いの線から、俺達にもカラビニエリの手が回るかも知れねえってことだ」

オメロの言葉に、ジューヒーは腕組みをして深く頷《うなず》いた。

「そうね」

「カラビニエリに呼び出されたり、逮捕されたりするってこと？　僕らはどうなるの？」

キーンが情けない声を出した。

「警察にもカラビニエリにも、敵の手は回っている。全てが敵ではないが、用心に越したことはない。事情聴取を受けても、下手な事は言わない事だ」

フェルナンドが真摯《しんし》に答える。

「下手な事って？」

「我々が悪魔システムと戦っていることや、同志の情報などだ」

「そんなことは絶対に言わないよ」

キーンは答えた。

「それなら、大丈夫だ。敵も騒動は起こしたくないのだ。特にこういう、世間の注目を浴びている時には、お互い下手に動けんものだ」

フェルナンドの言葉には説得力があった。キーンは少しばかり落ち着いた。

「分かった」

「盗聴や盗撮に気付いていても、気付かない演技を続けるんだ。下手に盗聴器やカメラを見つけて騒いだり外したりすれば、敵も焦って反撃に出る」

「分かった。気を付けるよ」

「イラクの同志も国に帰ってしまったし、次のチャンスはいつになるか分からない。あたしは暫《しばら》く大人しくしておくよ。ジャコモが捕まったんじゃ、それしかない」

カーラが肩を竦《すく》める。

「どうやらジャコモは悪魔が恋人を殺したって、警察に証言したらしい。ネットで情報が流れてる」

オメロは携帯でニュースの関連情報を追いながら言った。

「悪魔が？　どういう事なの、フェルナンド……？」

キーンは事態が飲み込めず、困惑した。

するとフェルナンドは、徐《おもむろ》に咳払《せきばら》いをした。

「丁度良い機会だ。お前には本当のことを話そう。奴らの組織は古い歴史を持っていると話しただろう？」

「ああ、聞いた」

「長い年月をかけなければ、こんな巨大組織に成長する筈《はず》がない。彼らはフリーメーソンと同じぐらい古い組織なのだ。そして組織のトップには、太古の智恵の書が受け継がれている」

「太古の……智恵の……書？」

「そうだ。ソロモン王が書き記した魔法書を引き継いでいるのだ」

「そ、そんなものが本当に……？」

「ああ、あるとも。それこそが悪魔を呼び出し、使役する術を記したものなのだ。

奴らの組織は、かつて魔女や霊媒などの力を利用していた事があると言っただろう？

魔女や霊媒の力というのは、太古の知恵のほんの一端なのだ。

太古、全ての魔術体系は智恵の書によって統一されていた。ところがそれが世界中に散逸し、その一片の知識を手に入れた者が魔女になり、又別の知識を手に入れた者が霊媒となったのだ。

そこで奴らの組織は長い時間をかけて太古の書を研究し、ソロモンの叡智《えいち》の全てを復活させようと企《たくら》んできた。完全復活の日は刻々と近づいている。既に世界を操作するのに充分なほど大きな力を、組織のトップ連中は持っている」

「ええっ……そんな相手とどうやって戦えばいいんだよ……」

すっかり焦燥したキーンに、フェルナンドは鷹揚《おうよう》な笑みを見せた。

「心配するな。勝機はある。悪魔を操る知恵を持っているのは組織のトップの僅《わず》かな者だけだ。あとは普通の人間だ。ただの下僕だよ。そこに付け入る隙が生じる」

「そう……そうなのか、分かった。貴方《あなた》を信じるよ、フェルナンド」

キーンは勇気を振り絞って頷いた。

「そうとも。そして自分自身を信じろ、キーン、お前なら出来るとな。

敵のトップ達は通称『二十七頭の象』と呼ばれている。ずっと闇に身を潜めていた奴らが、いよいよ本格的に動き出しつつあるのだ。終末の時は近い……」

遠くを見るように目を細めたフェルナンドの横顔を窺《うかが》い見、事態が相当深刻であることを、キーンは感じ取った。

2

フィオナを助手席に乗せ、アメデオはフーモに向かって車を走らせていた。

道中で携帯に電話がかかり、アメデオがスピーカーモードで応対する。

「アメデオだ」

『大尉、十字路連続変死事件一件目の容疑者、ジャコモ・ボスキを署に連行しました。ですが、俺はやってない、あれは悪魔の仕業だと騒いでます』

「構わん。そのままぶちこんでおけ」

『分かりました』

「目を離すなよ。そいつを釈放した途端、立て続けにあと二件の十字路変死事件が起こってる。ジャコモは一連の事件全てに関わっている可能性が高い」

『はっ。連続事件時の奴の行動を聴取し、裏を取っていきます』

「よし、頼む」

『はっ。承知致しました』

アメデオは電話を切った。

「ジャコモを逮捕したんだね」

フィオナが呟く。

「あいつは怪しい。第一容疑者だからな」

「でも彼は、悪魔がやったと言ってるでしょう？」

「そんなもんは戯言《ざれごと》だ」

「彼の恋人が死んだ日、ボクも現場にいたって知ってる？」

「ああ、知ってるとも」

アメデオはうんざりした口調で答えて頷いた。

「ボクも見たよ、悪魔」

「何だって？」

アメデオは叫んで振り向いた。

「ハッキリとじゃなく、黒い影だけどね。けど、現場にいた子達の何人かは、悪魔の尻尾《しっぽ》を見たと言ってた。それ、調書に書いてなかったの？」

そう訊《たず》ねたフィオナに、アメデオは「ファイルを見ろ」と視線で示した。

後部座席から事件ファイルを取り、読んだフィオナは溜息を吐いた。

「おかしいな。ボクが黒い影を見たこととか、現場にいた若い子達のことが書かれてないや」

「若い子達？」

「そうだよ。十字路の東側から二人、西側から三人、北側から一人、南側にも一人……。

あそこには、女の子と男の子達がいたんだ」

「なんだそいつら。何の為にそこにいた」

「そんなのボクに分かる訳ないじゃない。彼らはただやって来て、去って行ったんだから。あれれ？　門番さんのことも書いてない」

「大方、お前がおかしな幻覚でも見たと思われたんだろう。まあ、無理もないがな」

アメデオは呆《あき》れたように呟《つぶや》いた。

「酷《ひど》いなあ……。この調書は酷いよ。抜けだらけだ。他の事件のことだって、きっとちゃんと書いてないんだ。

この程度の情報じゃ駄目だよ、大尉。マ、マ、マスターから連絡があったらどうするの？　質問されてもロクに答えられないよ」

フィオナは調書を捲《めく》りながら、口を尖《とが》らせた。
マ、マ、マスターとは他でもない、ローレン・ディルーカのことだ。
アメデオは深い溜息《ためいき》を吐いた。


二人はフーモに到着し、アメデオは駅前の駐車場に車を停めた。

駅前では若者らが路上に布を広げ、その上で古着や携帯電話や怪しげなカードを並べて売っていたが、アメデオがカラビニエリの制服で車を降り立った途端、布の四方を持って風呂敷《ふろしき》包《づつ》みにし、蜘蛛《くも》の子を散らすように逃げ去っていった。

路上には靴の片方やら、サングラスやらがぽつりぽつりと取り残された。

「見事な早仕舞いだね」

フィオナは嬉《うれ》しそうに言った。

二人は第一の事件、すなわちフィオナが目撃した事件の現場へ足を運んだ。

昼間だから分かったが、ビルの壁には様々なウォール・ペイントがあった。

ある壁面には、棺桶《かんおけ》から出て来る一人の男の姿が描かれていた。

茨《いばら》の冠を被《かぶ》り、額に滴る血。バターブロンドの長い髪、物憂げな表情。

イエス・キリストのようだが、何故か彼はギターを持っている。

(何でギターを持っているのかな?)

フィオナは立ち止まり、首を傾げた。

「おい、ぼうっとしてないでいくぞ」

アメデオは呆《あき》れた声で言い、フィオナの肩を叩《たた》いた。

事件から一週間以上が経過した現場には、悪魔の紋章の跡も残っていない。

そこで周辺の聞き込みを開始したが、殆《ほとん》どの家が無人で、新たな目撃者は見つからなかった。

第一の事件に関しては、フィオナの目撃談が最も詳しい情報源だ。

アメデオは手帳にフィオナの証言を書き取りながら、「その『門番』って奴も怪しいな」と呟いた。

続いて二人は第二の事件の聴取に向かった。

まず被害者のゾーエの職場を訪ね、被害者と死の直前まで行動を共にしていた、クレオという友人から話を聞くことにする。

二人の職場はタトゥーショップで、爬虫類《はちゅうるい》カフェも併設していた。

「カラビニエリだ。クレオさんと少し話がしたい」

受付の女性に言って、席で待つ。

店内には保温ケージが沢山並んでいた。客は気に入った爬虫類を指名して、自分のテーブルに連れていったり、買い取ったりするシステムらしい。

窓際には放し飼いにされた巨大イグアナが寝そべり、客がそれに葉っぱをやっていた。

意外に客の入りは良く、タトゥーを待つ客も三人ばかり並んでいる。

暫《しばら》くすると、全身に蛇のタトゥーを入れた、真っ赤な髪の女がやってきた。

「何の用っスか」

クレオは不機嫌そうに言い、腕組みをした。

「カラビニエリのアメデオだ。ゾーエさんの事で幾つか質問をしたい」

「ああ、ゾーエの……。はい」

クレオは急に表情を変えた。素直で悲しげな顔になる。

「ゾーエさんが誰かとトラブルがあったとか、恨まれていたような事は？」

アメデオが訊ねる。

「いえ。あの子は本当にいい子でした。優しくて人懐こくて親切で。誰かから嫌われたり恨まれたりする子じゃなかったです」

クレオはキッパリと言った。

「恨みを買うような人じゃなかったと言うんだな？」

「ええ」

「金銭的トラブルや、異性問題は？」

「借金やギャンブルはなかったですよ。彼氏も今はいらないと言ってましたね」

「ふむ……。特に悩みもなし、か」

「悩みといえば、仕事の事は一寸《ちょっと》、悩んでたかな」

「仕事の人間関係でか？」

「いえ。主に、給料が安いことですね。私なんかだと、趣味のタトゥーが激安でできるから得なんですけど、ゾーエはそういうタイプじゃなかったから。あの子、イグアナが可愛いって理由でこの店に勤めてたんですよ。いい子でしょう？」

「あ……ああ」

アメデオは面食らったような顔で頷《うなず》いた。

「ゾーエさんは亡くなる前、貴女《あなた》に電話をかけたんだよね？」

横からフィオナが訊ねる。

「ああ。あの日は二時半過ぎまでクラブで踊ってて、店の前で別れたんだ。私は家に帰ってシャワーを浴びて、あの子からの電話の音に気付かなかった。朝になって気付いたら、留守電が入ってた」

「留守電って、どんな？」

フィオナの問いに、クレオは少し考え、携帯をポケットから取り出した。

「最期の言葉だから取ってある。聞くかい？」

クレオの言葉にフィオナが頷く。クレオは携帯を操作した。

『あたしよ。ゾーエ。悪魔から逃げる呪文って何だっけ？　すぐに教えて。悪魔が近くにいるみたい。とても怖いの』

メッセージの声は上擦って震え、ゾーエが酷く怯《おび》えているのが分かった。

「悪魔が近くにいて、追われてたんだね。何か心当たりはない？」

フィオナの言葉に、クレオは悲しげな顔で頭《かぶり》を振った。

「分からない。けど、フーモに悪魔が出るって噂は私も聞いてる」

「どんな悪魔なんだい？」

「よく知らないけど、尻尾があるらしいね」

「ふうん。ゾーエの遺体が発見された時、悪魔の紋章の側に、象が一頭、二頭……っていう書き込みがあったけど、何か心当たりは？」

「それも分からない。せめてあの時、この電話に出てやれば良かったんだが……」

クレオは携帯を握り締め、悔しげに呟いた。

「あと好奇心から聞きたいんだけど、君は悪魔から逃げる呪文を知ってる？」

フィオナの問いに、クレオは黙って首を横に振った。


店を出た二人は、ゾーエの殺害現場の十字路へ足を運んだ。

そこは寂れた裏通りで、死亡推定時刻は午前三時。目撃者はいない。朝になり、通りのゴミ掃除に来た主婦が、遺体を発見したということだ。

現場にはまだ生々しい血痕《けっこん》と、チョークで描かれた悪魔の紋章。そして、「象が一頭、二頭、三頭、四頭、二十七頭」という不気味な文字が消えずに残っていた。

血痕は夥《おびただ》しいもので、鑑識の結果、人の血のほかに鶏の血の成分が検出されたことが分かっている。

警察の調書によれば、現場からゾーエが一人暮らししていたアパートは、目と鼻の先だ。

二人はアパートの大家を訪ね、彼女の部屋を見たいと申し出た。

だが、部屋は既に引き払われた後だった。聞けば彼女の両親が田舎から来て、全てを片付けたらしい。

大家から「ゾーエは隣部屋の若い男と仲が良かった」という情報を聞き、アメデオはゾーエの隣部屋をノックした。

「カラビニエリだ。一寸話を聞かせて貰《もら》いたい」

扉の外から呼びかけると、赤毛の華奢《きゃしゃ》な青年が玄関に現われる。

「はい、何ですか？」

「殺害されたゾーエ・ゴッティのことで、話が聞きたい」

「分かりました。どうぞ」

アメデオとフィオナは部屋の廊下を通って、キッチンに通された。

廊下の壁の片側にはセクシーな水着姿の女性のポスターが、逆側には柔らかいタッチの幻想的な絵が飾ってある。

廊下の奥の、ランニングマシーンがスペースを占める狭いキッチンの椅子に、黒髪を短髪に切り揃えた筋骨逞《きんこつたくま》しい青年が座っていた。

「ゾーエの話が聞きたいそうだよ、コンラード」

赤毛の青年が話しかけると、コンラードと呼ばれた青年は立ち上がり、アメデオに握手を求めた。

「どうも。俺はコンラード。ジムのトレーナーだ。あっちの赤毛はエリク。画家をやってる。ここで二人でルームシェアをしてる」

「カラビニエリのアメデオだ。隣の女性はマデルナ捜査員」

アメデオはコンラードの手を軽く握り返した。

皆が着席すると、エリクが緑茶を運んできた。

「早速だが、ゾーエとはどういう関係だったんだ？」

アメデオが切り出した。

「飲み友達です」

コンラードが答え、隣でエリクが頷いた。

「そう。仲のいい、飲み友達だった」

「いつ頃からだ？」

「三年前ぐらいかな。廊下で顔を合わせたり、スーパーで立ち話をするようになって。お互いに音楽の趣味が合うのが分かってからは、一緒にライブに行ったり、飲みに行ったりするようになったんだ」

エリクが答える。

「で、彼女は君らのどっちと恋人関係なんだ？」

アメデオの問いに、コンラードとエリクは顔を見合わせた。

「いや、俺らとはただの友人関係だよ」

コンラードが答える。

「ふむ……。ゾーエの生活態度はどうだった？　トラブルや悩みを聞かなかったか？」

「トラブルや悩みは、特に聞かなかったな」

「そうだね。生活は地味だったし、悩んでる様子は、少なくとも僕らには見せなかった」

コンラードとエリクが交互に答えた。

「金銭的トラブルとか、異性関係のトラブルも？」

「いいや」

コンラードは首を横に振った。

「ゾーエは、付き合ってる男はいなかったと思いますよ」

エリックが横から言った。

「どうして分かるんだ？」

「男性と付き合うと、相手に合わせて趣味を変えたり、香水が濃くなったりするものだけど、彼女はそうじゃなかったから」

エリックの言葉に、アメデオは溜息《ためいき》を吐いた。

「そう言い切れるのか？　ただのお前の勘だろう」

「そうだよ、きっと。エリックは画家で感覚が繊細だから、観察眼があるんだ」

フィオナが呟《つぶや》いた。

「援護をどうも。ゾーエは明るい子だったけど、一寸メランコリックで落ち込みやすい一面はあったかも。けど、恨みを買うタイプじゃなかったと思う」

エリックはフィオナに微笑み、意見を述べた。

「そっか。彼女、悪魔を怖がってたみたいだけど、それは知ってた？」

フィオナの問いに、コンラードとエリックは再び顔を見合わせた。

「知らなかった。けど、フーモに悪魔が出るって噂は、何度か聞いたことがあるよ。ゾーエが死んだ場所に出た、って話も聞いたし」

エリクは眉《まゆ》を顰《ひそ》め、身震いをした。

「ああ。この前、バーで話題になってたな。悪魔とUFOと狼男の類《たぐい》の話」

コンラードが頷《うなず》く。

「どこのバーで？」

「バー・ソレイユだよ。ソレイユ・ボウルの三階の」

「有難う。現場は血塗《ちまみ》れだったそうだけど、君達は見た？」

「いいや」と、コンラードは首を横に振った。

「現場にかかれた悪魔の紋章と象の怪文に、心当たりは？」

「分からない」

今度はエリクが答える。

「ところで二人は、悪魔から逃げる呪文ってのを知ってる？」

フィオナの問いに、二人は揃って首を横に振った。

最後にフィオナはお手洗いを借りたいと、二人に願い出た。

二人が快く、「どうぞ」と応じる。

そこでフィオナはトイレに入ったものの、丁度紙が切れている。

仕方なく、彼女はストックがありそうな棚を開いた。

そこには買い置きのペーパーがあった。その横には風邪薬の箱が山と積まれている。

（これ、フーモの薬局でよく見る薬だよね。余程よく効くのかな？）

フィオナは微《かす》かに首を傾げたのだった。

それから、フィオナのたっての願いで、アメデオとフィオナはバー・ソレイユにも立ち寄った。

アメデオは、ゾーエの写真を店主に見せたが、店主は「うーん。二、三度見かけたかな」と記憶も曖昧《あいまい》な様子で、新たな証言は出て来なかった。

「彼女が死んだ場所に悪魔が出るらしいんだけど」

フィオナが横から話しかける。

「そんな噂もあるみたいだな。気味の悪い話だ」

店主はひっそりと答えた。

「どんな悪魔が出るのか知ってる？」

「尻尾《しっぽ》があって、全身毛むくじゃららしいな」

「やっぱりこの辺りじゃ、噂になってるんだね」

「俺は見ちゃいないがな。こういう商売だから、時々、客から噂は聞くぜ」

「現場にかかれた悪魔の紋章と象の怪文について、何か知ってる？」

「さあ、俺はオカルトには詳しくないんだよ。映画なら詳しいんだがね」

店主は頭を掻《か》いた。言われてみれば、映画のポスターが店の壁中に貼られている。

「この間、悪魔やUFOの話で盛り上がった夜があったと聞いたけど？」

フィオナは尚《なお》も熱心に訊《たず》ねた。

「ああ……。フィリッポと、その連れが来た夜のことだな」

「フィリッポって?」

「うちの常連さ。オカルトのネタなんかには結構詳しい男だよ」

「その客の連絡先は分かるかい?」

フィオナは妙に熱心だ。

「連絡先までは知らん。ただ、どうしても連絡したいんなら、フィリッポが次に来た時、あんたに取り次ぐことは出来るぜ」

「いいね。じゃあ、そうしてくれる?」

フィオナは自分の携帯番号が入った名刺を店主に手渡し、店のショップカードを受け取った。

「その人だったら、悪魔から逃げる呪文も知ってるかな」

フィオナの問いに、店主は肩を竦《すく》めた。

「さあな。奴がそれを知ってるなら、俺も教えて貰《もら》いたいね」

3

アメデオとフィオナは再び車に乗り、フランチェスカ・プーマの自宅を訪ねた。

古い門構えの一軒家で、玄関の上には厳《いか》めしい紋章のレリーフがある。

ノッカーを叩《たた》くと、上背の高い、ハンサムな紳士が二人を出迎えた。邸《やしき》の主人、マンフレード・プーマだろう。

「私はカラビニエリのアメデオ・アッカルディ大尉、隣はマデルナ捜査員。フランチェスカさんの事件を担当する事になりました」

アメデオは身分証を翳《かざ》して言った。

「お勤めご苦労様です、大尉。マンフレード・プーマです。中へどうぞ」

マンフレードは二人を居間へと案内した。

花模様の絨毯《じゅうたん》に高い天井、シャンデリア。重厚な家具の置かれた広い居間には、主人のマンフレードの肖像画があり、その側に高級そうなゴルフセットが置かれていた。

部屋の奥には白いグランドピアノ。その上に代々のプーマ家当主の絵が飾られている。

ダイニング付近のスペースにベビーサークルがあって、三歳のカルロスがボールで遊んでいる。

中学生ぐらいの少女が床に座り、その遊び相手をしていた。フランチェスカによく似た美しい顔立ちで、髪はブルネットだ。

ソファに座っていた二十代後半と思われる喪服の女性は、マンフレードの後妻だろう。

アメデオ達に気付くと「お茶を用意して参ります」と言い、立ち上がった。

フィオナは室内を見回した。

暖炉の上に表彰状とトロフィーが幾つか飾られている。

近づいて見ると、全てフランチェスカの名が入ったもので、リトルミスコンの入賞記念だ。ドレスを着てポーズを取っているフランチェスカの写真が所狭しと置かれている。

近くの壁には家族写真が十枚ばかり飾られていた。

どの写真もマンフレードが中心にいて、フランチェスカがピタリとそれに寄り添っている。二人は相当仲が良い様子だ。

(父親がフランチェスカを溺愛《できあい》してたと調書に書いてあったけど、本当だ)

フィオナは思った。

「ミスコンの写真が多いんですね」

フィオナが話しかけると、マンフレードは辛《つら》そうに頷いた。

「ええ。あの子は女優になるのが夢だったんです。ミスコンに出るといつも目立っていましたし、賞も沢山……。ファンレターもよく届いていました」

マンフレードは声を詰まらせた。

「ヴェロニカさんは、ミスコンには？」

「わ、私ですか？」

フィオナが突然、話しかけたので、ヴェロニカは驚いた様子だ。

「そう。貴女《あなた》も綺麗《きれい》だなと思って」

「私なんて、そんな、いいえ。無理です。とても、妹みたいな度胸はありませんわ。そういうのに興味もありませんし……」

ヴェロニカは赤面して答えた。

「そうなんだ。ヴェロニカさんは内気なタイプなのかな。何歳？」

「十三です」

「妹さんは勝ち気な子だった？」

「ええ、とても。負けず嫌いな子でした」

「お父さんと妹さん、仲が良かったみたいだね」

「えっ？　ええ……」

フィオナの言葉に、ヴェロニカはどこか動揺したように見えた。

ソファテーブルにお茶が運ばれて来、アメデオはプーマ夫妻にあれこれと質問を始めた。

「事件当日、フランチェスカさんの失踪《しっそう》に気付いたのはどなたです？」

「私です。あの日はカルロスを連れて出かけておりまして、夕食前に戻り、呼びに行くと、部屋にいませんでした。というか、どこにもいなかったんです」

プーマ夫人が答える。

「成る程。それでマンフレード氏に連絡を？」

「ええ。最初に学校と、お友達の家、習い事の先生のお宅に電話をして、お邪魔していませんかと訊ねました。でも、どこにもいなかったので、夫の職場に連絡をしたんです。もうじき外が暗くなるのに、フランチェスカが戻っていない、と……」

「それで？」

「電話を受けた私は、すぐに警察に知らせるよう妻に言い、自分も家に戻りました。その時の時刻が、午後九時でした」

マンフレード氏が答えた。夫人が「ええ」と頷《うなず》く。

アメデオが調書ファイルを膝《ひざ》の上で開いて確認すると、死亡推定時刻は午後九時から十時であった。

「ふむ。この時、フランチェスカさんは何処にいたんでしょうね。普段の彼女の生活はどうでした？」

アメデオが訊ねる。

「普段は放課後に習い事に行く事が多かったです。ダンスと水泳、ピアノ、英会話のレッスンに通わせていましたから。勿論《もちろん》、私が送り迎えをしていました。けど、その日はレッスンのない日でした」

夫人が答える。

「レッスンのない日の行動は？」

「お友達と遊びにいくことが多かったと思います。暗くなる前には戻るように言い聞かせていましたし、フランチェスカも大抵、約束は守りました」

「カッファレッラ公園で遊ぶのが好きだったとか？」

「いいえ、四、五年前ならともかく、最近はなかったと思います。友達と買い物に行ったり、ゲームをしたりする方が好きなようでした」

「ふむ。ところが、友人の家にもいなかったと」

「ええ。どこにも寄っていませんでした」

「成る程。携帯は？」

「いえ、フランチェスカは欲しがっていましたが、まだ持たせていませんでした」

「ふむ……」

プーマ夫人はフランチェスカの実母ではないが、彼女の面倒をしっかり看《み》ている様子が窺《うかが》えた。

「私とヴェロニカが心配しながら家で待っていると、夫が戻ってきて、それから十分ほどで警察が来たんです」

「その後は？」

「ええと、確か、『フランチェスカの場合は有名人だから、誘拐の疑いがある』と、警察に言われたと記憶しています。犯人から電話がかかってくるかも知れないというので、その対策を教えて頂いたり、私服の刑事さんが来たりで大騒ぎでした。

結局犯人からは連絡がなく、皆さんが帰られたのが、十時過ぎだったと思います」

夫人は当日を思い出しながら答えた。

「調書によれば、近所に彼女のストーカーがいたとか」

アメデオの問いに、夫人は困惑の表情をした。

「その男だけでなく、彼女のファンは沢山いましたから。現に、事件の数日前、見知らぬ男が家の周りを彷徨《うろつ》いていたことがあったんです」

マンフレードが横から答えた。

「その、見知らぬ男の風体は？」

「確か、アニメのTシャツを着てたと思います。小太りの男です」

アメデオは再び調書を確認した。その男の風体は、第一の事件の容疑者、ジャコモ・ボスキの特徴によく似ている。

アメデオはその事実をメモに書き留めた。

「現場にかかれた紋章と象の怪文ですが、何か心当たりは？」

「いいえ、全く分かりません」

「ふむ……」

他に何を訊《き》くべきかと逡巡《しゅんじゅん》したアメデオは、フィオナの方を見た。

ところがてっきり隣に座っていると思っていた彼女が居ない。

（どこへ行ったんだ、あいつ……）

冷や汗をかいた時、辺りにフィオナの声が響いた。

「ボク、フランチェスカさんの部屋を見たいんだけど、いいかな」

フィオナは何時の間にか、アメデオの背後に立っていた。

「ええ……まあ」

「え、ええ。どうぞ」

マンフレードが頷く。

「ヴェロニカ、案内して差し上げて」

夫人の言葉に、「はい」と、ヴェロニカが立ち上がった。

「子ども部屋は二階です。どうぞ」

歩き出したヴェロニカの後にフィオナが続いた。アメデオも一応、その後を追う。

螺旋《らせん》階段を上り、突き当たりの扉をヴェロニカが開いた。

「ここが妹の部屋です」

フランチェスカの部屋。それはまるで小さなお姫様の城のようだった。

大きな窓にかかるレースのカーテン、ピンクと白で統一されたロココ調の家具、天蓋《てんがい》付きの大きなベッドと、ディズニーのぬいぐるみ。

可愛らしいドレッサーには化粧道具やヘアカーラー、香水の瓶が並んでいる。

フィオナがクローゼットを開けると、凄《すさ》まじい数のドレスがかかっていた。

「うわあ……すごい高級品ばかりだね」

フィオナは目を丸くした。

勉強机の横には本棚があった。入っているのはファッション誌とアルバムだ。

フィオナはアルバムを手に取り、じっくりと見ていった。

ごく幼い頃から、父親と一緒の写真が多い。

五年前までは実母も生きていた筈《はず》だが、その影は薄かった。姉との写真も多くない。大抵の写真において、彼女は女優のようなポーズを取っており、ポジションも中央にいて目立っていた。友人との写真でも同様である。

幼い頃の写真の背景は緑であったり、海であったりするが、八歳頃からドレス姿の写真が増え、街の背景が多くなった。それと時を同じくして、取り巻きの顔ぶれもがらりと変わっているのに、フィオナは気付いた。

「フランチェスカのストーカーだったっていう、エリージョ・アゲロは写真に写っていないの？」

フィオナの問いに、ヴェロニカは目を瞬かせた。

「エリージョ？　彼は確かに妹に夢中だったけど、一緒に写真に写る勇気もなかったと思います」

「そうなんだ」

「ええ。手紙や花はよく贈ってきてました。それを妹が面白がって……」

「彼を怖がってたんじゃなく？」

フィオナが訊《たず》ねた。

「ええ。妹はその手紙を私に読み聞かせて、笑ってましたから」

「ふうん……。どんな手紙の内容？」

「確か、『君は世界一美しい宝石だ。僕のジュリエットだ』とか、『お姫様のように大切にするから、結婚を考えてほしい』とか、そういうものでした」

「いや、しかし、エリージョというのは四十五歳のおじさんだろう？　まあ、そりゃあ確かに、滑稽《こっけい》な話だし、おかしな男だ」

アメデオが話に割って入り、フッと笑った。

「彼は妹の顔を見たら、真っ赤になって逃げるような人でした。変わった人でしたけど、犯人とかじゃないと思います。犯人は余所者《よそもの》だと思います」

ヴェロニカはエリージョを庇《かば》ってか、少し強い調子で言った。

「エリージョは容疑者から外れたようだけど、それは何故？」

フィオナがアメデオに訊ねた。

「ああ。その日、母親の介護の為に病院へ泊まり込んでいたのが確認されたからだ」

「そっか。それは良かった」

フィオナは軽く相槌《あいづち》を打った。

「ところで、ヴェロニカ。悪魔を見たって証言したフランチェスカの友達は、この写真の中にいる？」

フィオナの問いに、ヴェロニカは頷いた。

「ええ。アガタはこの子よ」

ヴェロニカはアルバムの頁をめくって、少し太めの少女を指差した。顔立ちは穏やかで、メガネをかけた子だ。

「ふむふむ。でもこの子、途中の頁から登場しなくなるね」

フィオナはアルバムを捲《めく》りながら呟《つぶや》いた。

「ええ、まあ……。妹がコンテストに出るようになって、取り巻きも派手な子が増えたから。それで、もうアガタと遊ばなくなったの」

「ああ、成る程、そういう事ね」

「ええ。アガタはとてもいい子だったのに」

「うん。優しい子だって感じがするよ」

フィオナの言葉に、ヴェロニカはコクリと頷《うなず》いた。

「いい子だと？　悪魔を見たなんて証言をした子がか？」

アメデオがからかうように言うと、ヴェロニカは暗い顔になった。

「でも悪魔って私、本当にいると思う……」

ヴェロニカはぽつりと呟いた。


プーマ邸を退出した二人は、徒歩でアガタの家を訪問した。

アガタの家は、カッファレッラ公園を見下ろすマンションにある。

インターホンを鳴らすと、人のよさそうな婦人が出迎えた。

「私はカラビニエリのアメデオ・アッカルディ大尉、隣はマデルナ捜査員だ。フランチェスカさんの事件を調査している」

アメデオは身分証を翳《かざ》して言った。

「こちらのお嬢さんの証言を確認したいんだ」

フィオナが言葉を付け加えた。

婦人が二人を居間に案内する。

暫《しばら》く待っていると、メガネにお下げ髪の女の子が現われた。

「あの、どうも。アガタです」

少女は内気そうで、僅《わず》かに吃音《きつおん》があった。

「フランチェスカが殺された日に、君が見た悪魔について聞きたいんだ」

フィオナが言うと、アガタは目を見開いて、下瞼《まぶた》を力ませた。それからゆっくりと深呼吸をした。

「私が見たのは、あの日の夜、黒くて毛むくじゃらの尻尾《しっぽ》のある悪魔が、フランチェスカを肩に担いで、公園の歩道をうろうろしていたところです。そこの窓から見ました」

アガタは公園に面した窓を指差した。

「それは何時頃？」

フィオナが訊ねる。

「夜中です。十二時か一時か、それぐらいです」

「そんな時間に起きてたの？」

「はい。何となく、眠れなくて……」

アガタは泣きそうな顔で答えた。

するとアガタの母がアガタの手を取り、心配げにさすった。

「この子、ずっとこんな調子で。かなり悪魔を怖がっているんです」

母親は溜息《ためいき》を吐き、十字を切って祈りの言葉を口中で呟いた。

「君はフランチェスカとは幼馴染《おさななじ》みだったんだね？」

フィオナが訊ねる。

「はい」

「でも最近は遊ばなかった？」

「はい」

「君から見て、フランチェスカはどんな子だった？」

「可愛らしくて、みんなの人気者です」

「ヴェロニカのことは知ってる？」

「ええ」

「君から見て、彼女はどんな子？」

「いい人よ、とても。優しくて、フランチェスカの我儘《わがまま》をいつも許してました」

「そっか。で、君は悪魔を見た時、どう思った」

「どう……って、うーん……ビックリしました」

「怖くなかったの？」

「それは勿論《もちろん》、怖かったですけど、やっぱり最初はビックリしました」

「ふうん……」

するとと横から、アガタの母が話に入って来た。

「この子、今はこんな事を言ってますけど、当時は本当に怖がってたんですよ。家を出るのも嫌がってたぐらいですから」

「そうなんだ」

フィオナは目を瞬いた。

「そうなんですよ。それで、フランチェスカの遺体が公園で見つかって大騒ぎになっていた日、あんまりこの子が怯《おび》えているので、何があったのかと聞いてみたら、『昨日の夜に悪魔を見た』って言ったんですよ。そうでしょう？」

婦人がアガタに問いかけると、アガタは「そう」と頷いた。

「それで私も夫も驚いて、警察に連絡したんです」

「貴女《あなた》が警察に通報したんですね」

フィオナが言った。

「ええ。警察にはあまり相手にされませんでしたけど……」

婦人が溜息を吐く。

「まあ……そうでしょうな」

アメデオが咳払《せきばら》いをした。

「アガタ。現場にかかれた紋章と象の怪文について、何か知ってる？」

フィオナの問いに、アガタは首を横に振った。

アガタの家の前にあるカッファレッラ公園は、総面積三十四平方キロのアッピア街道州立公園の北端に位置しており、ランニングや犬の散歩、小学生の遠足、週末のピクニックなどで人気の、ローマ市民の憩いの場である。

敷地内には草木が生い茂り、昼間は草を食《は》む羊が放牧されている。流れる小川のほとりには蛙や鴨が生息しているし、ぼうぼうの草むらに埋もれて古代の遺跡が建っていたりもする。

さらには中世に建造された家屋で鶏を飼い、農業を営む住民が暮らしているという自由奔放さだ。

だが、残念ながら近年ではレイプ事件なども起こり、治安の悪化が懸念されていた。

夜の園内は暗く、街灯は殆《ほとん》ど無い。二人の他には人影も無かった。

フランチェスカの遺体発見現場は、入り口から十分余り歩いた先であった。

一帯に立入禁止のテープが張られている。

舗装された歩道の十字路には、悪魔の紋章と、象の怪文がかかれているのが、薄闇の中に浮かび上がって見えていた。

「今日の捜査はここまでとしておくか」

アメデオは大きく伸びをした。

4

「大尉。もう少し、捜査を続けておかない？」

発車した車の中で、突然、フィオナが言った。

「これ以上、何を調べたいんだ」

アメデオが憮然《ぶぜん》と訊《たず》ねる。

「十字路の紋章の上で変死した人が、もう二人いるんだよね」

フィオナは爪を噛《か》みながら呟《つぶや》いた。

「自殺したバーの女と、バイト男のことか」

「酷《ひど》い言い方だけど、その通り。エンマ・ドナートとルカ・コンテだよ。

特にルカの方は、飛び降り直前に『悪魔に追われている』と、警察に電話を入れている。それって、死の直前に友人に電話したゾーエの事件と似てると思わない？

それに第一の事件の現場は、ルカとエンマが死んだのと近い場所だし、十字路に書かれた紋章の上で変死したって点も同じなんだ。一連の事件が全く無関係だなんて、ボクには思えない」

フィオナの言葉に、アメデオが渋々といった調子で頷く。

「それは確かに、俺も何か関係があるかも知れんとは思ってる。しかし、何の関係があるかはサッパリ分からん」

「だからさ。それを探しに行かなきゃ……」

フィオナの言い分にも一理ある。そう思ったアメデオは無言でハンドルを切った。車は一路、フーモへと向かう。

フィオナは助手席で調査ファイルを開いた。

先に自死したエンマの方は、まともな資料がない。右上に「参考」と走り書きのついた新聞の切り抜きと、生前の顔写真が貼られている程度だ。

一方、ルカの方には簡単な調書と、遺体の発見状況が添付されていた。どこか幼い感じのするルカの死体の横顔は、流れ出た血以外、まるで眠っているかのようだ。

アメデオの車は、公営団地の一階にあるルカの家へ到着した。

鉄扉の前に、沢山の鉢植えが置かれている。

呼び鈴を鳴らすと現われたルカの母親は、アメデオ達の訪問に戸惑った様子だ。

「ルカの死に事件性はないでしょう？」

そう言いながらも、二人を室内に招き入れる。

ルカの実家は簡素な３ＬＤＫで、リビングには飾り気のない、必要最低限の家具類が並んでいた。

ルカの母はクラーラ・コンテ、公立病院の調理員だと名乗った。父は食材卸会社の夜間ドライバーで、仕事時間中らしい。

「ボク達は十字路連続変死事件について調査しているんだ。それと、ルカ君の身に起きたこととの関連の有無を調べておきたくて」

フィオナが切り出した。

「そう……ですか。私はね、あの子のことは事故だと思ってるんです。自殺なんて、するような子じゃなかったですから。

物珍しさから、悪魔の紋章とやらを見物に行って、足を滑らせたんでしょう」

クラーラは二人にソファを勧め、自分も腰掛けた。

「クラーラさんは、彼が自殺ではないと考えてるんだね。じゃあ、質問。ルカ君ってどんなお子さんだったのかな？」

「素直な大人しい子でしたよ。若者ですからロック音楽にかぶれたり、髪を染めたりしておりましたけど、少し気の弱い所のある、ごく普通の子です」

クラーラは淀《よど》みなく答えた。

「ロックというと、彼、どんなバンドが好きだったの？　パートは？」

フィオナはルカの性格分析の一助になると思い、訊ねた。

「分かりません。どうせ聞いても分かりませんし」

「へえ、そう」

フィオナは少し考え、次の質問をした。

「最後の日の様子は、どうだったかな」

「いつも通りでしたよ」

「いつも通りというと？」

「朝食を食べ、バイトに行きました」

「そっか。おかしな事を言ったり、不審な行動をしたりは？」

「よく分かりませんわ。食事の時以外は、あの子、自室に籠《こ》もってましたから」

「そうなんだ。大きな音でロックをかけたり？」

フィオナの問いに、クラーラは首を横に振った。

「いいえ。あの子はいつもヘッドフォンをしてました」

「ふうん。そりゃ確かに、物わかりのいい子だ」

「ええ」と、クラーラが頷《うなず》く。

フィオナは小さく唸《うな》った。どうやらルカは、家族に感情をぶつけるタイプではないようだ。彼の心理に近づくには、遺品を見るのが得策だろう。

「彼の部屋はまだ残ってるかな。出来れば中を見たいんだけど」

「ええ、どうぞ。早々に片付けるのも薄情ですから、そのままにしています」

クラーラは淡々と答え、立ち上がった。フィオナは内心でガッツポーズをした。

ルカの部屋は玄関を入ってすぐの部屋だった。

五畳程度のスペースに、ベッドと机と本棚、テレビとパソコンとCDラックがあり、ベッドの上にはギターが置かれたままだ。

フィオナの目は最初、本棚とCDラックに不自然な隙間があるのに惹《ひ》き付けられた。棚の手前には一直線の埃《ほこり》があって、奥には埃がない。

床にはギタースタンドが三つあるのに、ギターはベッドの上の一本しかない。

そのギターはかなり使い込まれていたし、すり減ったピックも机の上の箱に山とある。

教本や作曲に関する本なども、しっかり使い込まれている。ルカは結構真剣に、音楽に取り組んでいた様子だ。

それなのに、アンプやエフェクター類が見当たらないのも不自然だ。

よく見ると、カーペットの上に、重い物を置いていた跡がある。アンプの跡だろう。

「彼、急にお金が必要になるような事はなかったかな」

フィオナの呟きに、クラーラは首を横に振りかけて止めた。

「そう言えば、急にお金を貸して欲しいと言ったことがありました」

「いつ頃？」

「私の給料日の直前だったから、五月の二十九日頃です」

「お金が欲しい理由は何だって？」

「私もそれを聞きましたよ。でも、あの子、答えませんでした」

「そっかあ」

「私だってね、意味のあるお金なら出しますよ。レベルアップの為の資格を取りたいとか、その為の学校に行きたいとか、そういう話ならハッキリ言いなさいとルカに申しましたら、黙り込んで、それっきりです」

「成る程。ところで、ルカ君はギターを三本ほど持っていたのでは？」

フィオナの問いに、クラーラは「分かりません」と頭《かぶり》を振った。

どうやらクラーラは悪い人ではないにせよ、ルカ少年の心情には鈍感なタイプの母らしかった。

「ギターだ何だと言ったってね、あなた。そんなもので成功できるのは、特別な才能のある、ごく一握りの天才だけでしょう。もっと堅実に地に足の着いた生活をコツコツしていかないと。私、何度もあの子にそう言ったんですけど……」

クラーラは溜息《ためいき》を吐いた。

ひとまず分かったのは、ルカ少年が母親には言えない理由でお金が必要になり、ギターやCDを売ったらしいという事だ。そして恐らく棚に残っている本やCDは、彼が手放せなかったお気に入りだろう。

フィオナは意識を集中し、丹念にルカの本とCDを見ていった。かなり尖《とが》った趣味があり、ライモンド・アンジェロの本とCDはコンプリートしている。

そこからプロファイルした彼という人物像は、ナイーブで空想的な芸術家肌。ともすれば危険や冒険に惹かれ、好きなことにはのめり込む性格というところだ。

パソコンをつけると、作詞作曲用の覚え書きや、ライモンド・アンジェロのファイルがある。日記らしきものはない。

最近のお気に入りに、ライモンド・アンジェロのファンサイトが登録されているが、クリックしてみると、リンク切れだ。

興味深いことに、悪魔について書かれたサイトに、マークが付いている。

サイトに書いてある内容は平凡だが、ルカは悪魔に興味があったらしい。

他にも、「十字路伝説」というタイトルのサイトに、マークが付いていた。


「十字路伝説。

十字路に小動物や鶏を捧《ささ》げて儀式を行うと、悪魔を召喚して願いを叶《かな》えてもらうことができるという、アメリカ南部で広く知られる伝説。

後にブルース・ギターの神様と呼ばれたロバート・リロイ・ジョンソンは、夏のある日の十字路で、ギターがうまくなる為に、自分の魂を悪魔に売る契約をした。そして間もなく超人的な歌とギター・テクニックを身に付けた彼は、ブルースで名声を得ることに成功した。

一九三六年と一九三七年の二回のセッションで録音された『クロスロード』や『ラブ・イン・ヴェイン』などを含む彼の自作曲の、卓越したプレイと鬼気迫るボーカルは痛みと苦悩に溢《あふ》れ、聞く者の心を圧倒する。

だが彼は同時に女癖の悪さでも有名であった。十代から結婚離婚を二度繰り返すなど、様々な浮き名を流し、一九三八年には酒場経営者の女に手を出し、嫉妬《しっと》した経営者に毒入りウィスキーを飲まされて、短い生涯を終えたといわれる。

今も彼が悪魔と契約したという伝説の十字路を目指してミシシッピ州クラークスデイルを訪問するブルース・マニアは、後を絶たない」

（興味深いね。もっと知りたいな、君のこと……）

フィオナは心の赴くまま、ルカの机の前に座った。

机に頬杖《ほおづえ》をつき、彼がここで何を考えていたのか、心を研ぎ澄ませる。

フィオナは何時の間にか彼になりきって、机の引き出しを開けた。

「あっ」と、アメデオは思わず驚きの声を漏らし、それを自らの咳払《せきばら》いで誤魔化した。

「我々の捜査では、通常、部屋に残された遺品を調べたり、机を開いたり、することがあります」

アメデオはもっともらしい低音で言った。

「そういうものなんですね」と、クララが頷いた。

「それにしてもです。私の息子ももう少しすると、ギターをやりたいなどと言い出すのかも知れません。肝がヒヤヒヤします」

「息子さんがいらっしゃるんですか？」

「ええ、まあ。それが昨今の頭痛の種でして」

「そうなんですの。私で良ければ話をお聞きしますけど」

アメデオとクラーラの会話が淀《よど》みなく続いていく。

一方、フィオナは引き出しの中に気になるものを見つけた。

ペンや定規といった文房具の下に、スケッチブックが埋もれている。

スケッチブックを開いて見ると、なかなか巧みな抽象画が描かれていた。

だが、気になるのは色彩だ。明るい色は用いられず、青や紫など一色だけの濃淡で描かれている絵が多い。自分の生首の瞳《ひとみ》に自分の顔が映っている絵や、醜いキマイラのような怪物が数多く描かれていた。

（抑圧された多面性。引き裂かれる自己。葛藤《かっとう》は美しいね）

フィオナは躊躇《ためら》わず、次の引き出しを開いた。

今度は五線紙の束が入っていた。音譜と歌詞が書き入れてある。

ロックが半分、バラードが半分という感じだ。

ロックの歌詞は世間への不満を、バラードの方は彼女への愛を謳《うた》っている。

特に気になったのは、『エンマ』という曲だ。同じ曲が七つもあって、歌詞も音譜も少しずつ違っている。時間をかけて、この曲を仕上げていったのだろう。

（エンマって、恋人の名前かな？）

そう思いながら、三番目の引き出しに手をかける。

今度は鍵《かぎ》がかかっていた。

フィオナは室内をぐるりと見回した。

ギリギリ手の届く付近に、ライモンド・アンジェロのCDコレクションがある。

フィオナはその中に、二枚同じアルバムがあるのに気が付いた。

その片方を手に取ると、ケースは思ったより軽く、振るとカタカタと音がした。

ビンゴだ。ケースを開き、中にあった引き出しの鍵を取り出す。

引き出しを開く。

中には見覚えのある風邪薬の箱がびっしりと入っていた。だが、中は全て空だ。

（また同じ風邪薬だ。余程効くんだね、これ）

フィオナは空箱を手に持ったまま、クラーラを振り返った。

「ルカ君は風邪を引きやすかったんですか？」

「風邪というより、慢性的な鼻炎持ちでした」

「子どもの頃から？」

「ええ。今貴方《あなた》の持ってる風邪薬を飲むと、酷《ひど》い鼻炎が治まると言ってました」

「そうなんだ。有難う」

フィオナは製薬会社と薬の名前をメモした。

引き出しには他に、レシートの山が入っていた。どれも同じ店のレシートだ。ヘッドの部分に『バー・ソレイユ』の印字がある。

（ああ。あのプールバーか……）

フィオナは携帯を取り出し、レシートの番号に電話をかけた。

『はい、バー・ソレイユ』

「こんばんは。ボク、フィオナです」

『ああ、あんたか、美人捜査員さん。どうかしたのかい？　フィリッポなら来てねえぜ』

「ううん、今は別の話。ルカ・コンテ君って、そこの常連じゃなかった？」

『ああ、よく来てた子だよ。けど先日、不幸な事故で……』

「うん、それは知ってる。ついでに、エンマって子も知ってたりする？」

『そりゃあもう、知ってるも何も。うちのバーメイドだった子さ。その子も先日、自殺しちまってな。けど、結構美人で人気者だったんだぜ。ルカも彼女目当てで通ってたようなもんだ』

「分かった。どうも有難う。またね」

フィオナは後でまたバー・ソレイユに行くことを心に決めつつ、電話を切った。そしてくるりとアメデオを振り返った。

「ボクのプロファイルは大体終了。大尉は何か分かった？」

フィオナに突然訊《たず》ねられ、アメデオは改めて部屋を見回した。

「俺か？　そうだな。男の部屋にしちゃ、ちと妙だな」

「どの辺が？」

「女のグラビアがないって事さ。水着の女だとか、エロ本の類《たぐい》だよ」

「大尉にしては鋭い着眼点だね。そういうのを隠しておくとしたら、何処かな？」

「そりゃあ決まってるだろう」

アメデオは視線でベッドの下を示した。

クラーラは小さく咳払いをした。

「今更、ショックは受けませんから、どうぞ。捜査に必要なのでしたら」

クラーラの承諾を得、アメデオはベッドの下とマットの下をまさぐった。

「よし、見つけた」

アメデオが取り出したのは、二冊の写真集だ。二冊ともモデルは同じで、ブロンドの若い女性だ。『ジョヴァンナ・モレッティ写真集』と、表紙に書いてある。

アメデオはパラパラとそれを捲《めく》り、顔を顰《しか》めた。

「パンチの足りない本だな」

その言葉を聞いたクラーラは少し微笑み、ほっと溜息《ためいき》を漏らしたのだった。


コンテ家を出た途端、アメデオが言った。

「俺には分かる。ルカ・コンテは童貞だ」

「何だよ、急に。ほんと、大尉って失礼な男だね」

フィオナは不機嫌な顔で言った。

「それをお前に言われる筋合いはない」

「そうだった。ところで、大尉は何故そう思ったの？」

「あんな写真集じゃ、童貞じゃない男は満足せんよ」

「そういうもの？」

「ああ、そういうもんだ」

フィオナは携帯でジョヴァンナ・モレッティを検索し、かなりのヒット数があることを確認した。

「そう言うけど、ジョヴァンナ・モレッティって、若者にかなりの人気みたいだよ。写真集も、相当売れているみたい」

「ふん。童貞が総出で買ってるんだろうよ」

アメデオは小馬鹿にしたように笑った。

5

その後、二人はバー・ソレイユへ立ち寄った。

「また来てくれたのかい、美人捜査員さん」

店主は両手を広げてフィオナを迎えた。

「フィオナだよ、それがボクの名前。今度はエンマ・ドナートとルカ・コンテの話を聞かせてもらいに来たんだ。二人はどんな関係だったの？」

フィオナはカウンターに腰掛け、身を乗り出した。

「ふむ」と、店主は煙草に火を点《つ》けた。

「エンマはバーメイド向きの子だったぜ。酒が好きで男あしらいが上手《うま》くて、グラマーで明るくて、一寸《ちょっと》ルーズな所があった。当然、彼女のファンは多かった」

「ルカもその一人？」

「そうだな。年上の女に夢中な少年という感じさ。とにかく、必死だったね。

　エンマがライモンド・アンジェロのファンだと知ってからは、髪型や髪色を真似してたし、バンドも始めたぐらいだ。店の隅でギターを弾いて、エンマに歌を聴かせてたこともあったぜ」

「エンマの反応は？」

　すると店主は腕組みをし、白けた顔で煙草を吹かすポーズをした。

「眼中になかったか」

「ルカは十九かそこらだったろ？　若すぎて、彼女の趣味じゃなかっただけさ。女を養うような甲斐性《かいしょう》があるわけでなし、まあ仕方ない。

　エンマが死んだと聞いた日は、ここでささやかに追悼をやってんだ。すると丁度、ルカが彼女に会いに来て、彼女が死んだと知って、そりゃあショックで大泣きしていたぜ。けど、まさかその日のうちに、ルカがエンマの後追い自殺をするとは、俺も思わなかったけどな」

「後追い自殺？」

「二人の共通の知り合いの間じゃ、もっぱらそういう噂だったね。ちなみにエンマはライモンドの大ファンで、ライモンドの後追い自殺をしたって噂だ」

「ふうん……。ところでエンマは自殺する前、変わった様子はなかったかな？」

「俺は気付かなかった。だがまあ、若い女の考えることだからな」

「エンマはどんな音楽が好きだったの？　メタルとか悪魔系が好み？」

「いや、エンマは単にライモンドのファンだった。顔が好みだったらしい」

「シンプルだね」

「あ、あと強いて言えば、ライモンドファンの子と最近、急に仲良くなってたぐらいかな」

「何ていう子？」

「えーっと、ダニエラ……とか言ったかな」

「有難う。エンマの事、もっと詳しく知ってる人はいないかな」

「それならエンマと仲の良かった妹達が、まだ実家に住んでる筈《はず》だぜ」

店主はエンマの履歴書を引っ張り出してきて、フィオナに隣町の住所を見せた。

隣町にあるドナート家は、赤煉瓦《あかれんが》の屋根に煙突のついた、こぢんまりした一軒家だ。

アメデオとフィオナが身分を名乗ると、エンマの妹らしき若い女性が玄関にやって来て、二人をリビングへ案内した。

リビングでは五十代の両親ともう一人の若い女性が、テレビを囲んでいた。室内はカントリー風の落ち着いた佇《たたず》まいで、善良な中産階級の雰囲気が漂っている。

「カラビニエリのアメデオ・アッカルディと、マデルナ捜査員です」

アメデオが挨拶《あいさつ》をする。

「ジャン・ドナート、職業は教師だ。隣は妻のアニタ。同じく教師だ」

ジャンも立ち上がり、自己紹介をした。

エンマの妹達は、興味津々という顔でアメデオ達を見ている。

「お前達は自分の部屋に戻っていなさい」

ジャンが一喝すると、妹達は首を竦《すく》めて部屋を出て行った。

「ところで何故、カラビニエリが当家へ？　エンマの死がどうかしたんですか」

ジャンの口調は丁寧だったが、強い不快感が滲《にじ》んでいた。

「俺達は十字路連続変死事件の担当をしている。エンマさんの死に、事件性はなしと判断しているが、念のため、関連性の有無を調べる必要があるんだ」

アメデオが言った。

「それにエンマさんも、悪魔の紋章の上で亡くなっていたからね」

フィオナが言葉を付け加える。

ジャンはむっとした顔で押し黙った。

「ええ、分かりました。私達でお役に立てることがあれば、何なりと」

アニタは協力的な姿勢を見せた。

「では最初に。エンマさんは自殺するような悩みをお持ちだったんですか？」

フィオナの問いに、アニタは小さく首を横に振った。

「十七歳でこの家を飛び出した娘だ。私には分からん」

ジャンが言い放った。

「冷たい親のようですが、夫の言い分も無理はないのです。あの子は家を飛び出して以来、滅多にこちらには寄りつきませんでしたし、年齢的にも、もう充分に大人でしたから。それにその……遺体の状況から見ましても、特に事件性はないという警察の判断がございましたし、ええ、私共としても、特に異議はございませんので」

アニタは夫の顔色をちらちらと窺《うかが》いながら、言いづらそうに答えた。

アニタの様子は不審で、何かを隠している様子だった。夫の前では話せない何かがあるのかも知れない。フィオナはそう思ったので、二人を引き離すことにした。

「ドナート夫人、私と一緒に来て下さい」

「えっ？」

「エンマさんが昔使っていた部屋を見、アルバムのような物を拝見したい」

「え、ええ……」

「では、ボクと一緒に来て、案内するように。大尉はここで待ってて」

フィオナは突然、つかつかと部屋を出て行った。アニタが慌ててそれを追う。

アニタが部屋を出るとすぐ、フィオナがくるりと振り返った。

「静かに話せる場所へボクを案内して欲しいんだ。何か、話があるんでしょう？」

アニタはハッとした顔で頷《うなず》き、フィオナを物置部屋へ誘った。

「エンマさんの遺体の状況に、疑念があるの？」

フィオナはズバリ訊《たず》ねた。

「疑念というほどではないんです。けど、誰にも言えずにいたことが……」

アニタは声を潜めた。

「もし公にしたくない話なら、調書には残さないよ。ボクが聞くだけで、すぐに忘れることもできる。ボク、カウンセラーだから守秘義務があるんだ」

フィオナの言葉に、アニタは少しの間悩み、思い切ったように顔をあげた。

「あの子の身体には、その、性行為の痕《あと》があったんです。恐らく死の少し前に」

「それって」

「いえ、レイプではなく……着衣が乱れたり、抵抗した痕はなかったのです。ですので、合意の行為だろうと、判断されました」

「エンマさんには恋人がいたのかな？」

「……ええ。多分」

「相手までは分からない？」

アニタは頷き、肺の空気を吐き出すかのように、大きな息を吐いた。

「エンマは学生時代から、恋愛のいざこざが多い子だったんです。男性とどういうお付き合いをしていたか、正直分かりません。なにしろ十代のうちから、ロックバンドを追いかけたり、タトゥーを入れたり、挙げ句に選んだ仕事はバーメイド……。母親の私にも理解できない部分が多かったんです」

「そっか。ご両親とは似ていないタイプの子だったんだね」

フィオナの言葉に、アニタは額を押さえて「ええ」と頷いた。

「妹さん達は何か知らないかな？　エンマさんとは仲が良かったと聞いたけど？」

「さあ、どうでしょうか」

アニタが答えた時、遠くから夫の声がした。

「おい、アニタ、何をしとるんだ！」

それを聞いたアニタが慌てて立ち上がり、リビングへ戻っていく。

フィオナも立ち上がったが、リビングへは戻らず、廊下を奥へと歩いて行った。廊下に面したドアの一つが薄く開き、姉妹が顔を覗《のぞ》かせているのが見えたからだ。

「こんにちは、君達はエンマの妹だね」

フィオナが挨拶をする。

「ええ。次女のビアンカです」

「三女のダリアです」

二人が各々答えた。二人の姉妹は、髪の色も顔立ちもよく似ていた。

「ボクはフィオナ。一寸《ちょっと》、中に入ってもいい？」

「ええ、どうぞ」

姉妹は部屋にフィオナを手招いた。

「君達がエンマ・ドナートと仲が良かったと聞いて、話をしたかったんだ」

「そうです。姉ちゃんとは性格は違ったけど、気は合いました」

ビアンカが言った。

「ええ。エンマ姉さんはいつも格好良くて、大好きでした」

ダリアが頷く。

「そうそう。姉ちゃんは昔チアリーダー部もやってたし、メイクもファッションも何でも知ってたから、色々教えてもらったんだよね」

「そうそう。腱《けん》を痛めて辞めちゃったけど、学校でも人気者でした。けど、両親はエンマ姉さんに厳しくて、姉さんはこの家が嫌いで。家出してから帰って来なかったんだけど、私達はたまに姉さんの所に泊めて貰《もら》ってたんだよね」

二人が各々答える。

「そっか。それなら知ってるかな。エンマは誰かと付き合ってた？」

フィオナが訊ねる。

「さあ……。真面目に付き合ってた男はいなかったんじゃないかな」

ビアンカが言った。

「多分、ルカって人だと思います。よく連絡が来るって言ってたから」

ダリアが答えた。

「えーっ。その名前は何度か聞いたけど、本命じゃないでしょ」

「けど、結構電話かかってくるって言ってたよね。実際、私らの前でもルカって人から電話があって、姉さん結構嬉《うれ》しそうにしてたよね？」

「いやいや、でもそれは違うでしょ」

「そうかな？　意外と両想いだったかも知れないよ」

「ないよ、ないない。違うってば。あいつは姉ちゃんの趣味じゃないよ」

「なんでそう言い切れるの、ビアンカ姉さん」

「だって私には分かるんだって」

二人の言い合いが止まらない。フィオナは咳払《せきばら》いをした。

「じゃあさ、ルカ以外の人の名前は？　他には聞かなかった？」

フィオナの問いに、姉妹は顔を見合わせ、声高く答えた。

「ライモンド・アンジェロ！」

「ああ……。エンマは彼の大ファンだったよね」

フィオナが頷く。

「ライモンド、五月の終わりに亡くなったでしょう？　姉ちゃん、物凄《ものすご》く凹《へこ》んでた。だから、彼氏作るって感じじゃなかったと思うよ」

「確かに。あんまり気力はなさそうだった」

「それに姉ちゃん、言ってたんですよ。『もうすぐライモンドに会える』って」

「そうなんです。ライモンドが死んだ時、熱狂的なファンが何人も後追い自殺をしたでしょう。きっと姉さんも……」

姉妹は顔を見合わせ、目にうっすらと涙を浮かべた。

フィオナは天井を見上げて腕組みをした。


エンマはライモンドの大ファンだったけど、ルカと身体の関係ぐらいはあったのかな？

大尉はルカが童貞だって言い張ってたけど。どうなんだろう？

6

早朝、十字路の紋章の上で、また変死体が見つかった。側にはやはり、象のメッセージが書かれている。

場所はアルモネ通りから裏通りへ入ってすぐの交差点。

カラビニエリにその一報が届いたのは、午前六時のことだった。

直ちにアメデオとフィオナが現場へ向かう。

遺体は十代半ばと思われる少年で、白シャツ白ズボン姿。背を丸め、胎児のような姿勢をしていた。

青褪《ざ》めた肌と贅肉《ぜいにく》のない身体付きのせいで、どこか蠟人形《ろうにんぎょう》のような印象がする。口元からは一筋の鮮血が路面に流れ、小さな血溜《だ》まりを作っていた。

見た所、外傷は無い。

身長や髪色などの特徴が確認され、行方不明者届との身元照合が行われたが、現状、該当者は無しだ。

遺体は検視の為、カラビニエリへと運ばれた。

「ジャコモ・ボスキは収監中なのに、又も事件が起こるとはな」

アメデオは腕組みをし、溜息《ためいき》を吐いた。

「そういえば、ジャコモの聴取はどうなってるの？」

フィオナが訊ねる。

「聴取はロクに進んじゃいない。部下曰《いわ》く、肝心の箇所にくると、とぼけた言い訳ばかりをしやがるそうだ。

だが一つ言えるのは、あいつ、職業はエンジニアだと名乗っていたが、とっくに会社をクビになってやがった。今は無職のゲームオタクという奴さ。ほぼ一日中、家に引き籠《こ》もっていたと供述してる。だが、それを証明する人間は誰もいない」

「ふうん……」

「フランチェスカ事件では、彼女の家の近くでジャコモらしき男が目撃されているし、ゾーエ事件でも、奴の体格なら女の撲殺が可能だ。そして何よりアリバイがない。ジャコモが連続事件の最有力容疑者に違いないんだが」

「けど、今回の事件は彼の仕業じゃないね」

フィオナは憑《つ》かれたような目で路面を見詰めて呟《つぶや》いた。

「まあ、そりゃあ奴は収監中だからな……」

アメデオは頭を掻《か》いた。

「奇妙な事件だ」

フィオナは至極当たり前の事を言った。

アメデオが無言で頷《うなず》く。

「大尉。これはもう、神の啓示を待つしかないかも知れないね」

フィオナの言葉に、アメデオは天を仰いだ。

「……ローレン・ディルーカか」

「そう。マスターならきっと、道を示してくれる」

夢見るような顔つきで言ったフィオナに、アメデオは重い溜息で応じた。

それから二人は現場近くの聞き込みを行ったが、事件の目撃者は見つからなかった。

昼過ぎには検死官から二人に連絡があり、少年の死因は青酸カリによる毒殺だと断定された。

最後に少年の身元が、夕刻近くに判明した。

マリオ・ローレ。十六歳。母親と弟四人との六人暮らし。

昨日までのマリオの行動には何ら不審な点がなく、朝は普通に学校へ行き、夕刻には宿題を済ませ、夕食を家族で食べたという。

その後、「友人の家に泊まって勉強をする」と言って、午後八時過ぎに外出。

今日の昼過ぎになっても連絡が取れないことに、母親が気付いて、警察に通報したとのことだった。

＊　＊　＊

その夜。

喉《のど》の痛みと鼻の詰まりを感じたフィオナは、いつもの処方薬に加えて風邪薬を飲み、ベッドに入った。

すっと眠りに落ちたのは良かったが、間もなくぱちりと目が覚める。そして誰かの呼び声が聞こえて来た。

フィオナ、おいで、いい夜だよ
また悪魔がやって来るよ……

精霊の声だ。

(そっか……分かった)

フィオナはゆっくり身体を起こした。

クローゼットから装束を取り出し、マントを羽織る。

家を出てタクシーを拾い、フーモで降りる。

空には真紅の傷口のような月が浮かんでいた。

(何処へ行こう……)

フィオナはポケットのチョークをそっと握り締めた。

以前に自分が悪魔の紋章を描いたルジアーダ通りの交差点は、もう魔法の力を失っているような気がした。

もっとロマンティックで特別な、異界の出口に相応《ふさわ》しい場所が在る筈《はず》だ。

さわさわと揺れる梢《こずえ》の音に誘われながら町を彷徨《さまよ》い、やがてフィオナが辿《たど》り着いたのは、褪《あ》せた水色の建物の前だ。

壁に大きく書かれた「アポロ映画館」という文字は塗りつぶされ、「アポロ小劇場」と書かれた看板が建物前に置かれている。

上演時間はとっくに過ぎていて、辺りはほんのりと暗い。

彼女は微笑み、路上にしゃがんで、悪魔の紋章を描き始めた。だが、外円を描いていると、不意に車が側を通り過ぎていった。

フィオナは立ち上がった。車の排気音や眩《まぶゆ》いライトを、悪魔は好まないだろう。辺りを見回すと、微《かす》かな水音が聞こえてきた。

緩くくねった排水路沿いに、旧道らしき道が延びているのが見える。

ポプラの木がぽつり、ぽつりと生える道を歩いていくと、少女の声がした。

「サモナー様？」

振り向くと、白いワンピースの十三歳ほどの少女がいた。胸に金のバッジが光っている。

「ボクかい？　そうだよ。悪魔を呼びに来た」

フィオナが答えると、少女はニッコリと笑った。

「良かった。私、時間に遅れたかと思った。私の代わりが他の子になったら嫌だもの」

「他の子？」

「ええ。見てるだけとか、待ってるだけは不純だもの。私は犠牲を厭《いと》わないわ」

「君は勇敢な女の子なんだね」

「ええ、そうよ」

少女は熱に浮かされたような顔で頷き、小走りに前方へ駆けて行った。

その背中をぼんやり見送っていると、街灯がうっすらと照らすすぐ先の十字路に、五人の少年少女が輪になって座っていた。

皆、白っぽいシャツやワンピースを着ている。

少女もその輪の中に加わった。

胸のバッジを外して皆に示し、路上に座る。

フィオナもゆっくりと彼らに近づいていった。

輪の中心に、悪魔の紋章と象の怪文がかかれてあるのが見えて来る。

そして紋章の周囲には、人数分の紙コップが置かれている。

少年少女達は手を繋《つな》ぎ、目を閉じ、象の数を数え始めた。

1 ELEFANTE（象が一頭）
2 ELEFANTI（象が二頭）
3 ELEFANTI（象が三頭）
4 ELEFANTI（象が四頭）
VENTISETTE ELEFANTI（象が二十七頭）

それは童話に似たユーモラスな節回しで、唄《うた》う少年少女達の声も明るかった。

「ロノヴェよ、出《い》で給え」

どこからかアルトの声が響いた。

その瞬間、輪になっていた少年少女達は、自分の前に置かれていた紙コップを手に取り、呷《あお》る動きをした。

（へえ、これが召喚の儀式なんだ。悪魔は現われるかな？）

フィオナは紋章の中心部に目を凝らした。

そこに靄《もや》のような霊気の塊を感じ、ぞわり、と背筋に冷たい感覚が走る。

靄がゆらりと姿を変え、黒く汚れた塊がうっすらと見えてきた。

（やったぞ。召喚は成功だ）

フィオナはふらふらと、紋章に近づいていった。

（君がロノヴェなの？　もっとよく顔を見せて……）

フィオナが心で念じ始めた時だ。

小さな呻《うめ》き声が聞こえた。

ハッと目を開くと、一人の少女が胸を押さえて前屈《まえかが》みになっていた。さっきフィオナに声をかけてきた子だ。

彼女が手に持っていた紙コップが路上に滑り落ちる。

少女は紋章の上に倒れ、小さく痙攣《けいれん》した。

「どうかしたの、君？」

フィオナはそっと声をかけた。

すると周囲にいた少年少女達がハッとした顔で立ち上がり、手に手にコップを持ったまま四方へと逃げ出した。

一人の子は、少女のコップも一緒に持ち去った。

フィオナは路上に残された少女の側に駆け寄った。

首に触れて脈を確認し、口元に顔を近づける。すると脈はなく、呼吸は止まっていた。

口元からは、甘いアーモンドの匂いがした。

(これは……)

すぐ側に悪魔の紋章があった。だが、そこには何もいなかった。

(あれ？　さっきまでここに悪魔がいたと思ったのに？)

フィオナがそう思った瞬間だ。

ガサガサと背後の茂みが揺れ、手負いの獣のような異様な息づかいと共に、赤いドレスの人影が現われた。

顔には黒いシフォンのヴェールを被《かぶ》り、それを引き摺《ず》るぐらいに垂らしている。

以前にも出くわした、奇怪な女だ。

「ぎぃぇえええええ――っ！」

女はフィオナを睨《にら》み付けながら、持っていた薔薇《ばら》の花束を路面に叩《たた》き付け、それをヒールの底でぐじゅぐじゅとすり潰《つぶ》した。そして、キラリと光る物体を振りかざした。

短剣だ。

フィオナはその刃の稲妻に似た形に見覚えがあった。

以前、紋章の上に落ちてきた遺体の胸に刺さっていたのとそっくりだ。

フィオナが見とれている間に、女は上体を屈め、殺気のオーラを放ちながら、間合いをぐっと詰めてきた。

短剣の切っ先がギラリ、と輝いている。

フィオナは瞳《ひとみ》を見開き、後ずさりをした。

「邪魔な女め、ここで死ね！」

魔女は叫ぶと同時に、フィオナの肩を強く鷲摑《わしづか》みにした。

剣が首元にぐっと突き付けられる。

「どうしたの？　君が何をそんなに怒ってるのか、聞かせてよ」

フィオナは動じず、女に訊《たず》ねた。

「とぼけるんじゃないよ、この偽者野郎！」

女が剣を強く押しつける。フィオナの首から一筋、二筋、鮮血が滴った。

「ボク、分からない。世の中は、ボクの分からないことばかり。だからさ、ボク、不安なんだ。君は本当のことを知ってるの？　それなら教えてよ。ねえ、君。ぜんぶ教えてくれたら、ボクは死んでもいいから……」

フィオナはさらに語り続けた。その言葉に嘘は無かった。

「なに寝言いってるんだ！　お前みたいな女が一番嫌なんだ。人の手柄を横取りしようたって、そうはさせるかよ！　今からその顔の皮剝《かわは》がして、首を切り落としてやる！」

逆上した女は力任せにフィオナを押し倒し、路面に押しつけると、短剣を大きく振り上げた。

「死ね！　醜い腸を晒《さら》して、血の塊となれ！」

女が絶叫した。ギラリ、と刃が光る。

フィオナは女から逃れようとしたが、怪力に押しつけられ、身体が動かない。

これは不味《まず》いかなぁ……

何も分からない内に、
ボク、死ぬかも……

フィオナが覚悟した時だ。

突然、足音高く駆け寄って来た大きな影が、女を弾《はじ》き飛ばした。

突き飛ばされた女はもんどりをうって地面を転がった。だが、すぐに短剣を構えて立ち上がる。

またやって来るかと思ったが、女は怯《ひる》んだ様子で踵《きびす》を返し、闇へと姿を消した。

これって何かな。仲間割れ？

それとも、ボクを助けてくれた？

フィオナはゆっくりと上半身を起こした。

仰ぎ見た視界の中に、黒いスーツの背中と、左手が持つ黒い楽器ケース。丸刈りの頭とサングラスの横顔が見える。

以前にも見たことのある、門番の男だ。

「ボクは助かったみたいだ。有難う」

フィオナはひとまず礼を言った。

男は無言で姿勢を正し、腕を九十度に曲げ、指を揃える奇妙な挨拶《あいさつ》をした。

そしてすぐに直立不動の姿勢に戻ると、踵をくるりと百八十度返して歩き始めた。

「待って、門番さん。どこへ行くの？」

門番はフィオナの声に足を止めた。だが、何も返事はしなかった。

「さっきのドレスの女は知り合い？」

もう一つ、聞きたかった質問をする。男は振り返ったが、やはり返事は無い。

「すぐ側で、女の子が死んでるよ」

フィオナは遺体を指差し、更に話しかけた。

すると男はコクリ、と頷《うなず》いた。

「それは、もう、動かない、ものだ」

男は少しハスキーな、一本調子の声で答えた。

「そうだね。その女の子はもう死んでる。だから、ボクは警察に通報しなきゃいけない。けど、君はボクを助けてくれたし、ボクは君と話がしたい」

男は黙ってフィオナの話を聞いている様子だ。

フィオナはゆっくりと言葉を続けた。

「君は何処かに行くのをやめて、ここにいて、ボクとお話ししない？」

フィオナの誘いに、男は首を微《かす》かに横に振った。そのままスタスタと歩き出す。

フィオナはこの場に留《とど》まって警察を待つべきか、男を追うべきか、悩みながら携帯を取り出し、アメデオの携帯に連絡を入れた。

眠っているだろうと思ったアメデオは、二回の呼び出し音の後、ハッキリした声で電話口に出た。

『フィオナか、驚かすな。今から連絡する所だった』

「えっ、驚いた。知ってたの？　フーモの十字路で事件が起こったんだ」

『何だって？　詳しく話せ』

「アポロ小劇場近くに、ポプラ並木と排水路沿いの道があるんだ。すぐそこへ来て。ボク、参考人を追いたいから」

『何てことだ。こっちも今、別件で呼ばれた所なんだ。ウルベ空港付近の交差点で、例の紋章と、七歳程度の男児の遺体が見つかった』

「弱ったな。じゃあ、こっちにも誰かを寄越《よこ》してくれる？」

『分かったが、お前はどうするんだ？』

「ボクはもう行かないと」

フィオナは慌てて電話を切ると、闇に消えそうな黒服の男の背中を追った。

7

キーン・ベニーニは薄闇の中で蹲《うずくま》っていた。

二十七頭の象……。

強大な奴らと戦うには、準備が必要だ。

だが、どんな準備が必要だろう。

銃やナイフでは駄目だろう。

聖別された十字架やナイフ、聖水なら、少しは役に立つのだろうか。

キーンの思考は壊れかけたオルゴールのように緩慢に、同じところをぐるぐると回っていた。

しなければならない事が山積みなのに、身体を動かすのも億劫《おっくう》だ。

膝《ひざ》を抱えた姿勢のまま、どれほどの時間、ぼんやりしていたのか分からない。

ふと、窓を震わす物音に気が付き、キーンは重い頭をあげた。

誰かの吐息のような雨粒が、柔らかな声で窓を叩いている。

それは大事な言葉を伝えに来た、小さなメッセンジャー達のようだった。

ガラスを伝う雨粒は流星のように眩《まぶ》しく、キーンの視界を横切っていった。

外は夜だ。
キーンは突然、自分の空腹に気付いた。
床を這《は》うように進み、そっと冷蔵庫を開く。
明るい光の中に、食べかけのピザがあった。
キーンはそれを手に持ち、立ち上がった。
キッチンへ行き、ピザを皿に移し替えて、電子レンジに入れる。
目盛りは三分ほどで良かっただろうか。
それからインスタントコーヒーを作る為に、流しの前に立った。
その時だ。
小さなゴキブリが二匹。
シンクの排水口の中から、ちょろちょろと這い出てきた。
滅多に自炊をしないキーンの家にゴキブリが湧くのは、これが多分初めてだ。
キーンはぎょっとして、触りかけた蛇口から手を離した。
何か、ゴキブリを退治する為のものがないか、部屋を振り返る。
ベッドがあり、机とパソコンがある狭い部屋だ。
机の上に雑誌があった。
キーンはそれを手に取り、両手で丸めてゴキブリを叩《たた》くことにした。
流しの側にそっと近づき、奴らの動きを観察する。

早く仕留めたいが、焦りは禁物だ。
息を整えて、狙いをつける。
そして息を止め、素早く雑誌を叩き付けた。
上手く叩けたと思ったが、奴らは丸めた雑誌の下から這いだしてきた。
その平気そうな動きに、苛立《いらだ》ちが込み上がる。奴らの身体は意外に硬いらしい。
キーンは深呼吸してもう一度、雑誌を構え、振り下ろした。
今度はサッと奴らが雑誌を躱《かわ》すのが見えた。
そのまま一匹が素早い動きで、キーンの足元に迫ってきた。
キーンはそれに向かって雑誌を投げつけた。
暫《しばら》く待つが、動きはない。
やった。
安堵《あんど》して雑誌を持ち上げると、下から何食わぬ顔のゴキブリが又這い出した。
キーンは苛立ち、汗を垂らし、ゴキブリ共に応戦した。
だが、奴らは本当にすばしっこく、決着がつかない。
とうとうゴキブリはキーンをあざ笑うかのように、排水口の中へと戻って行った。
（くそう……。厭《いや》な奴らだ）
キーンが、ドンと足を踏み鳴らした時、玄関扉がドンドンと叩かれた。
覗《のぞ》き窓から見ると、アパートの住人が下着姿で立っている。

「一寸《ちょっと》、あんた。何時だと思ってんだ」

男はかなり立腹した様子で言った。

「すみません」

キーンは扉を開き、頭を下げた。

「いい加減にしろ。安アパートで夜中に、ドンドンドンドン物音立てやがって」

「すみません。ゴキブリが出たので、つい」

「あ？　ゴキブリだと？　そんなもん、何処にでもいるだろうが、ふざけてんのか、てめえ。ゴキブリが出たぐらいでいちいち男が騒ぐんじゃねえぞ、コラ」

「ごめんなさい。今後、気を付けます」

キーンは平謝りをし、素早くドアを閉めた。

苛立った足音が廊下を遠ざかっていく。

キーンは溜息《ためいき》を吐き、ベッドの上に座った。

電子レンジは随分前に止まっていたが、もう空腹も去っている。

時計を見ると、午前四時前だ。

頭がちくちくと痛かった。

身体は鉛のように重くなっていく。

この部屋が盗聴されているのが、気付かぬうちにストレスになっているのだろうか。

だが終末が刻々と近づいているという時に、そんな甘えを言っても仕方が無い。

とにかく、全身が鉛になる前に武器を買いに行った方がいい。

キーンは窓の外をそっと窺《うかが》った。幸い、見張りの男達の姿はない。

キーンは傘をさし、パーカーを羽織って夜の町に出かけた。

石畳の歩道は黒々とぬめっていた。

人の声、車の走る音、何かが軋《きし》み、壊れる音、そしてどぶに流れていく水の音。

刺々《とげとげ》しい町の音が周囲の空気を切り裂き、罅《ひび》割らせていく。

キーンは耳にヘッドフォンを突っ込み、ドヴォルザークの『新世界より』を再生した。

たちまち喧噪《けんそう》が遠ざかり、湿った空気が肺に染み込んでいく。

絹糸のように細い雨が、空と地表を縫い合わせているようだった。

防犯カメラの目を警戒しながら、キーンがアルノ通りの公園にさしかかった時だ。

噴水脇の街灯の暗がりから、まるで彼を待ち伏せしていたかのようなタイミングで、一人の女性がぬっと姿を現わした。

キーンはその顔をよく知っていた。仲間のジューヒーだ。ただ、雨の街灯の下で見る彼女は、いつもと少し違った顔に見える。

傘を持っていない彼女の濡《ぬ》れたサリーが身体に貼り付いている。だが、彼女はそれを気にする素振りを見せなかった。きれい好きの彼女にしては珍しい。

ジューヒーは無言のまま、キーンに近づいてきた。

「こんなところで偶然だね」

キーンはヘッドフォンを外し、小声で挨拶《あいさつ》をした。

ジューヒーはいつもクールで慎み深い。男からの挨拶には答えず、視線だけの黙礼を返してくる。

ところが、今日の彼女は違っていた。

「どうやら子供が出来たらしいの」

ジューヒーは唐突に口を開いた。それは台本を棒読みしているような口調であった。

「どうしたんだい？」

キーンは首を傾げた。

「貴方《あなた》の子よ」

ジューヒーは続けて言った。

キーンは呆気《あつけ》に取られてしまった。ジューヒーとは付き合ったこともなければ、キスはおろか、二人でデートしたことすらないのだ。

雨雲が忽然《こつぜん》と月の光を覆い隠す時のように、ジューヒーの顔から人間らしい輝きと体温が消え去った。そして、全身の毛を逆立てるハリネズミのような表情が露《あら》わになった。

その顔はいつもの神秘的なジューヒーとはまるで別人だ。

濡れたサリーも普段と違って着崩れている。

「しっかりするんだ、ジューヒー。僕と君はそんな関係じゃないだろう。夢でも見たのかい？　まさか悪い薬はやっていないよね」

するとジューヒーはキーンの頬を叩いた。

「それを聞いて安心したわ。貴方の子など産む気はなかったから」

それだけ言うと、ジューヒーはロボットのような無表情になり、立ち去った。

キーンはその後ろ姿を見ながら、得体の知れない胸騒ぎを覚えた。

回らない頭を抱えて呆然《ぼうぜん》としていると、空から垂れた雨の糸が地面に弾《はじ》けて無数の滴になり、行き場を失ってマンホールの表面を転がっていくのに気が付いた。

マンホールの溝からは小さなゴキブリが顔を出しながら這《は》い回っている。

七色に輝く油の層が不穏なシグナルを発していた。

キーンは周囲に敵の姿がないのを確認すると、木陰に身を隠し、携帯を手に取った。

リーダーの緊急連絡先に電話をかける。

『どうしたんだ、キーン』

電話口から知的な声が聞こえる。キーンはほっと息をした。

「フェルナンド、聞いてくれ。今さっき、家の近くの公園でジューヒーに会ったんだ」

『こんな時間にか？』

「そうなんだ。しかも、その時の彼女の様子が酷《ひど》くおかしかった」

『どんな風にだ？』

「うまく言えないんだけど、どこかが彼女じゃないみたいなんだ。顔や服装はそっくりなのに、違和感があるんだ。おまけに彼女、僕の子供を妊娠したなんて、有り得ないことを突然言って、また突然去って行ったんだ」

『ふむ。ジューヒーの中身がそっくり別人に入れ替わったような感じがしたか？』

フェルナンドの問いかけに、キーンは大きく頷《うなず》いた。

「そう、まさにそんな感じだった。有り得ない話なんだけど、そうとしか思えない」

『慌てるな。それは奴らの手口だ。敵の心理操作さ』

「心理操作？」

『ああ。こちらの仲間割れを狙って、敵が彼女を洗脳したんだ』

「ああ、そうか。ああ、そういう事か！」

キーンは拳《こぶし》を握り締め、額の汗をそれで拭《ぬぐ》った。

『状況は不安定だ。ジャコモも捕らえられ、ジューヒーも敵の手に落ちた。だが、二人のことは折を見て私がなんとかする』

「頼むよ、フェルナンド。貴方ならジューヒーの洗脳も解けるよね？」

キーンはからからに渇いた喉《のど》で訊《たず》ねた。

『ああ、解く方法はある。ともかく私はジューヒーと連絡を取ってみるとしよう。お前は彼女から少し距離を置いておけ』

「うん。分かった」

『状況から考えて、敵はお前の近くに潜んでいる可能性が高い。今夜は家に戻らない方がいい』

「ああ、そうだね。そうするよ」

『監視カメラにも気を付けろ』

「ああ、分かってる」

キーンは電話を切り、そのまま暫《しばら》く地面にしゃがみ込んだ。

頭が鈍く痛かった。様々な刺激の負荷から疲労が出たせいだろう。

何処かの安宿に潜り込み、人ごみに紛れて眠りたかった。

キーンは駅の向こうのネットカフェを思い浮かべながら、重い足を動かした。

熟知している町の通りを、監視カメラをかいくぐりながら歩いていく。

ところが今日に限って何本か、道を見誤ってしまったらしい。

想定外の突き当たりにぶつかって、何度か方向転換を迫られているうちに、気付くとキーンは町外れのポプラの側を歩いていた。

ごぼごぼと、近くで排水の流れる音が響いていた。

チカチカと点滅する赤いランプが道の前方に見えて来る。

キーンはそれに惹《ひ》かれるように寄って行った。

すると道に黄色いテープが巡らされ、立入禁止と書かれた一角に、三十人ばかりの人垣ができていた。

人と人の隙間から中を覗《のぞ》き込むと、路面に悪魔の紋章の一部と、そこに重ねて描かれた人の形が垣間《かいま》見えた。

どうやら十字路連続変死事件があったらしい。
「押すなよ」
誰かがそう言って、キーンの身体を押し返した。
「ああ、すまない」
キーンが素直に踵《きびす》を返して、後ろに下がろうとした時だ。
誰かに蹴飛《けと》ばされた小さな物体が転がってきて、キーンの靴にぶつかった。
キーンは路面にかがんでそれを拾った。
明かりの下でじっと見る。
それは丸くて金色で、重厚な作りをしたバッジだった。
表面にW・D・Sの三文字が刻印されている。
ワールド・デーモン・システムの紋章だ。
奴らが悪魔を呼び出し、人の魂を次々と食らわせているのだ。
連続殺人の裏にいるのは、やはり奴らだった。
大いなる運命はキーンにそれを知らせる為、今宵《こよい》、この場所に彼を誘ったのだ。
奴らが世界を破滅させる「時」は、ひしひしと迫っている。
それに抗《あらが》い、戦い続けなければならない。
キーンはバッジをそっとポケットにしまいこんだ。
恐らくこれを証拠として警察に届けても無駄だ。揉《も》み消されて終わりだ。しかし、いずれこういう物証が、味方の役に立つ時が来る筈《はず》だ。
キーンは今夜ひとまず姿を隠す場所を求め、今来た道を戻り始めた。

第四章　加速、加速、加速

1

六月二十日、午後六時。

ロベルト・ニコラスはいつものように、ピナコテカの警備室から第八展示室へ、平賀の荷物を移動する手伝いをしていた。

二人が『フォリーニョの聖母』の前で最初の張り込みを開始してから、既に二十日が経過している。

その間、平賀は現場から離れることを徹底的に嫌がり、ピナコテカが閉館中の午後六時から翌朝八時半までは、ひたすら絵の前に貼り付いていた。

観光客が行き交う開館時間でさえ、自前の監視カメラを『フォリーニョの聖母』に向け、異変があればすぐ駆けつけられるよう、館内の警備室に居座っているという有様だ。

「マリア様がここに現われるというのなら、それを見逃すことは絶対にできません」

というのが平賀の意見である。

「食事や睡眠の時ぐらい、外に出たら？」

と、ロベルトは提案したが、

「駄目ですよ、ロベルト。マリア様は私達の都合で出現したり、しなかったりなさらないと思います」

と、平賀は頑固で生真面目な表情で答えるのみである。

一方、ロベルトは関係者への聞き込みを中心とした、裏付け調査を続けていた。

警備員とピナコテカに出入りした関係者の調査には十日余りを要したが、館内で「午前二時の聖母」のビデオを撮影した者は見つからなかった。

常識的に考えれば、もし、バチカンの関係者があのマリアの奇跡を目にしたとすれば、身近な友人や職員に思わず話を漏らしたり、言動に不審な点が見つかる筈だ。

ところが、そうした形跡も見つからなかった。

この時点でロベルトは、「午前二時の聖母の奇跡」が実際にピナコテカで起こった可能性はかなり低いと考え、その旨を上司のサウロ大司教にレポートしていた。そして、そのレポートには「午前二時の聖母の動画が世間に出回った時、必ず世間でパニックが起こる。バチカン側の対処の準備を整えられたし」と書き添えた。

ロベルトはあの衝撃的なマリアの動画が、いつ再びネットに流れ出すかと気が気ではなく、大急ぎでレポートを仕上げたのだが、その後一週間余りが経った今も、世間にあのマリアの映像は流れていない。

もし午前二時の聖母の映像が作り物なら、作った者に何らかの意図が——恐らくは世間を大騒ぎさせるという意図がある筈なのに、動きがないのが不気味である。

それともやはりあのビデオは本物で、ビデオの撮影者は、ロベルトが聞き込みをした警備員の中にいたのに、見逃しただけなのだろうか。

それならいずれマリア様が出現し、平賀がそれを記録するだろう。

（だが一体、それはいつなのか。そろそろその時が来ても良い筈だ）

ロベルトの胸には、もやもやとした焦燥と怒りのような感情が蟠《わだかま》っていた。

本物か、偽物か、早くどちらかの結論が出て欲しかった。それに、マリア様の出現を今か今かと待ち続けることに対し、精神的に疲れてきていたのだ。

平賀は相変わらず無心の表情で、床に座り、『フォリーニョの聖母』を見詰めている。

ロベルトは機材の配置を終えると、持って来た本を読み始めた。それは、いつか読もうと買い置きしていた未読本の最後の一冊だった。

午後七時を過ぎた頃、ロベルトはピナコテカを後にした。一旦《いったん》家に戻って夕食と朝食を作り、平賀に届けるのが、最近のルーティンだ。

家のダイニングのテレビを点《つ》け、冷蔵庫を開いて、ペリエを取って一口飲む。

爽《さわ》やかな炭酸を味わいながら、今日は久しぶりに、ベトナム風のバインミーサンドを作ろうと、ロベルトは思った。

ナンプラーと酢と砂糖、レモンとニンニクでたれを作り、大根と人参を細切りにしたものを浸して、マリネを作る。

あとは、レタスと香菜《シャンツァイ》、レバーペースト。材料は揃っている。

メインの具は、海老《えび》と鶏肉で良いだろう。

ロベルトが野菜室から、レタスを取り出した時だ。

『緊急特番です。聖母マリア様がバチカンに出現！』

テレビから、ナレーションの声と、センセーショナルな音楽が聞こえて来た。

(何だって……)

ロベルトはテレビを振り返った。

『驚くべきニュースが飛び込んで参りました。なんとバチカンのピナコテカに聖母マリア様が現われ、私達に預言を下されているというのです。

まさか？　信じられない？　いいえ、これは本当です。証拠のVTRがあるのです』

男性司会者がそう言った時、午前二時の聖母の動画が一瞬、画面右上に映った。それは光の玉が聖母の姿に変わっていく、センセーショナルな一場面であった。

司会者は言葉を続けた。

『これから聖母マリア出現のVTRを放送します。世界初公開です。この動画はバチカンのピナコテカに勤めていた元職員によって撮影された、確かな由来のものです。

当局は撮影者の電話取材にも成功しております。まずはそちらの音声をお聞き下さい』

ロベルトはテレビのボリュームをあげた。

画面に電話機が大写しになり、音声だけが流れる。

『こんにちは。貴方《あなた》が午前二時の聖母を撮影したんですね？』

　司会者の声だ。

『はい』

　くぐもった声が答える。

『貴方はバチカンの職員だとか』

『元職員です。名前や役職は伏せさせて下さい。以前の職場に迷惑がかかりますので』

『分かりました。それでは早速、貴方が聖母マリアの出現を撮影された経緯をお話し下さい』

『はい、私はある夜、午前二時、ピナコテカで奇跡を見たのです。

　輝く聖母が私の目の前に出現され、ご自分がファティマの預言を下された聖母であることと、これからも同じ場所で、新たな啓示を下すことを宣言されたのです。

　私は本当に驚きました。そして、悩みました。聖母の御言葉をこの先、私一人が聞いたとして、それが本当のことだと、どうやって多くの信者に信じてもらえばいいのか、聖母の言葉をどう皆さんにうまく伝えればいいのか、分からなかったからです』

『それで、思いきって聖母を撮影しようと考えたのですね？』

『はい、そうです。それが一番いい方法だと思ったのです』

『どうも有難うございました』

　短いインタビューが終わった。

再び画面はスタジオに戻った。司会者は興奮気味にマイクを握り締めていた。

『それではいよいよ、午前二時の聖母の奇跡をご覧頂きましょう!』

そしてテレビ画面に、デーボラから入手したのと全く同じ映像が流れ始めた。

朧《おぼろ》な光の輪の中に『フォリーニョの聖母』の絵画が浮かび上がっている。

それを照らしていた懐中電灯が消され、表示時刻が午前二時となった。

その途端、絵画の上に白い光の玉が現われる。それは見る間に大きく膨らんで、人の形へと変化した。

『また会えたことを嬉《うれ》しく思います。

私はかつてファティマの幼子に三つの啓示を授けた者。

そして三番目の預言を、時が来るまで秘するようにと命じた者……。

ですが約束の時が過ぎた今もなお、人々は真実を知らされず、それ故に行いを改めず、嘘偽と離隔と悪虐の中で、主の御光から遠ざけられています』

幻想的な、アルトの声が響いた。

その音声は、ビデオで見たものよりクリアに聞こえた。

聖母は全身から柔らかい光を放ち、青いローブを纏《まと》っている。

ラファエロの描く絵によく似た、美しい聖母が語り始める。

『私の姿を見、言葉を聞くすべての者は、老いたる者も、幼き者も、この先どのような試練が待ち構えていようとも、これをよく知り、心して、主の摂理と共に克服する運命を喜びなさい。

私は運命の先駆けとして参りました。今より三度の警告を授けましょう。

ファティマ最後の奥義が明かされる日まで、もう時間がありません。

第三の預言は今年この場所から、現実のものとなるでしょう』

そして、聖母の放つ光が強まり、眩《まばゆ》い七色の光が辺りを包み込んだ。

次の瞬間、聖母の姿は忽然《こつぜん》とかき消え、後には静かなピナコテカと、壁にかかる『フォリーニョの聖母』だけが残った。

そこで映像はプツリと切れた。

再び画面がスタジオに切り替わる。

女性の方の司会者は、初めてこの映像を見たのだろう。大きく目を見開き、口をパクパクと動かしている。

男性司会者は神妙な顔で額の汗を拭《ぬぐ》いながら、口を開いた。

『先程もお伝えした通り、こちらの午前二時の聖母の映像は、バチカン関係者からの確かな筋で入手されたものです。

さて、ここからはゲストに専門家を迎え、お話を伺いましょう』

画面がパンすると、メガネをかけた老紳士が座っているのが映された。

『ファティマの預言研究家、ブラスコ・ボナチェッリ教授』というテロップが出る。

ロベルトが現在時刻を確認すると、午後八時半であった。この時間、夕食の為に家にいるイタリア人は多い。しかもチャンネルは全国ネットだ。恐らく何百万もの人々が、午前二時の聖母の映像を見ただろう。

テレビでは司会者と、ボナチェッリ教授のやりとりが始まった。

『こんにちは、ボナチェッリ教授。専門家の目からご覧になって、先程のVTRはどのように考えられますか？』

『ファティマの聖母の預言に間違いありません。聖母が再び降臨されることは、ファティマ第三の預言で明言されていたことです』

ボナチェッリは堂々と答えた。

『ファティマ第三の預言にですか？　詳しく教えて下さい』

『ええ。ファティマ第一の預言は地獄の存在を告げるもの。第二の預言は第一次世界大戦と第二次世界大戦にまつわる警告でした。

そして第三の預言は最後の大戦について、そして人類の危機について述べられたものです。ところがバチカンはその内容が余りに危険だとして、真実を公表しなかったのです』

ボナチェッリはゆっくりと顎鬚《あごひげ》を撫《な》でた。

『ですが教授、バチカン法王庁は、第三の預言を既に公開した筈《はず》です』

女性司会者が慌てて話に加わった。

『ええ。法王庁は、聖母が発表するようにと命じた時を過ぎても、第三の預言を公開しなかった。その為に、カソリック元修道士が航空機をハイジャックして、預言を公開するように迫った事件もありました。

様々な事件や憶測が飛び交うのを恐れた法王庁は、第三の預言をとうとう公開した……ということになっています、公式にはね』

『公開された内容は、嘘だったと？』

女性司会者がテーブルに身を乗り出した。

『ええ。「約束の時が過ぎた今もなお、人々は真実を知らされていない」と、先程、聖母のメッセージにも語られていましたよね。

貴方は聖母のお言葉と、法王庁の発表と、どちらを信じるのです？』

ボナチェッリは強い口調で言った。司会者が黙り込む。

『私はファティマの預言について、長年研究を続けてきました。ポルトガルの現地にも無論赴きましたし、世界中の研究家とも連絡を取り合っています』

『全世界にファティマの預言の研究家がいらっしゃるんですか？』

女性司会者が驚いて訊《たず》ねると、ボナチェッリは大きく頷《うなず》いた。

『当然です。ファティマの預言は私達人類にとって最大の謎であり、また同時に、最もよく知らなければならないことだからです。

いいですか、ファティマの村の幼い三人の子らの前に聖母が出現されたその年から数えて、今年は百年目にあたるのです。果たしてこれが偶然でしょうか？』
ボナチェッリの言葉に、司会者二人は顔を見合わせ、押し黙った。
『私はファティマの聖母から預言を授けられた、ルシア・デ・ジェズス・ドス・サントス
その人に何度も面会に行きました。
彼女は修道女ですから、教会から口止めされている第三の預言に関して、多くを語りた
がりませんでしたが、聖母の再臨を知らせる手紙を私に送ってきたのです』
そう言うと、ボナチェッリはテーブルにボードを置いた。ルシアの自筆の手紙を拡大し
たものだ。
ボナチェッリはゆっくりとその文を読んだ。

『親愛なるブラスコ・ボナチェッリ
いつも私の健康を気遣い、お手紙を下さることに感謝致します。
ですが、貴方《あなた》が繰り返しお訊ねの件に関しましては、教会が私の養い人である限り、お
答えはできないと、こちらも繰り返し、言わざるを得ません。
ですが、ブラスコ。友人として貴方にこれだけは言えます。
私はもうすぐ天に召されるでしょう。そして私が抱えている大きな秘密を世に示すため
に、マリア様は再び出現なさるでしょう。
それはきっと、そう遠くない未来のことです。

昨夜、そのことを夢に見ました。

マリア様は言われました。「貴方の前に姿を現わしてから百年後、私は再び人々の前に現われ、真実を示すでしょう」と。

貴方に幸運と神の慈悲が与えられることを、心より願っております。

貴方の友人　ルシアより』

『何と……これは驚きの内容です。それでボナチェッリ教授は今回のビデオが本物だと、あのように確信的に仰《おつしや》った訳ですね』

男性司会者の言葉に、ボナチェッリは深く頷いた。

『そ、それではこれから聖母様が告げられるという、本当の第三の預言というのは、どういった内容になるのでしょうか』

女性司会者は真っ青になって訊ねた。

『それに関しましては、マリア様の次の降臨をお待ちするのが良いでしょう。その話は後にするとして、現時点で言えることがあります。

実は私の知人に、ルシア本人の日記を所持している研究家がいます』

『えっ、本当ですか？』

二人の司会者は声を揃えた。

『ええ。ルシアの母親が保管していたものが、親戚《しんせき》の手に渡り、代々受け継がれてきたものです』

『そこにはどんな内容が書かれていたんですか？』

司会者の問いかけに、ボナチェッリは徐《おもむろ》に咳払《せきばら》いをした。

『全てはお見せできませんが、特別に少し読んでみます。全ての真実を公表するのは、やはり危険ですから』

ボナチェッリはそう言うと、胸ポケットから紙の束を取り出して広げた。

『私が受けた三度目の預言はこうでした。マリアの上には、燃える火の剣が、ぐるぐると回っていて、火の粉をまき散らしていました。

そこから、「悔い改めよ、悔い改めよ、未《いま》だ主の到来なきものたちよ」と、雷のような声が聞こえていて、私はとても恐ろしかったのです。

それから、私の目には真っ白な衣を纏《まと》った立派な法王様が見えました。

その後を、大勢の司教、司祭、修道士、修道女、そして数えきれない程の人がついて歩いていたのです。

法王様を先頭に、人々は険しい山を登っていました。

その頂上には、粗末な丸太の大十字架が立っていました。

山から見下ろすと、廃墟《はいきょ》が広がっていて、苦痛と悲しみにあえぐ声が辺りに響きわたっていました。それは亡霊の声に聞こえました。

法王様は祈っておられましたが、その時、粗末な十字架が燃え上がったのです。兵士達の軍団がやってきて剣を振るい、毒を持った小さな蝗《いなご》の大群がやってきて、法王様や他の司教、司祭、修道士、修道女、そして様々な階級と職種の平信徒の人々に襲いかかりました。空高くの宇宙から炎と雷の矢が降り注ぎ、人々は苦しみながら次々に死んでいきました。

そうしてすっかり死の街になったローマの七つの山には、私達がまるで知らない旗が立てられ、その旗が輝きを放ったのです』

そこまで読み終えると、ボナチェッリはゆっくりと紙の束を折り、胸ポケットにしまった。

スタジオは暫《しば》く沈黙に包まれていた。

そこに突然、ボナチェッリの咳払いが響く。

『私が読んだものはごく一部です。それだけでも法王庁の発表とは異なります。第一、法王庁が主張するような、先の法王の暗殺未遂事件のような小さな事件だとは、とても考えられません』

『ボナチェッリ教授は、どんな風に考えられるのですか？』

女性司会者が訊ねた。

『いい質問ですね。それについては先程申し上げた通り、次のマリア様の降臨をお待ちするのが良いでしょう。

私に言えることは、ファティマの聖母は百年前、きっかり一ヵ月おきに降臨なさいました。

そして信頼できる筋からの情報によれば、先程のVTRが撮影されたのは、およそ二十五日前だったとのことです』

『そ、それって……』

『本当ですか？』

司会者らが驚きの顔でボナチェッリを見る。

『ハッキリした撮影日までは、私も知ることができませんでしたが、私の見解では、もう二、三日中にはマリア様の再降臨があると予想できます。我々は心して、その際のメッセージを待つとしましょう』

ボナチェッリは厳かに言った。

『有難うございます、教授。聖母マリア様の再降臨。それが二、三日中に起こるというのが、ボナチェッリ教授のご意見でした』

男性司会者がそう言った時だ。

番組のスタッフが山のような書類を司会者二人の前に運んで来た。

『驚きの反響です。こちらは全て、視聴者から寄せられたFAXです。内容をご紹介する時間はとてもありませんが、感動の声や質問が次々に寄せられてきています。

こうしたご意見に対してはまた改めて番組の時間を設けまして、ボナチェッリ教授のご意見などもお聞きして参りたいと思います』

司会者の台詞《せりふ》を最後に、番組は終了した。

（これは大事になるぞ……）

ロベルトは冷や汗を拭《ぬぐ》い、作りかけの料理を冷蔵庫に突っ込むと、パンとチーズだけを持ってピナコテカへ走った。

裏口から鍵《かぎ》を開けて入り、第八室へ向かう。

「平賀、大変だ」

「どうかしたんですか？」

「午前二時の聖母の出現が、テレビのニュース特番で放映された。例の映像がバッチリ流れて、撮影者の男の電話インタビューまで放送されたんだ」

「あの映像をとうとう大勢の人々が知ることになったんですね。撮影者が誰かも分かったんですか？　私も撮影者に会ってみたいです」

平賀が言った。

「撮影者は匿名で、声だけの出演だった。ハッキリ言って本物かヤラセかも分からなかった。そこはバチカン当局からテレビ局へ、問い合わせする筈《はず》さ。

それより問題は、あの映像のインパクトだよ。テレビの影響力は大きいんだ。きっと大勢がピナコテカに押し寄せ、聖母と会わせろと言うだろう」

「そうなるでしょうね。誰しもマリア様の降臨をこの目で見たいでしょうから。

私達の調査の都合を考えれば、今日あたり、マリア様が出現して下さると一番良いのですが、これぱかりは無理も言えません。こうもマリア様が現われないのは、私の信心が足りないという問題があるのかも知れません」

平賀はカメラの設定を調整しながら呟《つぶや》いた。

ロベルトは溜息《ためいき》を吐いた。

平賀が思うような、純粋な信徒ばかりがバチカンに押し寄せるとは思えない。

反バチカンの活動家やアンチキリスト集団などの危険団体や、オカルト愛好家、終末論者などがどう騒ぎ出すか分からない。

現に今日、テレビに出演していたボナチェッリという男は、ファティマ第三の預言を、第三次世界大戦や、人類の危機と結びつけて考えているようだった。あの男が今後もテレビに出演し、不安を煽《あお》る発言を繰り返したら、どうなるのか。

それを食い止める為には、いっそ平賀の言うとおり、今日あたりにでもマリア様が降臨し、「第三次世界大戦は起こらない」という内容をお話しになるのが一番だ。

「本当に。早くマリア様が現われるといい……」

ロベルトは暗い顔で呟くと、今夜のテレビ放送の一件を、上司のサウロ大司教にメールで知らせておいた。

その夜は午前二時を過ぎても、聖母の降臨は起こらなかった。

平賀はそのままいつも通り、ロベルトは久しぶりに、絵の前で朝を待っていた、その明け方のことだ。

うとうとと仮眠していたロベルトは、物騒がしいざわめきと、いくつもの胴間声が重なり合った怪しい物音と気配に気付き、目を覚ました。

窓際に歩いて行ってカーテンを開くと、サン・ピエトロ広場に大勢の人々が集まっているのが見える。

「もう始まったか……」

窓を開くと、いくつかのシュプレヒコールが聞きとれた。


「バチカンは隠し事をするな！」

「マリア様に会わせて！」


怪しい声を聞きつけて、平賀も窓際へやって来た。

「朝からこんな大騒ぎをするなんて」

「皆、不安なんだろう。テレビっていうのは、事をむやみにスキャンダラスに放送するからね」

「成る程。ネットはどんな騒ぎになっているでしょう」

平賀はノートパソコンを開き、「午前二時の聖母、バチカン、ピナコテカ」といったキーワードで検索をかけた。

すると、物凄《ものすご》い量のネットニュースがヒットする。テレビを録画したらしき動画も既に出回っていた。

リアルタイムでもツイートの投稿が、刻々と増えていく。

「バチカンに午前二時の聖母、現わる！（動画添付）」

「ねえ、これってマジ？（動画添付）」

「ファティマ第三の預言が明かされるまで、あと二日!?」

「核戦争が来るか、大規模テロか？」

「拡散希望。地震予告。六月末、超兵器による大地震がローマで発生する」

「バチカンに午前二時の聖母、現わる！（動画添付）」

「死にたくない～」

「第三次大戦警戒警報発令中☆　バイオテロはダメ絶対」

「ねえ、これってマジ？（動画添付）」

「どうしてバチカンはマリア様の本当の言葉を隠すのかしら？」

午前二時の聖母の動画の拡散の勢いも凄《すご》いものだ。メジャーなサイトの動画再生回数だけで、既に一千万回近い。

そして朝刊各紙の一面には早速、午前二時の聖母の記事が写真と共に掲載された。

それに対して、バチカンの対策も早急に取られた。

まずは朝のミサで、法王がこの騒ぎに触れる発言をした。

「午前二時の聖母の動画は、人が作ったイタズラなので、無闇に動揺してはならない」というものだ。

合わせて警備部からは、「ピナコテカの聖母の動画を撮影したバチカン関係者は、どこにも存在しない。必要なら証拠を提示する用意がある」という声明が出された。

これらの情報はテレビやネットのニュースにも盛んに取り上げられ、「午前二時の聖母の動画は偽物」という公式見解が繰り返し語られた。これで騒ぎが下火になることを、バチカン関係者らは祈るような気持ちで見守った。

だが、事態は少しも治まらなかった。

警備部は、騒ぎによって起こる事故や暴徒を警戒して警備を手厚くし、美術館への一般客入場を制限。今朝からピナコテカを封鎖すると発表した。

それに対して、市民の反発の声はさらに高まった。


「バチカンは何を隠しているんだ！」

「午前二時の聖母の動画が偽物だというなら、バチカンはその証拠を提示せよ」

「マリア様に会わせろ！」

サン・ピエトロ広場には次々と市民や信者らが押し寄せて来る。

夕刻を過ぎる頃には、蠟燭《ろうそく》を掲げる一団、賛美歌を歌う一団、『法王に釈明を求める！』というプラカードを持って、座り込みをしている一団なども現われた。

各テレビ局がカメラを構え、人々の合間を走り回って取材している。

行き交う人々の中には、困惑顔の旅行客もいれば、わざわざこの為に来たらしい、険しい表情をした巡礼の一団もいた。

「第三の預言を発表しろ！」

「誠意なき法王は辞任しろ！」

「ローマで大地震が起こるのを黙っている気か！」

過激な叫び声を上げる者の声が、日中のテレビニュースに取り上げられていく。

バチカン側からの発表も繰り返されていたが、その勢いの差は歴然だ。

バチカン放送局は繰り返し、「冷静に行動するように」とメッセージを出したが、そんなことで騒ぎは収まらない。

夜になるとテレビ各局が報道特番を次々に放映し、聖書の専門家、終末論の専門家、オカルト研究家、作家、元聖職者などが現われて、無責任な見解を語り始めた。

また、バチカン内部の腐敗を憂い、糾弾する者も現われた。

占い師、地震予言者までが番組に登場し、未来の出来事を語っていく。

それらの盛り上がりに比例して、サン・ピエトロ広場に犇《ひし》めく人々の数はますます膨れ上がっていった。

その日の夜、ロベルトは食事を持って平賀の許《もと》へ向かう途中、あえて広場の中を横切ることにした。

そして彼は、広場に渦巻く異様なエネルギーに圧倒されたのだった。

一気に膨らんだ風船が今にも弾《はじ》けそうな……そんな危うい雰囲気が漂っている。

広場の石畳の上や壁面には、チョークやカラースプレーで、不吉な預言、警告、聖職者への罵《ば》倒《とう》などが書き散らされている。

ロベルトはその中に、一際目立つ落書きがあるのにドキリとして足を留めた。

6・24　二十七頭の象が来る

ぞくっと背筋に嫌な汗が流れるのを感じる。

その文字は真っ赤なペンキで、直線的な文字で書かれていた。

（二十七頭の象というと、あの……）

ロベルトは胸騒ぎを覚えながら、ピナコテカへ向かう足を速めた。

ピナコテカの周囲にはフェンスが巡らされ、立入禁止の札がいくつも立っている。

普段の警備員だけでなく、盾を構えたカラビニエリの姿も見受けられる。

ロベルトは身分証を提示して、フェンスの中へ入った。

その背後から、わあーっというどよめきのような、あるいは悲鳴のような声が、風に乗って聞こえてきた。

午前二時の聖母は出現していないというのに、なんとも狂おしく、とげとげしい空気が、バチカンに充満していた。

2

フィオナは黒服の「門番」を追って、夜道を歩いていた。

門番は既に一時間以上歩いているが、疲れた様子はない。一定のペースで歩を進めている。

フィオナも歩くことが苦痛ではないタイプなので、良い季節の深夜に突然発生した、この散歩イベントを楽しんでいた。

門番は、フィオナが追っていることを良いとも悪いとも口にしなかった。

だが、大通りや大きな交差点を通る度、ピタリと立ち止まり、フィオナが付いてきているかどうか、振り返って確認をした。

それは彼なりの気遣いだろうと、フィオナは感じていた。

そのまま二時間ばかり歩き続けただろうか。

柔らかくて細い雨が降り始めた頃、門番は固く閉じられた黒い門の前で立ち止まった。

その門は鉄製で、厳《いか》めしい鋲《びょう》が等間隔に打たれていた。

背が高くて頑丈そうな塀がその門から左右へ長く延び、周囲の小さな家々を押し退《の》けんばかりの威容を誇っている。

門番は、門の脇にある数字キーと生体キーらしき物の前に手を翳《かざ》し、いくつもの数字を押した。

すると巨大な門が左右に開き、均一な芝生が生えた前庭と、白い立方体のような、窓の無い建物が目の前に現われた。

「ボクも入っていいかな？」

フィオナの言葉に、門番は小さく頷《うなず》いたように見えた。そしてフィオナが敷地に入るまでの間、生体キーに指を翳しておいてくれたのだった。

「どうも有難う」

フィオナが礼を言う。

門番は門を閉じた。そして庭の中央の道を通って、建物の玄関扉らしき場所の手前に立ち止まった。

フィオナも彼の側に立った。

玄関扉の側には門と同じような生体キーと数字キーがあり、その上に『イザイア・C《チー》』

とプレートが出ている。門番の名前は、イザイアというらしい。

イザイアが扉を開いた。

室内灯が自動点灯する。

そこには一面、市松模様のタイルの床が広がっていた。

がらんとして生活感がなく、窓もない。

しん、という音が漲《みなぎ》った空間に、天井の空気清浄機が奏でる電子音だけが、時折、ぶぅんと響いていた。

空気は清潔で、快適だ。世間から隔絶されたような、聖なる気配が漂っている。

山奥のどこかの修道院に紛れ込んだみたいだと、フィオナは思った。

椅子やソファや家具らしきものは見当たらない。

ロボット掃除機が二台、床の充電台に待機していた。

部屋の突き当たりには、二階へ続く螺旋《らせん》階段がある。

イザイアはぴかぴかのシステムキッチンに向かって歩いていった。

ショールームのように清潔なキッチンにはオーブンやコーヒーメーカーが並んでいたが、使われた形跡はない。包丁や鍋《なべ》といったドメスティックな小物類もない。

イザイアは備え付けのカウンターテーブルに楽器ケースを置いた。

そして蛇口を捻《ひね》って手を洗い、ペーパータオルで手を拭《ぬぐ》った。

それから大きな黒い冷蔵庫の側に立ち、扉を大きく開いた。

冷蔵庫の中にはチューブに入った完全栄養食のゼリーがぎっしりと並び、大きなプロテインの缶が二つあるのが見えた。

扉のポケットにはミネラルウォーターのボトルが詰まっている。イザイアはそれを二本取り、一つをフィオナの方へ差し出した。

「有難う」

フィオナはボトルを受け取り、一気に半分ほど飲んだ。喉《のど》が渇いていたのだ。

「美味《おい》しいよ」

ほっと一息を吐き、フィオナは微笑んだ。

「サモナー、は、魅惑的、だ」

イザイアはモールス信号のように発音を区切って言った。

「有難う。ボクはフィオナだよ。門番さんは、イザイア？」

フィオナが問いかけると、イザイアは二、三度目を瞬き、くるりと背を向けた。

そして首の後ろにある、バーコードのようなタトゥーを指で示した。

それが自分の名前だと言うのだろうか。

フィオナは携帯でその不思議なタトゥーを撮影した。

「それは数字かな。でもボクには分からない。だから、君を門番さんって、呼んでもいいだろうか」

「はい。サモナー」

フィオナの呼びかけに、イザイアは答えた。

一本調子ではあるが、穏やかで、優しい声だとフィオナは思った。

「門番さんは優しいね」

「……」

イザイアは無表情で無言だった。ただ首を傾げ、コンコンと自分の頭を叩《たた》いた。

「記憶回線、が、良く、ない、調子、だ」

そう言うと、イザイアは楽器ケースを手に取り、螺旋階段を登り始めた。

フィオナはその後を追った。

二階にあがってすぐ、リビングらしい広いスペースがあった。

床はフローリングで、中央部分にテレビとソファがある。テレビの側にはDVDがずらりと並んでいた。殆《ほとん》どがキリスト教関係の映画で、残りがSF映画だ。

右手の壁には大きなガラスケースがあって、中には良い感じで使い込まれた、ソプラノからバリトンまで四本のサキソフォンが並んでいた。

床には掃除ロボットが動き回っている。

どうやらここが彼の生活空間らしい。

イザイアは左手の壁一面に掛けられた電動工具類の前にある作業台に座り、楽器ケースを開いた。その中には大小のネジと工具、パソコンの基板や電源ユニットといった電気回路などがぎっしり入っている。

イザイアがそれを組み立てたり組み替えたりする、真剣な横顔が見えた。

(何をしてるんだろう?)

フィオナは床に腰を下ろして、彼の行動を見守っていた。

暫《しばら》くすると、イザイアは顔をあげ、楽器ケースを閉じた。

ごく僅《わず》かだが、表情筋が緩んでいる。緊張が解け、リラックスしたのだろう。

「何をしていたの?」

フィオナが訊《たず》ねた。

イザイアはテレビの前に行き、SF映画のDVDを取り出して、早送りをした。

すると、映画に登場するアンドロイドが自分自身を修理する場面が映し出された。

「そっか、修理だ。もし、外で故障しても大丈夫なように、普段もそのケースを持ち歩いているんだね」

フィオナの言葉に、イザイアは頷いた。表情は殆ど動いていないが、何だか嬉《うれ》しそうな顔をしているような気がする。

イザイアは座っていたソファから立ち上がり、フィオナをじっと見た。

「どうかした?」

フィオナが訊ねる。

イザイアはフィオナを指差し、次に自分の首を指差し、フィオナを指差し、最後にソファを指差した。

フィオナは自分の首に手をやり、ナイフで斬られた血がこびりついているのに気が付いた。

イザイアはきっと「ここに座れ」と言っているのだろう。フィオナはそう思ったので、ソファに腰掛けた。

イザイアは小さく頷くと、楽器ケースからカメラ用ブロアーと消毒液を取り出した。

フィオナの傷口のゴミをブロアーで飛ばし、消毒液を吹きつける。それから傷口にガーゼを当て、補修テープを貼り付けた。

「どうも有難う。これですぐ治るよ」

フィオナが微笑んだ。

「魅惑的、だ」

イザイアは小声で言った。

「ところでさ」と、フィオナは辺りを見回した。

「この家には窓がないんだね。君、窓が嫌いなの？」

するとイザイアはくるりと向きを変え、作業台の隣にあるパソコンの前に着席すると、それを起動した。

「君は、窓なんていらない、外とはこれで繋《つな》がっている。と言ってるの？」

フィオナは呟《つぶや》きながら、彼の肩越しにパソコンの画面を見た。

画面はシンプルなグレー一色だ。ランチャーにアイコンが三つ入っている。

イザイアはマウスを動かし、メールソフトを立ち上げた。

メールをチェックすると、結構な数のメールが受信される。だが、全てがフィルタで振り分けられてゴミ箱へと送られた。

イザイアはゴミ箱の中をちらりとも見ず、空にした。

画面には受信箱が映った。そこには開封済みのメールが三通だけあった。

差出人は全て「WDS」。タイトルは全て「次回ミッション」。日付は六月十日、十八日、十九日だ。

メールチェックを済ませたらしいイザイアは、再び立ち上がり、部屋の一角にある、白い光沢を放つ大きなカプセル状の物体に近づいていった。

フィオナが後を追う。

イザイアがコンソールを操作すると、圧縮空気の音がして、カプセルの蓋《ふた》が大きく持ち上がった。

中には人ひとりがピッタリ入るスペースがあり、その周囲をクッションマットが取り囲んでいた。まるで高級で清潔な棺桶《かんおけ》のようだ。

他にベッドらしき家具がない所を見ると、そこがイザイアのベッドなのだろう。

「それが、君のベッド？」

フィオナの問いに、イザイアは微《かす》かに頷《うなず》いた。そして何かを言いたげな顔で、フィオナを見ている。

「ボクが入ってもいいの？」

そう訊ねると、イザイアは再び微かに頷いた。

面白そうだ、とフィオナは思った。そしてカプセルの中に横たわってみた。

すると低反発素材が身体を四方から包み込み、フィットして気持ちが良かった。

フィオナの体格でこのフィット感なら、イザイアが使うともっと窮屈に違いない。だがそこがまた、彼には心地よいのだろう。

高機能自閉症で動物学博士のテンプル・グランディンは、牛などの家畜にワクチンを接種する際などに使われる「締め付け機」が大好きで、そこに入って身体を締め付けられるとリラックスできたと述懐しているが、それと同じ原理だ。

フィオナはそんな事を思いながら、身体を起こし、ベッドから出た。

「有難う。いいベッドだった」

フィオナが感想を言うと、イザイアはコクリ、と頷いた。

そして彼は徐《おもむろ》に、カプセルベッドに上向きの体勢で横たわった。それから手元のコンソールを迷わず操作した。

目を閉じたイザイアの上に、カプセルベッドの蓋がみるみる覆い被《かぶ》さっていく。

「あ……眠っちゃうんだ」

フィオナが呟いた声に、イザイアは答えなかった。

ベッドの蓋は完全に閉まってしまった。フィオナは一人で部屋に取り残された。

それにしても面白い人物で、面白い家だ。

あのカプセルベッドにしたってそうだ。あんな代物が売られているのは見たことがない。

イザイアの特注品に違いない。

(君なら、ベッドの設計士になれそうだよ)

フィオナはそんなことを思いながら、イザイアの机の前に座った。

手垢《てあか》で汚れた聖書が、すぐ手の届く場所にある。

その隣に二冊のノート。

一冊目の表紙には「義務」と書かれている。

それを開くと、モーセの十戒の言葉が何度も何度も繰り返し、びっしりと書き綴《つづ》られていた。

もう一冊のノートは、表紙に「日記」と書かれている。

中を開くと、0と1の数字がびっしりと並んでいた。

フィオナは驚かなかった。

それとよく似たものを、前にも見たことがある。コンピュータープログラマのクライアントが「俺の病状はここに書いてある」と言って、持って来たのだ。

聞けば、それはネイティブコード、つまりマシン語で書かれたものだった。

あの彼と同じように、イザイアも二進数の数列で日記を書いているのだろう。

フィオナは次に、一つしかない引き出しを開いた。

中には通帳とキャッシュカード、それから名刺の小箱が無造作に入っていた。

名刺には「スタジオミュージシャン、イザイア・C」と書かれている。

(凄《すご》いや、イザイア。だからあんなに使い込まれたサックスがあったのか)

次に通帳を開いてみる。すると毎月二十日に、多額の振込がされていた。イザイアはそれを一ヵ月の日にちで割った額を毎日引き出し、生活に使っているようだ。

引き出しを閉じ、机の側の扉を開く。

そこはウォークインクローゼットだった。

中には全く同じ形の、黒い上下のスーツがずらりと吊《つる》されていた。仕立ても生地もしっかりとしていて質が良いスーツだ。

整理ケースの中には、白い下着がきっちりと畳まれて詰め込まれていた。

靴用の棚には同じ靴ばかりが二十足程並んでいる。

着る物のバリエーションは全くないが、どれも清潔で、きちんとした印象がある。

クローゼットの中のゴミ箱には、クリーニング店のタグだけが沢山入っていた。

フィオナは目を閉じ、イザイアの生活を思い浮かべた。

一人で静かに眠り、起きれば聖書を読み、十戒を書き記す。二進法で日記をつける。

腹がへれば、カロリー計算されたチューブゼリーを飲む。

喉《のど》が渇けばミネラルウォーターを飲む。

エアコンによって、室温は快適に保たれ、掃除ロボットが定期的に部屋を清掃する。

訪ねて来る友人は、恐らくいないだろう。

また、彼もそれを求めていないだろう。人から覗《のぞ》かれることも、覗くことも望まない。

季節を感じる為の窓もなく、高い高い塀が、彼と他人との間にあるのだ。

静謐《せいひつ》で人工的な空間で、毎日規則正しい生活が営まれ、誰にも邪魔をされず、時計のように正確な決まり事をこなしていく日々。

それは半分アンドロイドのイザイアにとって、快適に違いない。

少し気になるのは、彼に届いた三通だけのメール。差出人のWDSという人物と、ミッションという言葉の意味だ。

フィオナは明日、それについてイザイアに質問しようと思った。

欠伸《あくび》をしながらソファに横たわり、目を閉じる。

（イザイア……君ってとても面白いね……）

フィオナはそう思いながら、うとうとと微睡《まどろ》んだ。

3

誰かが頭の上を歩き回る物音で、フィオナは目を覚ました。

見慣れない風景と、フィオナを覗き込む丸刈りの男の顔が視界に入る。

「お早う、門番さん」

フィオナは伸びをし、ソファから身体を起こした。

時計を見ると午前九時二分だ。寝過ごしてしまった。窓がなく、朝日の感覚がなかったせいだろう。

イザイアがフィオナの前に、完全栄養食のゼリーを差し出している。

「朝食だね。有難う」

フィオナはそれの蓋を取って飲んだ。

そしてポケットから、マナーモードにしていた携帯を取り出して見ると、アメデオからの着信が十件もあるのに気が付いた。

「電話を使っていいかな？」

フィオナはイザイアに確認を取ってから、通話ボタンを押した。

『フィオナか、おい、何をしている！』

アメデオの声だ。

「ボクは元気だ。怒鳴らないで」

『そうか、ならいい。で、昨夜の参考人はどうなった？』

「彼なら一緒にいるよ。今、朝食を食べてた」

『何だと？　そいつについて、何か分かったのか？』

「えーっと、彼の名前はイザイア・C。職業はサックスのスタジオミュージシャン。首にバーコードが入ってて、アンドロイドなんだ。昨夜はボクを助けてくれた」

『なっ、はあ？　何だって？』

アメデオの声が裏返った。

「あと、気になることがある。ボクがイザイアと会ったのは二度目なんだ。一度目はルジアーダ通りの十字路で、ジャコモ・ボスキの恋人が悪魔に突き落とされた日で、二度目が昨夜。

両方の日の直前に、イザイアはWDSという人物からメールを受け取っている。それに、WDSからのメールはもう一通、十八日にも届いていた。十八日というと、十字路でマリオ・ローレが毒殺された日の前日だ。これって妙な偶然じゃない？」

『待て待て。つまり、その男は事件の共犯者だ。その可能性が極めて高い』

「そう。彼は何かを知ってるかも。それを今から聞こうと思ってたんだ」

フィオナの言葉が終わらぬうちに、アメデオが怒鳴った。

『この、大馬鹿野郎！』

フィオナはビクリと背を屈《かが》めた。

「怒鳴らないでよ。大尉の声は怖いんだ」

そう言った時、電話口からアメデオの溜息《ためいき》が聞こえた。

『……いいか、よく聞け。今お前と一緒に朝食を食ってるんだか何だかしてる男は、凶悪連続事件の共犯者なんだぞ。のんびりしてる場合か？　お前は直ちにそいつを署に連行しろ。俺が聴取する。いや、それより今すぐそこの住所を言え。俺の部下を向かわせる。部下が到着するまで、そいつを刺激するな。お前は何もするな。分かったな』

アメデオは一気に言った。

フィオナは目を瞬き、イザイアを見上げた。

「門番さん、聞いてくれる？　カラビニエリに、アメデオ大尉っていうボクの仕事仲間がいるんだけど、彼が君から話を聞きたいと言っているんだ。事情聴取だね。けど、これはあくまで任意だ。強要はしない。君はどうしたい？」

イザイアは一度瞬《まばた》きをし、フィオナをじっと見た。

「サモナー、は、何をする？」

「ボク？　うーん。大尉が何もするなと言うから、本部に戻るつもり」

するとイザイアは少し考え、口を開いた。

「門番、本部へ、行く」

「君、ボクと一緒に来る？」

フィオナの問いに、イザイアは小さく頷《うなず》いた。

「分かった。でも、大尉はうるさい人だから、気を付けて。もし嫌なことがあったら、すぐにボクか誰かに言うんだよ。もし、取調室で一人になっても、君はそこから外に出て、電話をかける権利があるからね」

フィオナはイザイアにそう言い聞かせると、アメデオの電話に出て話を続けた。

「大尉。参考人が本部へ行くと言ってるので、迎えを寄越《よこ》して下さい」

『……おい、さっきの話は全部聞こえてたぞ、フィオナ。それで、住所は？』

「えーっと、ボクの携帯から場所情報を送るから、それを見て」

アメデオは「分かった」と答えて、電話を切った。

暫《しば》くすると、サイレンを鳴らしてパトカーがやって来た。


「貴様がイザイア・Cだな。Cというのは何の略だ！」

アメデオはカラビニエリ本部の取調室で、机をドンと叩《たた》いて凄《すご》んだ。

イザイアはそれに動じる様子もなく、無表情に座っている。

奇妙な男だ、とアメデオは思った。

いままで何千もの犯罪者と対峙《たいじ》してきたが、相当不気味な部類である。

まず身体は筋肉質で大柄だ。その割に肌は青白い。

サングラスを外させても、殆《ほとん》ど瞬きもしないし、顔の筋肉はほとんど動かない。

アメデオが大声で相手を脅すと、普通は驚く、怯《おび》える、反発するなどの反応が表われる。

それをきっかけに、相手の出方や性格が見えてくるものだ。

だが、イザイアは無反応だった。アメデオは咳払《せきばら》いをした。

「お前は十字路連続変死事件の現場に二回、居合わせていた。そうだな？」

アメデオの尋問に、イザイアは首を横に振った。

「二回、違う。三回、だ」

「三回というと、マリオ・ローレが毒殺された時のことか」

アメデオの問いに、イザイアは首を傾げた。

「分から、ない」

アメデオは頭痛を覚え、こめかみに指を当てた。

「殺人現場に三度いて、お前はそこで何をしていた？」

「門番、だ」

「門番とは何だ？」

「見守り、だ」

「見守りとは？」

「見守り、とは、目を、離さない、注視する、或《あ》るいは、保護する、こと」

「……それはただの言葉の意味だろう。俺が聞きたいのは、お前が誰に頼まれて、見守りとやらをしていたかだ」

「使命、だ。天、からの」

アメデオはハーッと大きな溜息を吐いた。

「よし。質問を変える。現場に三度、お前はいた。何故その場所で事件が起こると分かったんだ？」

「通信、だ」

「メールだな？」

「メール、とは、郵便、および、郵便物。エア・メール、ダイレクト・メール、ボイス・メール、電子メール、など、多種類が、存在」

「……その中でいうと、電子メールか？」

「Sì《スィー》。通信、だ。電子メール、による、通信」

「差出人は誰だ？」

「サモナー、だ」

「サモナーとは？」

「悪魔を、呼び出す、役職。昨夜、から、今朝、サモナー、と、私、共に、居た」

「……何だと？　それはフィオナのことか？」

「Sì」

「おいおい、待て。そのメールの差出人は、フィオナなのか？」

「WDSの、サモナー、だ」

イザイアは淡々と答えた。意味が分からない。アメデオは頭を掻《か》き毟《むし》った。

「WDSというのは何だ」

「組織。主の、復活の、為の」

「組織だと？」

「Sì」

「どんな組織だ。ハッキリ言え！」

苛立《いらだ》ったアメデオが机を強く叩いた時だ。

イザイアは三度、忙《せわ》しなく瞬きをした。

「私は、門番、だ。犯罪者、違う。私は、家に、帰る。もし、嫌なこと、あったら、すぐ、ボクか、誰かに、言う。もし、取調室、で、一人に、なっても、君、は、そこ、から、外に、出て、電話、を、かける、権利、ある」

この男は突然、壊れてしまったのだろうか、とアメデオは焦った。フィオナが「イザイアはアンドロイド」と言った、その言葉が頭を過《よ》ぎる。

「おい、電話がどうした？　電話を掛ける権利を行使するのか？」

「Si」

イザイアは蒼白《そうはく》の顔で、ガタリと椅子から立ち上がった。

アメデオは部下を呼び、イザイアを電話の所へ連れて行くよう命じた。

(全く、どいつもこいつも……おかしな奴ばかりだ)

溜息を吐き、うんざりした顔でペンを弄《いじ》っていると、別の部下がやって来た。

「大尉。ベルトランド大佐がお呼びです」

「分かった。お前はここで俺の代わりにイザイアを待て」

アメデオは上司からの呼び出しに緊張しながら、大佐の個室へ急いだ。

扉をノックし、声をかける。

「アメデオ・アッカルディ大尉です。お呼びでしょうか」

「入れ」

「はっ」と敬礼をし、アメデオは大佐の部屋へ入った。

「私はね、君には目を掛けてきたつもりだよ」

ベルトランド大佐は、ねっとりとした口調で言った。

とんでもない下手を打ったか、とアメデオの背筋に冷や汗が流れる。

「アメデオ君。君の捜査には、正しい目的と狙いがあると思っているんだ」

「はっ、光栄であります」

「君が聴取しているイザイアという人物が先程、誰に電話したと思っているね？」

大佐の言葉の意味が分からず、アメデオは首を横に振った。

「この国最大の弁護士事務所の所長だよ。そしてその人物は、カルリーニ電子工業の名誉顧問でもある。電話の会話を聞いていた職員が、驚いて私に連絡してきたんだ。いいかい、アメデオ君。イザイア・C、つまりイザイア・カルリーニといえば、カルリーニ電子工業の社長の次男だ。ある意味、有名人だ。顔ぐらい覚えておきたまえ」

アメデオはその言葉に目をむいた。

カルリーニ電子工業とは、EUでもトップを争う大企業である。家電メーカーとして国内一のシェアを誇り、姉妹会社のカルリーニ重工はイタリア最大の軍需企業である。この両社は長年、イタリア首相の後ろ楯《だて》になっているとも噂されていた。

「絶対確実な証拠でもない限り、直ちにイザイアを釈放しろ。弁護士共が押しかけて来る前にだ。いいな、これは上司命令だ」

「はっ、承知しました」

アメデオは慌てて取調室へ戻り、イザイアを釈放した。

4

「へえ、そうだったんだ。あのベッド、会社の新製品なのかな……」

アメデオからイザイアの正体を聞いたフィオナは、気のない顔で呟《つぶや》いた。

「それにしてもイザイアって男は、本当にアンドロイドみたいだったぞ。もしかして、カルリーニ重工の作った試作品か何かじゃないのか？　まあ、とにかくだ。カラビニエリは今後一切、彼に手出しできない。お前も迂闊《うかつ》に近づくな」

アメデオはまだ冷や汗を拭《ぬぐ》っていた。

「けど、個人的付き合いまでは規制できないでしょう？　ボクと彼、また十字路で出会っちゃうかも知れないし」

「勝手にしろ。だが、俺に迷惑をかけるな。それよりフィオナ、お前が昨夜目撃した一部始終がこれか」

アメデオは、部下に聴取させたフィオナの調書をテーブルに置いた。

「そう。これがボクの見聞きしたことさ」

フィオナは自分の調書を捲《めく》りながら答えた。

「部下の調べによれば、お前が目撃した事件の被害者は、ジーナ・パドアン。十四歳。死因は青酸カリによる中毒死だ」

「ジーナが十字路にやって来た時、人数分の紙コップが道路に置かれていたんだ。ジーナは最後に残った席について、自ら毒杯をあおったことになる」

「そのコップには、予《あらかじ》め毒が仕込まれていた訳だな」

「だろうね。ジーナ自身が飲み物に毒を入れるという素振りはなかったよ。ジーナは待ち合わせに遅れてきて、最後の一杯を選ばざるを得なかった訳だ。そこに毒が入っていることを、残りの皆は知っていたのか、知らなかったのか……。

それで、毒の成分はどうだった？」

「うむ。青酸カリといっても、メーカー等によって成分の微妙な違いがあるそうだ。だが、今回検出されたのは、マリオ・ローレの時と全く同じ成分だった。

二つの事件の関連性は明白として、次の問題は毒物の入手経路だな。そう簡単に手に入らない劇薬だ。今、メーカーの絞り込みと、その流通ルートを、部下にリスト化させている所だ」

「いいね、それは楽しみだ」

「全く、なんて事件なんだ。一体誰が、何の為にこんな事を……」

アメデオは頭痛を覚え、指の腹でこめかみを強く押した。

「分からない。多分、WDSが関係する何かのミッションなんだろう」

フィオナはぽつりと答えた。

「だから、その何か、ってのは何なんだ！」

アメデオは苛立って机をガン、と叩《たた》いた。

フィオナは心底軽蔑《けいべつ》したような目で、アメデオを見た。

「ボクや机に八つ当たりしても、意味ないだろう？　ボク行く所があるから、これで失礼するよ」

「おい待て、どこへ行くんだ」

「拘留中のジャコモ・ボスキのところさ。

昨夜ボクを襲ったドレスの子、変わった剣を持ってた。それが、ジャコモの恋人の胸に刺さっていたのとそっくりだったんだ。ジャコモなら、あの剣を扱う店を知っていそうじゃない」

フィオナは記憶を確かめながらそう言い、立ち上がった。

＊　＊　＊

フィオナと別れたアメデオは、昨夜起きたもう一件の事件について、調べを進めることにした。

それはウルベ空港付近の交差点の紋章の上で、ビアージョ・マランゴーニという幼い男児の絞殺遺体が発見されるという、痛ましい事件であった。

遺体は通りかかったトラック運転手によって発見・直ちに通報されたが、通報者はその時、現場から立ち去る悪魔の姿を見たと証言している。

ビアージョの遺体は全裸で、手足をロープで縛られ、猿ぐつわを噛《か》まされていた。小さな身体には暴力の痕《あと》が複数あった。

邪悪なものが、無垢《むく》なものを執拗《しつよう》に痛めつける。そんな光景を想像するだけで、アメデオは吐き気を覚える。

本来なら、こういう事件が得意なフィオナを聴取に同行させる予定だったが、別行動もいいだろう、と彼は思った。一人の方が、せめて頭痛の種が減る。

空港から五キロほど北に行くと、テベレ川がS字に蛇行する内側部分に作られた農業地がある。

マランゴーニ家は、そこでジャガイモとタマネギを栽培する近郊農家だ。

アメデオはマランゴーニ家へ聴取に行く前に、近所の家々を回り、マランゴーニ家の評判を聞き込むことにした。

それというのも、被害者のビアージョが九歳にしては小柄で幼く、発見当初は七歳程度と思われていたからだ。こうした幼児の発育不良は、時に家庭内での虐待行為の表われだったりする。

そこで近所の評判を確かめたところ、マランゴーニ家に問題がある様子はなかった。マランゴーニ夫妻は仲が良く、近所との揉《も》め事もない、温厚な人柄とのことだ。さらに年の離れた二人の姉が、末弟のビアージョを大層可愛がっていたという。

ひとまず虐待の線は消えた。

次に確認すべきは、不審者の情報である。

遺体の状況から、犯人は特殊性癖の変質者。普段から被害者に付きまとったり、話しかけたりしていた可能性がある。

性犯罪は再犯の可能性が高いことから、ここで目撃情報があれば、一気に犯人像を絞り込める。

そこで不審者と不審車両について、アメデオは方々で聞き込んだのだが、それらしき目撃情報は集まらない。

事件のあった日、ビアージョが最後に目撃されたのは、午後四時半頃、畑の畦道《あぜみち》で遊んでいる姿であった。

下調べを終えたアメデオが、マランゴーニ家を訪問する。

玄関に現われたマランゴーニ夫人は、泣き腫《は》らした顔をしていた。

アメデオが身分を名乗ると、リビングに通される。ソファには、主人のブルーノ・マランゴーニが憔悴《しょうすい》した様子で座っていた。

テーブルの上には、写真立てが置かれている。その中のビアージョは、カールした髪を横分けにして、あどけない笑顔を浮かべ、サッカーボールを持って微笑んでいた。

「こんな天使のような子を……暴行して殺すなんて、あんまりです」

マランゴーニ夫人は噎《むせ》び泣いた。

「刑事さん、あんたには息子がおられますか？　おられたとしても、この私の気持ちが分かりますか？　警察に呼ばれ、息子の遺体を確認した時、あの子の小さな手足には紫色になるほど縛られた痕があったんです。頬にも、腹にも、痣《あざ》がありました。わずか九歳の小さな息子が、精一杯犯人に抵抗して、殴られたんです。

ビアージョがどんなに苦しかったか。悔しかったか……。考えただけでも、腸《はらわた》が煮えくり返る。できることなら、この手で殺してやりたい……」

ブルーノは怒りと悲しみに、わなわなと拳《こぶし》を震わせた。

それを見ていたアメデオの目にも涙が滲《にじ》んだ。

「お気の毒に。何といっていいか……かける言葉が見つかりません。一刻も早く、犯人を逮捕し、再犯防止に努めます」

アメデオにはそれだけ言うのが精一杯であった。

ひとまず出来ることは、署に戻り、性犯罪者のリストアップをすることだ。その似顔絵を元にもう一度、聞き込みをした方がいいとアメデオは考えた。

警察から引き継いだ捜査ファイルによれば、通報者はアルバーノ・マヌリッタ。四十六歳。トラック運転手。コレゼ町在住。八年前までカラビニエリに勤めていたという経歴の持ち主だ。

アメデオは彼からも詳しい事情を聞き、かつての同胞に協力を求めるべく、コレゼ町へ向かった。

アルバーノの家は町の中心に近いアパートの三階にある。アメデオが訪ねていくと、アルバーノは敬礼して彼を迎えた。

「どうぞお座りください、大尉どの」

アルバーノはハキハキと言った。清潔で、感じのいい男だ。

「君はカラビニエリにいたとあるが」

「はい。勤続十八年であります」

「何故、辞めたのかね？」

「肩を痛めまして、銃が当たらなくなったからです。いざという時に、役に立てません」

「それは気の毒だ。事務職になるという手もあっただろうに」

「事務職には興味がありませんでした。体を動かす方が向いていますので」

アルバーノは真面目な顔で答えた。

アメデオがふと見た壁に、カラビニエリの制服を着た数名の男と、バーで飲んでいる写真が貼られている。日付を見ると、最近のもののようだ。

「今でもカラビニエリの仲間と交流しているのか？」

アメデオの問いに、アルバーノは控え目な笑顔を見せた。

「はい。ローマで、昔の仲間と会って酒を飲むことがあります」

「ローマか。月に一度ぐらいは来るのかね？」

「ええ。仕事では、二日おきに行っています。私はこの五年間欠かさず、ローマまでの配達をしていますから」

「そうか。勤務は運送会社だったな」

「はい。勤続五年です」

「家族は？　妻がいるのか？」

アメデオは、整頓《せいとん》された綺麗《きれい》な部屋を見回して言った。

「お恥ずかしながら、妻とはカラビニエリの退職前後に喧嘩《けんか》しまして、以来別居といいますか、事実上の離婚状態です」

「それは悪い事を聞いたな」

アメデオは頭を掻《か》いた。

「さて、本題だ。君が遺体を発見したビアージョ・マランゴーニの事件だが、君は現場で悪魔を見たと証言したらしいな」

するとアルバーノはさっと青ざめた。

「ええ、本当です。トラックを走らせていると、車のヘッドライトの中を見たこともない奇妙な生き物が横切って行ったんです。サッと道路をこう、奴が横切って、その先の草むらがガサガサと揺れました」

「野犬か何かを見間違えたんじゃないのか？」

アメデオは懐疑的に言った。

「いえ、違います。あの化け物は、ヘッドライトの中で立ち止まって、こう、私を見たんです。その時、ハッキリと目が合いました」

アルバーノはその時を思い出したのか、額に玉のような汗を浮かべた。

「目が……合っただと？」

アメデオは唸《うな》った。

「はい、そうです。それはもう、背筋も凍るような恐ろしい瞬間でした」

アルバーノは両腕で身体を抱き、ぶるりと震えた。

「その、それでその、悪魔というのはどんな姿だったんだ？」

アメデオは眉間《みけん》に皺《しわ》を寄せながら訊《たず》ねた。

「老人のような皺くちゃの顔で、鼻が長くて……。長い尻尾《しっぽ》がありました」

「ふむ。それは随分、奇怪な姿だな」

「はい、恐ろしい姿です」

「で、そういう化け物が道路前方を、右からこう、左へ横切ったんだな」

「はい、そうです。それで、一体何だろうと思って左右を見回していると、奴が出て来た方角の高架下に、子供の死体が見えたんです」

「ふむ……」

アメデオは鈍い頭痛を覚え、頭《かぶり》を振った。

＊　＊　＊

一方、フィオナは拘留中のジャコモと面会していた。

手錠をかけられ、面会室に連れて来られたジャコモが、ふてくされた顔で椅子に座る。

「ジャコモ・ボスキさん。食事や睡眠はとれてる？」

「まあ、他にすることがないんでね。たっぷりとってますよ」

フィオナの問いに、ジャコモは皮肉っぽく答えた。

「それは良かった。ボクが以前に見た時より、君、確かに顔色は良さそうだね」

そう言ったフィオナを、ジャコモは不思議そうに見た。

「以前にですか？　どこかでお会いしました？」

「会ったよ、覚えてないかな？　あの時はボク、スーツ姿じゃなかったし、君は隈《くま》の濃い、酷《ひど》い顔をしてた。君、寝不足だったんじゃない？」

「へえ。何時だろう？」

ジャコモはぐすぐすと鼻を鳴らした。

「とにかくです。僕、いつまでこうしていなきゃいけないんですかね。僕は無罪なんです。誓って何もしちゃいない。第一、僕はカメーリアを愛してたんだ」

「愛してた、と誰しもが言うんだよね。愛するが故に、殺すことだってある」

フィオナはそう言って、ジャコモの顔をじっと見た。

「そんなんじゃありませんよ。調べれば分かるでしょう？　カメーリアはね、無職になった僕を食わしてくれてたんですよ。ハッキリ言って、僕に彼女を殺すメリットなんて一つもありはしません」

「成る程……」

「僕はね、こんな所で油を売ってる時間はないんです。さっさと家に帰して下さい」

ジャコモは苛立《いらだ》った口調で言い、貧乏揺すりを始めた。

短気で短慮な性格は窺《うかが》えるが、嘘を吐いている様子ではない、とフィオナは思った。

「家に帰って、何かすることがあるのかい？」

フィオナが訊ねる。

「それはこっちの話です」

ジャコモはぷい、と横を向いた。

「君は嘘を吐いてる訳でもなさそうだ。けど、あくまで無罪を主張するなら、いい弁護士をつけた方がいいと思うよ。

それよりさ。今日は君に一つ、訊ねたいことがあるんだ」

フィオナは小さく咳払《せきばら》いをした。

「何です？」

「恋人のカメーリアさんの胸に刺さっていた短剣のこと、覚えてるかい？」

「ああ、あの魔法の剣ですね」

ジャコモは、子供のようにはしゃいだ顔を見せた。

「あれと同じ稲妻の剣を、昨夜見たんだよ。でもあれって珍しい物なんだろう？」

「ええ、そうですよ。レア中のレア物です」

「で、ああいう剣がどこに売ってるのか、君なら知ってるかなと思って」

フィオナの言葉に、ジャコモはきらりと目を輝かせた。

「それならきっと『魔法使いの家（Casa del Mago）』ですよ。フーモの西口にある雑居ビルの二階です。イカした店ですよ」

フィオナは謎のドレスの女の正体と目的に迫る為、ジャコモに教わった店へ行ってみることにした。

フーモの駅の東側は道路も広く発展しているが、西側の道は細く、朽ちかけた町並みがくねりながら続いている。

フィオナは薄暗い通りを暫《しばら》く彷徨《さまよ》った後、三階建ての雑居ビルを見つけた。その二階の壁に大きく「魔法使いの家」という絵看板が描かれている。

階段で二階へ上ると、真っ赤なシフォンのヴェールが垂らされた店内に、甘いインド線香の匂いと煙が立ち込めていた。

店内中央には魔女のマネキンが立っていて、箒《ほうき》や帽子、魔法使いの杖《つえ》などが、その足元のバケツに入って売られている。

四方の壁にはそれぞれ、タロットカードを模した絵がペンキで描かれていた。入り口には死神《デス》、正面奥には魔術師《マジシャン》、左には最後の審判《ジャッジメント》、右には恋人たち《ラバーズ》だ。

店内には大小の棚とガラス棚が置かれている。入り口付近には、赤や黒や黄色などに色分けされた髑髏《どくろ》や人の形をしたキャンドル、呪いの符などが並んでいた。

その隣の壁には『復活愛。惚《ほ》れ薬。愛を呼ぶ魔法のグッズ』と書かれた貼り紙があって、各種のお香やカラフルなタブレット、大小のオイル瓶が並んでいた。

お香は棒状のものやコーン状のものなど、様々にある。

カラフルなタブレットには「愛を招く」、「愛が深まる」、「愛を呼び戻す」などのポップがついていて、他にも強壮剤や妊娠薬、避妊薬などと謳《うた》われた、かなり危険そうな錠剤も売られていた。

オイルはラベンダーやローズといったなじみ深いものから、古代エジプトで使われたとされる真っ黒な得体のしれないもの、朝鮮朝顔の成分が入った香油まである。違法スレスレという感じだ。

その向かい正面の棚には、色鮮やかなタロットカードが何種類も展示され、占い道具、ウィジャ盤、開運グッズやお守りのストラップが並んでいた。他にも頭の良くなる薬、物忘れをさせる薬などのスマートドラッグ、乾燥ハーブと煙草の巻紙セット、マリファナ用と思《おぼ》しき煙管《キセル》などもある。

そして一番奥の大きなガラス棚には、魔術で使われるというペンタグラム、高杯、小さな鼠の頭蓋骨《ずがいこつ》らしきものが取り付けられた杖、数々の小刀といった高級品が並んでいた。

稲妻の剣も、その中にあった。

いずれの品も、決して安くはない価格がついていた。稲妻の剣は八百ユーロだ。

フィオナがしげしげと剣を見詰めていると、店の奥から紫色のローブを纏《まと》った女が現われた。

「その剣を見つけるとは、目が高いわね」

女は芝居がかった口調で話しかけてきた。

「うん。知り合いのジャコモって人が持ってて、気になってたものだから」

フィオナが答えると、女はふっと表情を緩めて微笑んだ。

「あら。貴女《あなた》、ジャコモのお知り合い？　なんだ。アイツも隅に置けないわね」

「ジャコモを知ってるんだ」

「まあ、こういうコアな店だからね。常連の顔は覚えてしまうわ。宜《よろ》しくね、お嬢さん。私は女主人のノーマよ」

ノーマが差し出してきた手を、フィオナは軽く握り返した。

「宜しく。ボクはフィオナ。この剣は切れ味もいいし、デザインもいいけど、値段も高いね。ジャコモ以外にも買った人、いた？」

フィオナの問いかけに、ノーマはふん、と鼻を鳴らした。

「うちの商品は子供の玩具《おもちゃ》みたいな贋物《にせもの》じゃないから、よく効くのよ。その分、値段がするのは仕方ないでしょう？　その剣だって、あと二本しかないのよ」

「へえ。そんなに良く売れるんだ……」

「まあ、よくって程じゃないわ。剣や魔法道具ともなると、本気の子だけが買っていくからね。蠟燭《ろうそく》や錠剤なんかは単価も安いし、まあまあ受けがいいわ。けど、その稲妻の剣だと、年に一つか二つ売れる程度かしら」

「最近、買った女の子はいない？　ブルネットの髪で、背はボクより七センチぐらい低い子。その剣を持ってるのを見たんだ」

「ああ〜。それなら最近来た子かな。別れた彼とやり直したいからって、恋愛グッズから魔術書まで沢山買って行ったの。あの子も貴女のお知り合い？」

「ええと、知り合いって程じゃない。二回ほど出会っただけかな」

「そう。また会ったらウチにおいでと伝えておいてね。モロッコからいいオイルを仕入れたから、って」

「……うん。分かった。可能なら伝えてみる」

「ヨロシクね」

ノーマは抜け目ない商売人の表情で、ウインクした。

「彼女が買った魔法書をボクも読んでみたいんだ。どれを選べばいいかな？」

フィオナは本棚の前に移動しながら訊《たず》ねた。

「初心者にお勧めなのはこの辺ね。あと、復活愛ならこれ」

ノーマは四冊の本を取り、フィオナに手渡した。

フィオナはパラパラと頁を捲《めく》り、「面白そう」と頷《うなず》いた。

「貴女、フィオナさんと言ったわね。その本に書かれたことを本気でやってご覧なさいよ。貴女、魔女の才能がありそうよ」

「そう？　ノーマもこの本の内容を実践してるの？」

「ええ。勿論《もちろん》。だから恋人が途切れたことはないし、お金も結構儲《もう》かってるのよ。でも、私は人を呪ったりはしないの。白い魔女だからね」

ノーマはそう言って微笑んだ。

「ボクもやってみよう。これ、買うよ」

フィオナは四冊の本をレジ台に置いた。

カードの支払いの処理をしていると、若い男女が入店してきた。

二人はハーブの棚を暫く見ていたが、男の方がレジの側までやって来て、小声でノーマを呼んだ。

「ノーマ、普通の煙草はないの？」

「今、品切れさ」

ノーマが短く答える。

「ちぇっ」

男は残念そうに肩を竦《すく》め、彼女を連れて帰って行った。

何やら怪しい雰囲気だが、フィオナは追及しないことにした。

視線を彷徨わせていると、レジの脇に、どこかで見た絵があった。

棺桶《かんおけ》から出て来る一人の男がいる。

茨《いばら》の冠を被《かぶ》り、額に滴る血。バターブロンドの長い髪、物憂げな表情。

イエス・キリストのようだが、何故か彼はギターを持っている。

その足元には黄色と赤の毒々しい蛇の絵と、サインらしき字が添えられていた。

「この絵、面白いね」

フィオナが言うと、ノーマは大きく目を見開いた。

「あら、分からない？　この絵、ライモンド・アンジェロよ。歌手で俳優の」

「ごめん、ボク、芸能とかは詳しくないから。このサインは本物？」

フィオナの言葉に、ノーマはチッと舌打ちをした。

「失礼ね、本物よ。この店の物は全部本物なの。ライモンドはね、この町出身のスターなのよ。私が彼と初めて会った頃は、まだ地下のライブハウスで歌ってた無名の子だったけど、人を惹《ひ》き付けるオーラはあったわ」

「へえ、そうだったんだ」

「ええ。有名人になってからも、たまにうちの店には来てたのよ。けど、まだ若いのに死んじゃって可哀想。一時は一世を風靡《ふうび》したのにね。

　この絵には、最近、ちょっとした噂があってね、フーモの街中に描かれている、七つのライモンドの絵を全て見つけることができたら、有名になれるって言うの。でも、絵に魂が魅せられてしまうと、その瞬間にライモンドが現われて、魅せられた者を死の世界に連れていってしまうらしいわ」

「僕はまだこれで二つしか、見てないや。ノーマは七つの絵を見つけた？」

「いいえ、六つまでは何処にあるか知っているけど、七つ目は知らないのよ」

「ふうん、本当に七つ目の絵ってあるのかな？」

「見たものがいるっていう噂は聞くわよ。だけど自分が何処でライモンドの絵を見たか人に教えたら、駄目なんだって。そうだわ。折角だから貴方、彼のＤＶＤを買いなさいよ。私のお勧めよ」

　フィオナはノーマに勧められ、ＤＶＤを買い足した。

5

その夜、フィオナが自宅で魔術書を読んでいると、携帯が鳴った。見慣れない番号だが、彼女は電話を取った。

「どうも、こんばんは」

『ああ、どうも。バー・ソレイユの店主だが、分かるかい？』

「うん、分かるよ。どうかした？」

『あんたに紹介すると言ってたうちの常連が、今テレビに出てるんで、一寸《ちょっと》お知らせしようと思ってな』

「テレビに？」

『ああ。今、RAIでやってるやつだ。こっちで常連共が盛り上がってるぜ。それじゃあ、また店に来てくれよな、美人ちゃん』

電話はプツリと切れた。

フィオナは普段ほとんど見ないテレビのリモコンを探し、慌てて電源を入れた。

画面にはスタジオが映り、司会者と数人のゲストが並んで机に座っていた。どうやらバラエティ番組のようだ。

「オカルト研究家、フィリッポ・ギオーニ」という机上札を手前に置いた男性が、丁度マイクを持って喋《しゃべ》っている。

『ですから、悪魔は実在するんですよ。最近、フーモ一帯で起こっている十字路連続変死事件をご存じないんですか？　あれが悪魔の仕業じゃなくて何だと言うんですか。

いいですか、悪魔は昔から写真や映像にもうつってきた。それが動かぬ証拠です』

フィリッポは興奮気味に喋っている。白髪で顎髭《あごひげ》を生やした、馬面の男だ。

『そうまで言うなら、その証拠とやらを見せてもらいましょうか』

今度は別のゲストがフィリッポに向かって指を突き立て、挑戦的に言った。

『ええ、結構ですよ。今日はとっておきの証拠映像を用意してある。私の知人の魔術師が、悪魔を召喚した時のものだ』

フィリッポは自信満々に応じた。

『それでは、悪魔実在の証拠ビデオをお送りします。大変ショッキングな内容ですので、テレビの前の皆様は、どうぞ注意してご覧下さい』

司会者の振りが入り、VTRが流された。


最初に映し出されたのは暗い森の中である。

何処の森かは分からない。

地面に悪魔の紋章が描かれていて、その周囲で蠟燭の炎が揺れている。

一人の男が左手から歩いて来、紋章の正面に立ち止まった。

引き摺《ず》るほど長い黒ローブを纏《まと》った、死神のように痩《や》せた男だ。顔の半分はアイマスクに覆われていた。

「私は魔術師ロドヴィーゴだ。今宵《こよい》、悪魔を信じぬ不信心者達に、私が修行によって得た、ソロモンの秘術の一端をお見せしよう。今宵の私が呼び出すのは、悪魔侯爵ロノヴェ。彼を呼び出すには、こう呪文を唱えるのだ。

『UN ELEFANTE　DUE ELEFANTI　TRE ELEFANTI　QUATTRO ELEFANTI』……」

ロドヴィーゴは指で数を数え、一呼吸して続けた。

「そして、『VENTISETTE ELEFANTI』だ……。良いかな、これが真呪だ。また悪魔を現世へ呼び出すには、それ相応の対価が必要となろう」

ロドヴィーゴの宣言のあと、黒い覆面姿の信者らしき一団が現われた。黒覆面達は皆で棺桶を運んでいる。

棺桶がロドヴィーゴの横に下ろされ、その蓋《ふた》が開けられると、中には手足を縛られた下着姿の女性が横たわっていた。

二人の黒覆面が女性を両脇から抱えるようにして立たせる。女性は激しく抵抗した。長い髪が乱れ、顔につけられた目隠しと猿ぐつわが露《あら》わになる。

だが、黒覆面は力尽くで女性を紋章の上に跪《ひざまず》かせた。

その時、ロドヴィーゴがマントの下から、長い剣を取り出した。徐《おもむろ》にそれを身体の前に掲げると、呪文を唱えた。

「おお、霊よ！　我は偉大なる師、ソロモン王の名において、お前に命ずる。速やかに現われよ、悪魔侯爵ロノヴェよ。我、汝《なんじ》を召喚する真呪を唱えたり！」

ピカッと稲妻のような輝きが画面に走った。

魔術師ロドヴィーゴは長い剣を大きく振りかざし、泣きながらもがいている女性の胸に突きたてた。

痙攣《けいれん》する女性の姿。

大きな血飛沫《ちしぶき》が上がって、映していたカメラのレンズが血だらけになる。

誰かの手が布で血を素早く拭《ふ》き取った。

女性は目を見開いたまま、ぐったりと紋章の上に横たわった。

とても演技とは考えられない迫力だ。

すると画面が、二、三度揺らぎ、ザザッと砂嵐が走った。

何か超次元の力が、その時、フィルムに影響を及ぼしたようだった。

再び映った映像の紋章の中に、赤黒い霧のような、血煙のようなものが漂ったかと思うと、その中に黒い身体がうごめくのが見えた。

長い尻尾《しっぽ》がうねり、緑色の皺《しわ》だらけの顔がこちらを見る。その目は赤く、山羊《やぎ》のように横長の虹彩《こうさい》をしていた。大きな耳と、少し滑稽《こっけい》に見える長い鼻。

それらが一瞬、ハッキリと映った、その次の瞬間、ザッ、ザザッと再び画面が乱れた。

そしてロノヴェは再び黒い闇に囲まれ、忽然《こつぜん》と消えた。

動画もプツリと終わる。

一拍の呼吸のあと、テレビ画面はスタジオの光景に切り替わった。

多くの人々が驚きの表情をしている。

『い、今、一瞬、ほんの一瞬、見えましたよね！』

女性ゲストが目を見開いて叫んだ。それに応じるように、スタジオ中がざわめく。

『どうです？　驚いたでしょう』

フィリッポが悠然と腕組みをして言った。

『一瞬過ぎて呆気《あっけ》なくて、よく分からなかったですよ』

反対派の論客が力無げに言った。

『いや。その呆気なさが、却《かえ》って好奇心をそそるといいますか……』

また誰かが発言をした。

『悪魔侯爵ロノヴェというのは、どのような悪魔なのでしょうか？』

司会者がフィリッポに訊《たず》ねる。

フィリッポは咳払《せきばら》いをし、徐に答えた。

『ロノヴェとはソロモン王が使役した悪魔の中でも、十九軍団の長といわれる力の強い悪魔です。召喚者に対して言語表現力、人を魅了する力、従順なしもべなどを授けるといわれますね。ですから古来、政治家や企業の社長、芸術家などが好んで召喚したがったといいます。

その姿には諸説あり、悪魔学者によって「怪物のような姿」と評されてきました。私も先程のビデオで初めて、その実体を見ました』

フィリッポはほくほく顔で言った。

＊　＊　＊

「くだらん」

カウチに寝そべりながらビールを飲み、この番組を見ていたアメデオは、溜息《ためいき》を吐いてテレビを消した。

少しは捜査の参考になるかとテレビを見てみたが、最近はこんな番組が流行《はや》っているのかと呆《あき》れ果て、世も末だとうんざりする。

昨今の残酷な十字路連続変死事件をネタにして、わざわざやらせのビデオを作ったり、バラエティ番組の視聴率アップを図るとは、悪趣味極まりない。

昼間のニュース番組では、カラビニエリの捜査の進捗《しんちょく》具合が遅いとケチをつけ、悪魔など存在しないと解説しておきながら、夜の番組ではやりたい放題の無責任ぶりだ。

第一、アメデオが取り組んでいる事件は現実に起きている問題なのだ。それを茶化して、まるでホラー映画を楽しむようにショーにするとは、言語道断である。

(こんな下らん番組を作る暇があったら、捜査に協力しやがれ!)

アメデオは怒りのままにビールを呷《あお》り、空き缶をぐしゃりとひねり潰《つぶ》した。

その時だった。

二階から短い悲鳴とドスンという鈍い物音、バタバタと廊下を走るせわしげな足音が響いてきた。

「どうした、何かあったのか?」

アメデオはカウチから身体を起こし、上階に声をかけた。

だが、妻も子供達も答えない。

「アンナ! アデルモ! アイーダ! 大丈夫か!」

アメデオは妻と子供らの名前を叫びながら階段を駆け上がった。

すると二階の廊下に向かって、息子の部屋の扉が開け放しになっている。

そこから妻の声が漏れ聞こえてきた。

「アデルモ、どうしたの、ママに言ってごらんなさい」

妻はそう繰り返している。

アメデオが部屋に飛び込むと、妻が床に座って息子を抱きしめていた。

息子はぼんやりとした顔で、アメデオをゆっくり振り返った。

「父さん、怖いよ……。窓の外に、悪魔がいたんだ」

「何だって……？」

アメデオは愕然《がくぜん》とした。

「アンナ、お前も見たのか？」

アメデオが妻に訊ねる。

「いいえ、私は隣部屋でアイロンかけをしていたのよ。そうしたらこの子の悲鳴が聞こえたから、駆けつけただけ。悪魔なんて見てないわ」

妻はそう言うと、息子の顔を両手ではさみ、じっとその目を見た。

「嘘はダメよ、アデルモ。いつもママが言ってるでしょう？」

「嘘じゃない、本当だよ。本当にいたんだ、すぐそこにいたんだ」

アデルモは涙ぐんでいる。

息子は頭は賢くないが、実直で、嘘など吐かない素直さが取り柄だ。その性分をよく分かっていたから、アメデオは頭を抱えた。

「アンナ。アデルモは嘘なんてついてない。俺達はこの子を信じるべきだ」

アメデオは自分で言った言葉に、自分で顔を顰《しか》めた。

「でもね、貴方《あなた》」

妻は反抗的な、爆発しそうなほど不満げな顔をしている。

「あれ？　みんな、どうかしたの？」

その時、ピンクのパジャマ姿のアイーダがひょっこり部屋に入ってきた。

「アイーダ、アンタはいいから、黙って部屋に戻って寝なさい!」

妻がヒステリックに叫んだ。

「おい待て、アンナ、娘に向かってそういう言い方はよさないか!」

アメデオが妻に怒鳴り返す。

アイーダは両手で耳を押さえて、自分の部屋へ駆け戻って行った。

アメデオは自分を抑える為に深呼吸をした。

「よし、ひとまず落ち着くんだ。いいな。アンナ、君はアデルモに、温かいココアでも作ってきてやってくれ。そして、落ち着いたら娘に謝って来るんだ」

「……ええ、そうね、貴方。分かったわ」

アンナは頷《うなず》き、ココアを作る為に出て行った。

「さあ、アデルモ。父さんは怒らないから、お前が見たことを正直に話すんだ」

アメデオは息子の顔をじっと見て言った。

アデルモは額にべったりと汗をかいていた。アデルモの息は干上がったポンプのような音を立てていて、呼吸は普段の十倍も速く感じられた。

「アデルモ、お前は本当に悪魔を見たんだな?」

アデルモは紙のように白い顔で、何度も頷いた。

「ぼ、僕、宿題を終わらせて、ベッドに入ったんだ。だけど、なかなか眠れなくて。そしたら、窓ガラスがガタガタって鳴ったんだ。それで、外を見たら、あの窓から……顔だけ見えたんだ。緑色の皺だらけの顔で、赤い目をしてた……。鼻が長くて、牙《きば》が生えていたんだ。悪魔だった。それで慌てて逃げようとして、ベッドから落ちたんだ」

それだけを言うと、アデルモは細い息を吐いた。

アメデオの額に冷や汗が流れた。

その悪魔の姿はついさっき、アメデオがテレビで見たものに酷似していたからだ。

息子はあの番組を見ていないのに、何故、同じ姿を見たと言うのだろうか。

やはり本当に悪魔は存在しているというのか。

もし悪魔などという得体の知れない生き物が、闇の中を徘徊《はいかい》していて、様々な事件を起こしているのだとしたら、それをどうやって捕まえればいいのだろう。

アメデオは自分自身が壊れたガラガラの玩具《おもちゃ》になったような心地がした。自分の頭や身体がすっかり空洞になり、そこに意味不明な事件の塊が消化不良状態であっちこっちへ転がってはぶつかり、奇妙な音を立てている気がする。

（くそっ、この俺様が悪魔なんぞに負けてたまるか！）

アメデオは息子を胸に抱きしめながら、闇に包まれた窓の外を睨《にら》み付けた。

その胸には小さな戦《おのの》きが漣《さざなみ》のように波立ち、広がっていった。

6

翌朝早く、またもアメデオの許《もと》に事件を知らせる一報があった。

現場はローマの中心部付近、ミルヴィオ橋付近の十字路。

アメデオが現場に駆けつけた午前五時には、幾重もの野次馬の人垣ができていた。

「どけどけ、カラビニエリだ！」

アメデオは野次馬を蹴散《けち》らしながら進んだ。

既に到着していた鑑識達が、カシャ、カシャと写真を撮っている。

石畳の十字路には、悪魔の紋章と怪文がかかれており、その中心にだらりと上向きに寝かされているのは、まるで海月《くらげ》のように柔らかで、頼りなげな白い身体。

乳児の全裸死体であった。

その小さな胸は切り裂かれて心臓が抉《えぐ》り取られ、血まみれの心臓が乳児の頭のすぐ横に置かれていた。

へその緒は、短く雑に切られてある。生まれてそう間もないだろう。

ぽっかりと傷口の開いた、だらりとした死体を見ていると、内臓除去の処理をされた哀れな食用鶏のようにも見えてくる。

そんな無残な遺体の側に屈《かが》み込み、先程からまじまじと観察しているのは、フィオナであった。

「妙だ。心臓を抉り取った割には流血の量が少ない。大尉はどう思う？」

フィオナはアメデオを振り返って訊《たず》ねた。

「どうもこうも、頭のおかしい悪魔の犯行としか思えん。猟奇事件だ」

アメデオは吐き気を覚え、口元に手をあてた。

「こいつは酷《ひど》い。この子の身元は？　衣類の切れ端などはあったか？」

アメデオは鑑識に声をかけた。

「いいえ、身元に繋《つな》がるものは見つかりませんね」

鑑識が答える。

「まだ、生まれて一ヵ月経つか経たないかだね。こんな小さな子がいなくなったら、親は大層心配して行方不明届をすぐに出しているんじゃないかな」

フィオナが言った。

「よし。すぐに乳幼児の行方不明届を調べるぞ」

アメデオはフィオナを伴って本部に戻ると、部下と共にここ数日間でローマに出された乳幼児の被害届を調べたが、該当者はいない。捜索範囲をイタリア全土まで広げても、やはり該当者はいなかった。

フィオナは椅子に腰掛け、足をぶらぶらと揺らしながら首を傾げた。

「奇妙なことだね。あんな小さな赤ん坊がいなくなったら、親なら一時間も放ってはおけないはずだよ。なのに行方不明の届がないなんて……。こうなったら、イタリア中の産院の記録を調べて、あの子と特徴が一致する子を見つけるしかないね」

「性別、髪の色、目の色、血液型、身体の特徴だけで、絞るわけか……。随分と手間がかかりそうだな」

「でも、やるしかないよ」

「そうだな。部下に命じて……」

アメデオが言いかけた時、鞄《かばん》の中で彼の携帯がけたたましく鳴った。

「また事件か？　前の事件を調べている間に、どんどん新しい事件が起こりやがる。キリがない」

ぼやきながら携帯を取り出したアメデオの顔色が変わる。

「アンナか、どうした？」

電話相手はアメデオの妻であった。アメデオは廊下に出て行きながら、深刻な顔で話を続けている。

フィオナはそれを見送りながら、デスクに頬杖《ほおづえ》をついた。

暫《しばら》くして部屋に戻ってきたアメデオに、フィオナは夢見るような目つきで話しかけた。

「ねえ、大尉。今日の事件はサタニストの仕業だと思わない？」

「悪魔崇拝者か」

「うん。サバトでは、贖罪《しょくざい》の羊の代わりに赤ん坊を生贄《いけにえ》に捧《ささ》げていたとされているし、あの遺体は女児で、いくら乳児とはいえ、流血が妙に少なかっただろう？　キリスト教ではワインはイエスの血だけれど、サタニストは女性の血を呑《の》むんだ。だからさ……赤ん坊の血を呑んだのかも知れないと思うんだ」

「血を呑んだだと？　何てことだ……」

アメデオは顔を顰《しか》めた。

「男の血より、女の血が、大人の血より、子供の血の方が美味《おい》しいのかな？　とにかくサバトの場合は、儀式を取り仕切る司祭に悪魔が憑依《ひょうい》するというし、現実に悪魔自身が現われて儀式を取り仕切ることもあると言われているんだ。このローマには今、悪魔がうようよいるんだよ」

フィオナの言葉にアメデオは頭痛を覚え、頭を抱えた。

ここ数日、あちらこちらの十字路でロノヴェの紋章と象の怪文の落書きが見つかっている。そして、そこで悪魔を見た、という証言が警察に寄せられている。

まさかとは思う。だが実際に、悪魔の仕業と思われる事態が次々に起きている。

アメデオは葉巻を手に取り、火を点《つ》けた。

無言で煙を吐いていると、フィオナが話しかけてきた。

「そういえば、さっきの電話は何だったの？」

アメデオは「ああ」と項垂《うなだ》れ、煙を大きく吐いた。

「家で一寸《ちょっと》した問題が起こったんだ。息子のアデルモが昨夜、悪魔を見たと言っていてな」

「本当に？」

「ああ、嘘はついてない。真剣に怖がっている。もう一度見てしまったら死ぬと怯《おび》えて、布団から出てこない。学校にも行こうとしない。

お前はカウンセラーでもある。児童心理は詳しいんだろう？　こういう場合、親はどうするべきなんだ？」

「アデルモ君って、九歳だっけ？」

「ああ」とアメデオが頷く。

「どんな悪魔の姿を見たと言ってた？」

「窓から覗《のぞ》き込んでいる顔しか見ていないらしいが、顔は緑色で、皺《しわ》くちゃで、目は赤かったと言ってる」

「最近、皆が目撃したって言ってる悪魔の姿そのままだね」

「ああ、そうなんだ」

「じゃあ、カウンセラーとして言うね。大尉は今日一日、怯えている息子の側にいてやって。今は彼を安心させることが肝心なんだ」

「だが、今、職場を離れるのは無理だ」

アメデオが首を横に振る。

「けど、これまでの事件の報告書を纏《まと》めて、ゆっくり考える時間も必要だよ。後処理だって色々残っているだろう？」

「ああ……。毎日事件続きだからな。積み残しは仕方がない」

「だからさ、今日は家で書類整理をすればいい。ここはボクと部下に任せてさ。仕事終わりにボク、大尉の家へ行くよ。そしてアデルモ君にかかった呪いを解いてあげる」

「えっ、お前、そんな事が出来るのか？」

「うん、任せて。最近ボク、魔術には詳しいんだ」

フィオナは器用にウインクをした。

アメデオは資料データを持って自宅へ戻った。

フィオナの言う通り、これまでの事件を整理する必要があると思い直したからだ。

珍しく午前中に帰宅したアメデオに、妻が驚いた顔をする。

アメデオは息子の部屋へ行き、「怖いことがあったら、俺を呼ぶんだぞ」と言い聞かせると、書斎にこもった。

アメデオの書斎にはカラビニエリ本部のデータにアクセスできるパソコンがある。

だがそのパソコンが、ある日から、外部からハッキング攻撃を受けたというエラーを表示するようになった。

アメデオがそれに気付いたのは、随分前になる。丁度、「ローレン・ディルーカ」からメールが届くようになった頃のことだ。

ハッキングは絶対にあってはならない犯罪だ。特にアメデオのような職業で、自宅に仕事を持ち帰ることがある場合は、厳重な対策が必要だ。

そこで彼はありとあらゆる手段を講じた。パソコンも何台も買換えた。最新のセキュリティソフトも利用したし、無論、専門家にも相談した。

そんなある日のことだ。

当時アメデオを悩ませていた事件の、驚くべき真相を記したメールが、「ローレン・ディルーカ」なる人物から届いた。そこには「今まで通り、君のPCを見せてもらう」と、メッセージが添えられていた。

以来、アメデオはどうしようもない難事件にぶつかると、自宅でファイル整理をする習慣ができていた。

(いつまでもこんなことをしていてはいけないのだが……)

葛藤《かっとう》しながらも、アメデオの手は調査ファイルを閲覧し、それらをまとめたレポートを書き始めた。

その作業には、たっぷり十時間を要した。

ようやく作業も終わり、一息吐いた夜の九時過ぎ。玄関のチャイムが鳴った。

アメデオが霞《かす》む目を擦《こす》りながら、玄関に出る。

すると、そこには異様な姿の魔術師が立っていた。

葡萄色《ぶどういろ》の立て襟マントに、シルクハット。顔にはアイマスクをつけている。唇はブルーグレイで、アイマスクから覗く瞳《ひとみ》の色と同じだ。胸にソロモンの紋章を象《かたど》った大きなペンダントをつけ、耳には髑髏《どくろ》のピアスが揺れていた。そして手には籐《とう》のバスケットを持っている。

目を丸くしたアメデオの胸を、魔術師は気安くポンと叩《たた》いた。

「ボクだよ、大尉」

「お前……フィオナか？　どうした、その格好は」

アメデオはごくりと生唾《なまつば》を呑んだ。

「約束したでしょう？　アデルモ君にかかった呪いを解いてあげるって」

フィオナはずかずかと家に入って来た。

物音に驚いた妻が玄関に来て、小さな悲鳴をあげた。

「大丈夫。仕事仲間のカウンセラーだ。アデルモの事で来て貰《もら》った」

アメデオは妻に耳打ちした。

「でもあの格好……」

妻が不審げに眉《まゆ》を寄せる。

「アデルモ君は二階かな？」

フィオナは無遠慮に家中を眺め回し、二階への階段を見つけたようだ。

「ああ、そうだが」

アメデオが答えると、フィオナは二階への階段を登っていった。

「あの人、何をする気かしら？」

妻が不安そうに訊《たず》ねる。

「お前はここで待っていろ。俺が対処する」

アメデオは、二階へとフィオナを追いかけた。

アデルモの部屋にフィオナはいた。布団を被《かぶ》っているアデルモに、フィオナが話しかけている。

「アデルモ君、君は悪魔を見たんだろう？」

「……あ、貴女《あなた》は誰ですか？」

アデルモは布団の隙間から目を出し、こわごわ問いかけた。

「ボクは魔術師だよ」

「……魔術師？　本物の魔術師なの？」

アデルモは驚き、怯えている様子だ。

「そうだとも。ボクは厳しい修行で、ソロモン王の技を会得した。悪魔を呼び出すことも、撥《は》ね除《の》けることもできる力を身に付けたんだ」

フィオナは魔術師になりきって、外連味《けれんみ》たっぷりに言った。

「ま、魔術師が何故ここへ来たの？　僕を生贄《いけにえ》にするつもり？」

アデルモは布団を抱き込む手を一層強めた。

「まさか。その逆さ。ボクは君のお父さんの知り合いなんだ。お父さんに頼まれて、君を助ける為にやって来た。これはね、とっても特別なことさ」

「僕を助けてくれるの？　本当に？　ねえ、お父さん、本当に？」

アデルモは布団から顔を覗かせ、アメデオを見た。

「ああ、本当だ。その人は俺の知り合いだ」

アメデオが頷《うなず》いてみせる。

「そうと決まれば、悪魔の紋章を描き、儀式を行う場所が必要だ」

フィオナはそう言って辺りを見回し、ベランダのある掃き出し窓を開いた。

そしてフィオナはコンクリートの床にチョークでロノヴェの紋章を描き、蠟燭《ろうそく》を一本灯《とも》した。

何をしているのかと気になったアデルモが、近づいてくる。

「出ておいで、アデルモ君。ここからは君の力が必要だ」

そう言われたアデルモは、魔力に引き寄せられるかのようにベランダへ出た。

「悪魔に頼み事をする時は、対価が必要だ。それは君も知ってるね？」

フィオナに問われ、アデルモはコクリと頷いた。

「生贄は君の手で捧《ささ》げなければならない。アデルモ、さあ、ここに立って」

アデルモは素直に頷き、描かれた紋章の側に立った。

「大尉もここへ来て、手伝って」

アメデオも突然呼ばれ、ベランダへ出た。

さっきから、床に置かれたバスケットが物音を立てている。

フィオナがその蓋《ふた》を開いた。そして中から飛び出してきた鶏を、紋章の上に押さえつけるよう、アメデオに命じた。

「おい、何をする気だ?」

フィオナの耳に囁《ささや》いたアメデオを、フィオナは無視した。

アメデオはやむなく、彼女の言う通りにした。

フィオナはマントの下から取り出したナイフを身体の前に掲げ、呪文を唱え始めた。

「これより、悪魔侯爵ロノヴェをアデルモ・アッカルディの許《もと》から立ち去らせる為の、神聖なる儀式をとり行う。

おお、悪しき霊よ、我が敵の具現化よ、汝の名はロノヴェ! 我は偉大なるイエス・キリストの御名において、お前に命ずる。速やかにアデルモ・アッカルディの許から立ち去るのだ、悪魔侯爵ロノヴェよ。我、汝に命ず。

立ち去れ、ロノヴェよ! 二度と主の被造物に近づくことなかれ! 主たるキリストが、汝が力を砕き給うことを知りながら、何故に汝は逆らう。

主を恐れよ、震えよ。そしてこの命に従え。

立ち去れ、ロノヴェよ!」

フィオナは厳かに宣言すると、霊力を込めたナイフをアデルモに手渡した。

「アデルモ、このナイフで思いきり、鶏の心臓をえぐり取るんだ。勇気を出して」

（何だと？　息子に何てことさせる気だ。いやいや、アデルモにそんな残酷な真似が出来る筈《はず》がない）

そう思ったアメデオだったが、アデルモは硬い表情で頷くと、手渡されたナイフを鶏に勢いよく突き立てた。

霧のような血飛沫《ちしぶき》が辺りに飛び散り、暴れる鶏の羽が舞い踊った。鶏は断末魔の鋭い声を上げている。ぼたぼたと血の塊がベランダに垂れた。

アメデオは目の前で起こった出来事に驚愕《きょうがく》した。普段は気の弱い、優しくて大人しい息子にこんな振る舞いができるとは、夢にも思わなかったのだ。

アデルモは力を込めて、鶏の胸を抉《えぐ》っていく。

それは酷《ひど》く残酷な光景で、見ているアメデオのほうが吐きそうだった。

鶏は叫びながら何度も痙攣《けいれん》して、力尽きた。そして、アデルモの手には心臓が摑《つか》まれていた。

べったりとした血が四散するベランダは、まるで猟奇事件の後のような有様だ。

だがアデルモの顔には、大きな目的をやり遂げたという達成感と、安堵《あんど》の表情が浮かんでいた。

「さて、これで儀式は終了だ、アデルモ君。

この先、君がまた悪魔を見てしまっても、今度は大丈夫なように、ボクが特別なお守りを作ってあげよう」

　フィオナはそう言うと、アデルモの手からナイフを取り上げ、死んで横たわっている鶏の足を、ぐっさりと容赦なく切り取った。

　そして足が入るサイズの小さな黒い革の袋に、切り取った鶏の足を入れた。

「この袋には魔除《まよ》けのセージも入っている。これをずっと身につけていれば、悪魔は近寄って来ないんだ」

「本当に？」

「うん。本当だよ。これは魔術師だけが知っている秘術さ」

「秘術……」

　アデルモは、フィオナから袋を受け取ると、それをズボンのポケットにしまった。

「とてもよく効く秘術なんだ。君もこれで安心しただろう？」

　フィオナの問いに、アデルモは笑顔で「うん」と頷いた。

「それじゃあ今日はゆっくり休んで、明日からは学校へ行けるね？」

「うん。行ける」

「いい子だ。では、仕事が終わった魔術師は、塒《ねぐら》に帰るとしよう」

「どうも有難う、魔術師さん」

　アデルモは晴れやかな顔で言った。

「どういたしまして」

フィオナは片眉を吊り上げて応じ、アデルモの部屋を出て、一階に降りていく。

アメデオがその後を追《お》う。

「大尉の息子はもう安心だ。普通に外に出て生活できる筈だよ」

階段の下で振り返り、フィオナが言った。

「あれで悪魔から身を守れるってのは本当なのか？」

「うん。本当さ」

「お前、なんであんな色々なことを知ってるんだ？」

アメデオの問いに、フィオナが神秘的な笑みを浮かべた時だ。

二階から絹を裂くような悲鳴が聞こえてきた。

「キャーッ！　これは何なの⁈　あなた、これは一体、どうしたの⁉」

「しまった。アンナが気付いた」

アメデオが舌打ちをする。

「あの鶏、羽をむしれば食べられるよ」

フィオナは無表情に言った。

「そ、そうか。あれの処理は俺が何とかする」

アメデオがガリガリと頭をかいた時、ポケットで携帯が音を立てた。

「はい、こちらアメデオ。……そうか……うむ。……うむ」

アメデオの声が神妙になる。かなり長く喋《しゃべ》った後、アメデオは電話を切った。

「どうしたの、こんな時間からまた事件？」

フィオナが訊《たず》ねる。

「ああ。今から一時間ほど前、クィリナーレ宮近くの十字路の紋章の上に、二つの遺体があると警察に通報があったらしい」

「遺体が二つか。初のケースだ」

フィオナが物騒な相槌《あいづち》を打つ。

「遺体の状況から交通事故が疑われた為、その調査は警察に任されていたんだが、つい今しがた、カラビニエリ本部に、自分がやったと名乗る男が出頭してきたそうだ」

「自首しに来たの？」

「いや。部下によれば、その男はペッピーノ・カムッシェ。税理士だ。交差点に差し掛かる瞬間、路面に悪魔の紋章を見たかと思うと、邪悪な気配と重みを感じ、悪魔に乗り移られたと言っている」

「つまり、身体を乗っ取られて、操られたと？」

「そうらしい。身体が自分の意志に反し、予期せぬ動きをしたそうだ。部下が確認したところ、ペッピーノはこれまで無事故無違反の優良ドライバーで、嘘を吐いているようにも見えないという」

「成る程……。厄介だね、それは」

フィオナは神経質な瞬きをした。

「ひとまず今夜はペッピーノを勾留《こうりゅう》し、明日俺が聴取することになった」

アメデオはふう、と疲れた溜息《ためいき》を吐いた。


フィオナが帰った後、アメデオはキッチンで鶏を茹《ゆ》で、その羽をむしった。

むしりながら、彼の脳裏には十字路の上に横たわっていた乳児の死体や、小さな身体に無数の暴力の痕《あと》があったビアージョの遺体、写真で見たフランチェスカの遺体や蠟人形《ろうにんぎょう》のようだった少年の遺体、象の怪文、鶏の断末魔の悲鳴と血飛沫、緑色の皺《しわ》だらけの顔に大きな耳と長い鼻をした悪魔の姿などが次々と浮かんでは消えた。

眩暈《めまい》を覚えつつ、鶏を冷蔵庫に放り込むと、アメデオは書斎へ向かった。

また新しく起こった事件の報告書を、作っておかねばならない。

疲れた目を擦《こす》り、パソコンを立ち上げた彼は、メールボックスに一通の新着メールが届いているのに気が付いた。

差出人の名は、ローレン・ディルーカ。メールの出だしはこうだった。


『アメデオ君。宇宙戦争の始まりだ』

7

キーン・ベニーニは細くくねった道を歩いていた。

そこは北欧の深い森の中で、草の香りが強く立ち込めていた。

教会音楽の余韻が残ったような慈悲深く澄んだ空気。

空は決して晴天ではないが、仄《ほの》かな優しい明かりで満たされていた。

暫《しばら》く歩くうち、キーンの頭の中一杯に満ちていた静寂の中から、澄んだ琴のような響きが聞こえてきた。耳を澄ませば、それが小川のせせらぎだと分かる。

音のする方へ歩を進めると、金色の毛並みの一角獣の群れがいた。

それらはカールした毛並みのせいで、馬というより羊に近く見える。

群れは日焼けした羊飼いに連れられて、小川で水を呑《の》んでいた。

とても秩序正しく、一頭一頭が順序を心得ているかのように、大人しく水を呑み、それから後ろの一角獣に水辺を譲るのだ。

羊飼いは壮健な若者だ。

バターブロンドの髪を肩まで垂らし、ヘーゼルの瞳《ひとみ》で、一角獣を優しく見つめている。

程よくなめらかな筋肉のついた体つきをしていて、上半身は裸で、腰には布を巻き付けていた。

「その一角獣は君のもの？」

キーンは思わず訊ねた。

「これらですか？　いえ、特に私のものという訳ではないのですが、放っておくのもよくありませんので……。

ええ。

これらはこんな風に大人しく美しく見えますが、人が手をかけずに野生化すると、本当に悪食《あくじき》で、獰猛《どうもう》で、どんな植物でも動物でも、餌として沢山食いつぶしてしまいます。

しかも繁殖力が旺盛《おうせい》なので、そういうところも誰かがコントロールしないと、この地球の自然界のバランスが壊れてしまうのです。

おや、私を疑っておいでですか？

いいえ、貴方《あなた》も少しばかり勉強されれば分かりますとも。この世の中には環境破壊の根源となっている動植物が、結構存在していることをね。

ですが勿論《もちろん》、私がこれらを世話しているのは、ただ環境破壊を止めようという目的ではございません。なにしろこれらが美しいからです。ほら、近くに寄って、触ってみてください」

キーンは一角獣の側に寄り、そっとその身体を撫《な》でた。

それは今まで経験したことのない滑らかな手触りをしていた。そして撫でていくうちに、その金色の毛から、きらきらと輝く粉が四方へ舞い飛んだ。それと共に、太陽の光をたっぷりと吸い込んだ干し草のような良い香りが、辺りに立ち込める。

(何ていい気持ちなんだろう……)

一角獣はキーンの感動を知ってか知らずか、長い睫毛《まつげ》に覆われた瞳を瞬くと、馬によく似た声で鳴いた。

確かにこんな美しい動物は、他にはいない。

キーンはそう思いながら、一角獣に頰ずりをした。

少し湿った、冷たい感覚がする。

ちらちらと水の明かりとせせらぎの音が聞こえ続けている。

キーンはその心地よさに、すっかり微睡《まどろ》んだ。


「キーン、そんな所で何をのんびりしているんだ!」

フェルナンドの怒号が聞こえた気がして、キーンはハッと目を覚ました。

水音は今も聞こえている。石の硬く冷たい感触が肌に当たっている。

ざわざわとした大勢の人の気配と話し声が、頭上で谺《こだま》していた。

そうだ。昨日は安宿を探そうとして、何時の間にか地下水道に迷い込み、眠ってしまったのだ。

身体を起こして外へ出ると、白い日射しが目を貫いた。

目の前には巨大なポーリ宮殿とトレヴィの泉が広がっている。巨大なバロック時代の人工噴水の中央には水を司《つかさど》るトリトーネが立ち、左に豊饒《ほうじょう》の女神ケレース、右に健康の女神サルースが立っていた。

大勢の観光客や恋人達が泉に背を向け、コインを投げている。

後ろ向きにコインを一枚投げ入れると、再びローマに来ることができる。

二枚なら、新しい恋をもたらす。

三枚だと結婚（または離婚）ができるという。

キーンはサングラスの男達が辺りにいないか警戒しつつ、人混みに紛れてトレヴィの泉を後にした。

暫く歩いていると、キーンは壁に書かれた赤いペンキの文字に気が付いた。

6・24　二十七頭の象が来る

ゾクッと電気が全身を駆け抜けた。

その側に見慣れないものが建っている。灰色の角砂糖のような建物だ。コンクリート打ち放しの外壁の素っ気なさたるや、まるで死んだ細胞《cella》のようだ。

ＢＯＺＺＯＬＯ近代美術館。

入り口の小さな白い大理石には、そう刻まれている。

キーンは吸い込まれるように中へ入った。

受付には誰もいない。

ただ微《かす》かな機械音をたてて、最新式の監視カメラがキーンの姿を捕らえていた。

館内にも人はいなかった。

展示されているのは、だまし絵のアートや、鳥籠《とりかご》の中に心臓が入った真鍮《しんちゅう》の彫刻。石で出来た巨大な顔が四つ並んだもの。狂ったようなタッチの原色で彩られたマネキン人形。

近代アートというやつは、全く訳がわからない。大抵は美しいというより、グロテスクに見える。人間の悪夢を再現したら、こんな風になるのかも知れない。

キーンがそんなことを思いながら進んでいくと、何もない空間が目の前に広がり、天井から放射されたスポットライトが、角度を変えながら床面を照らしていた。

光のせいで生じた黒い影は、十字形や菱形《ひしがた》などの幾何学模様に刻々と変化していく。

今までのアートの中で一番興味深く、面白く感じられる展示だ。

キーンは側に近づき、どんな仕掛けだろうと床を覗《のぞ》き込んだ。

よくよく凝視してみると、それまで黒い影に見えていたのは、小さなゴキブリの群れであった。

ゴキブリの群れが正確に歩調を合わせて、右へ、左へ、斜めへと移動をし、幾何学模様を作っているのだ。

キーンはぞっと背筋を強張《こわば》らせた。

（な、何だこれは。幾ら現代アートといっても……）

キーンは思わず自分の頰を叩《たた》いた。痛みはある。どうやら夢ではない。現実だ。それは殊のほか悪い知らせと感じられた。

キーンは床を移動するゴキブリに顔を近づけ、観察した。

ゴキブリがこんな風に、意図的に規則的に動くものだろうか？

そんな筈《はず》はなかった。

これはゴキブリに見えているが、何か違うものなのだ。

キーンはそう思い、群れの中の一匹を摑《つか》み上げた。

そうして周囲を見回して小さな金属片のオブジェを発見すると、それを手に取り、金槌《かなづち》のように握り締めて、ゴキブリを叩き続けた。

数回叩くと、ゴキブリは動かなくなった。尚《なお》も叩き続けると、腹の部分に亀裂が入った。

亀裂の隙間からどろりとした、水銀のような流体が滴っている。

中を覗き込むと、配線コードに似た筋束の断面と、光沢のある内臓が見えた。その奥にあるのは集積回路だろうか。

やはりただのゴキブリではなかったのだ。有機物かロボットか分からない、地球外生物である。

そういえば、監視カメラが無い筈のプールバーで、ソファの隙間にこのゴキブリが潜んでいた。

いた。

そしてその夜、キーンはサングラスの男達に追跡され、毒を注射されたのだ。

おかしくなったジューヒーも、あのゴキブリのいるソファに、自分が来る前から座っていた。

迂闊《うかつ》だった。

敵の科学力はここまで進化しているのだ。

奴らは宇宙ゴキブリを操って、こちらの動向を見張っている。ゴキブリならどこに顔を出しても不審に思われないし、盗聴や盗撮も自然に行える。敵ながら、よく考えたものだ。

正直、敵の力に焦りを覚える。だが、心折れてはいけない。フェルナンドに言われたように、時が来るまで自然な素振りを装うのだ。

キーンは心を落ち着かせる為に、ゆっくりと深呼吸をした。

何食わぬ顔で美術館を回る。

やはりどこにも人影はなく、奇妙な作品群が並び、スピリチュアル音楽が流れている。

その静けさが、却《かえ》って疑わしい。

不思議な美術館にカモフラージュした、奴らの基地の一つかも知れない。

そう思いながら次のコーナーに入った時だ。

キーンの目に、壁に書かれた文字が飛び込んできた。

6・24　二十七頭の象が来る

赤い塗料で大きくそう書かれている。

やはりこれまで世界の裏側に隠れていた奴らが、表舞台に出てくるのだ。

「6・24」が日付を示すものだとしたら、もう明日のことだ。

こんなに堂々と、宇宙大戦の宣戦布告がなされているとは。

奴らは僕達を取るに足らない組織だと、高を括《くく》っているのだろう。

そしてこんなローマの中心地にアジトを構え、しかるべき準備を整えてきたのだ。

考えてみれば、あの原色のマネキンや石で出来た巨大な四つの顔なども、何かの新兵器かも知れない。

そうと分かれば長居は無用だ。キーンは駆け足で敵陣を後にした。

パンテオンの側を通り過ぎ、ナヴォーナ広場へ辿《たど》り着く。

そこは地元の恋人同士が戯れ、鳩が餌を啄《ついば》んでいるような癒《い》やしの空間だ。広場の中央には『四大河の泉』があり、北側には『トリトーネの噴水』、南側には、『ムーア人の噴水』がある。

広場で人混みに紛れて休憩を取ろうとした時だった。キーンは壁に二十枚ほどの貼り紙があるのに気が付いた。

6・24　二十七頭の象が来る

白い紙にそれだけが書かれている。

宇宙戦争の火蓋《ひぶた》が明日、切られる。行き交う人々はそれを分かっているのかいないのか、不安げな顔でその貼り紙を眺めていた。

そこから広場を背にして五十メートルも歩くと、三叉路《さんさろ》の左端に崩れかかったパスクィーノという像が建っている。

紀元前三世紀頃の作とされる古代ローマの彫像が一五〇一年に発見され、「話す像」として、今も市民に親しまれているものだ。

ローマっ子は古くから、時の権力者や支配階級を風刺することを得意としていた。そして誰からともなく、パスクィーノの像の台座や身体に、公には話せない政治の不正や法王に対する批判などを、無記名の風刺詩にして貼る習慣ができていき、通りがかった市民がそれを読んで、互いに議論を戦わせたという。

パスクィーノの像の台座に貼られたメッセージは、翌日中にはローマっ子の知る所になるといわれるのだから、今でいうネット掲示板のような役割を長年果たしてきたといえるだろう。

まさにその台座にも、あの貼り紙はあった。

6・24　二十七頭の象が来る

黒い服を着たエクソシストが三人、その貼り紙の周りで祈禱《きとう》を行っていた。

甘い乳香の匂いが充満し、聖書を片手にしたエクソシストの鬼気せまる祈禱の声が響きわたる。

人々は、遠巻きにそれを見ている。共に祈っている者もいた。

近くの石畳には悪魔の紋章と象の呪文がいくつも描かれている。人々がそれを見て、ひそひそ話をしている。

「とうとうここにも悪魔が攻めてきたわ」

「宇宙戦争が始まったんだ」

「革命軍はどうなっているのかしら？」

「ジャコモ・ボスキは拘束されている」

「ジューヒー・パッタナヤックは洗脳中らしい」

「カーラ・ボルゲーゼは？」

「彼女は無事だ」

「キーン・ベニーニは？」

「さあどうかな。だってあいつは……」

「ハハハハハハ」

嘲笑《ちょうしょう》の声に耐えられず、キーンは広場を走り出た。

行く先の町並みの至る所に、「6・24」の貼り紙がべたべたと貼られている。

足元の石畳の遠近には、悪魔の紋章が準備されている。明日、奴らは一斉に悪魔を呼び出すつもりに違いない。

敵の準備は周到だ。

このままでは戦いの前に決着したも同然だ。

一刻も早く、この事態をフェルナンドや仲間達と話し合わなければ……。

焦るキーンが交差点に差しかかったときだ。

向かい側の歩道に、警官達がわらわらと集まってきた。

キーンはビルの陰にさっと身を隠した。

警官達が円陣を狭めていくその中心に、獣のような声を上げて必死に抵抗しているカーラの姿が見えた。

(なんてことだ、カーラが!)

キーンの全身の産毛が逆立った。

周囲の人々は無責任にも、この捕り物劇に興味津々という態度である。

(違うんだ、カーラは嵌《は》められたんだ!)

そう叫んで飛び出したいが、ここで出て行けば自分も捕らえられてしまう。

警官達は無情にも、カーラの手足を押さえつけ、地に伏せさせ、後ろ手に手錠をかけた。

それはレディに対して酷《ひど》く野蛮な扱いであった。

彼らはカーラを引っ立ててパトカーに押し込むと、狼の遠吠《とおぼ》えのようなサイレンを鳴らしながら行ってしまった。

もう町の中の人混みに紛れているのも安全ではなかった。

キーンは最後の準備を整えるべく、一度自宅へ戻ることにした。

そして玄関扉を開けた瞬間だ。彼は異変に気が付いた。

フローリングの床の一角だけが妙なのだ。数枚だけの板を剝《は》がして、また新品を貼り付けたような色合いになっている。

（くそう。今度は一体、何をするつもりなんだ。僕にも何か仕掛けるつもりか？）

キーンは変色しているフローリングの床の部分を、コツコツと叩《たた》いてみた。すると明らかに、他の場所とは違う音がした。

間違いない。床下に何かを取り付けられたのだ。

恐らくは爆弾だろう。

キーンはフェルナンドの指示を仰ぐべく、電話を入れた。

『キーンか、カーラのニュースを見たか？』

フェルナンドは既にカーラの逮捕を知っていた。

「彼女が捕まるところを見たんだ。敵に嵌められたんだ。そうだろう？」

『ああ、勿論《もちろん》だ』

「僕の部屋にも爆弾が仕掛けられた。ジューヒーとオメロはどうなってるの？」

『ジューヒーは私が保護している。敵の洗脳は強力だが、徐々に正気に戻りつつある。仲間の病院に匿《かくま》っているから心配はいらない』

「それは良かった」

『オメロの方は昨日から連絡が取れない。臆病風《おくびょうかぜ》に急に吹かれた可能性がある』

「何だって？　こんな大事な時にか。オメロの役立たずめ！」

『そうだな。人選を間違えた』

フェルナンドは悔しげに言った。

「そうだ、フェルナンド。僕は大変なことを発見した」

『言ってみろ。何だ』

「敵はバイオマシンのような宇宙ゴキブリを使って、僕らを監視していたんだ」

『そうだったのか。それで色んな事が腑《ふ》に落ちる。それよりキーン、町の中を見ただろう？　まるで二十七頭の象達がこの町に凱旋《がいせん》入場してくる勢いだ』

「奴らは明日、何をするつもりなんだろう？」

『こう堂々と宣言したということは、小さな騒ぎではないだろう。いきなり総力戦を挑んでくるに違いない。ローマ中が破滅するようなことか、自然災害を装った大規模災害などが考えられる』

「一体、どうしたらいいんだ、フェルナンド。奴らの中枢コンピューターの位置は、まだ分からないの？」

『それが分かったとしても、キーン。お前が鍵《かぎ》をなくしたんじゃないか』

　ああ、そうだった！

　キーンは頭を抱えた。

『もう我々の仲間は私とお前、二人きりしかいない。最後の作戦会議を行う』

　フェルナンドは厳かに言った。

＊　＊　＊

　アルノ通りに建つソレイユ・ボウルは、一、二階がボウリング場、三階がプールバー、地下がライブハウスになっている。

　四階はゲームセンターだ。表玄関にはシャッターが下りていたが、路地裏のゴミ捨て場横から非常階段を登れば入れる裏口がある。そのルートは殆《ほとん》ど誰にも知られていない。

　キーンは人目を避けて階段を駆け上がり、素早く裏口を開いた。

　四階フロアの壁や床や天井は、一面にクローム鍍金《めっき》を施したかのように、光の中に霞《かす》んでいる。

天井には艶々《つやつや》としたダクトやガス管、ドレン配管などが、環形動物のように這《は》い回っている。

がらんと広いスペースには、子どもの頃に見たようなゲーム機が並んでいた。ピンボールマシンが数台と、テーブル型のビデオゲーム機。モニタとボタン、スティックがついた格闘技ゲーム機。フライトシミュレータやバイク型の体感機。それらが燦然《さんぜん》と、眩《まばゆ》い光を明滅させている。

そこから伸びたケーブル類は、地面の上に蜘蛛《くも》の巣模様を描いていた。

「待っていたぞ」

フェルナンドの声が響いた。彼は窓を背にして立っていた。

「ああ、フェルナンド。会いたかった」

キーンは万感の思いを込めて言った。

「感傷的になっている暇はないぞ、キーン」

フェルナンドが窘《たしな》める。

「分かっている。これが本当の最後だということも」

「そうとも。我々の戦いは今夜だ。奴らに不意打ちを浴びせてやろう」

「聞いてくれ、フェルナンド。僕は奴らのアジトを見つけた。ＢＯＺＺＯＬＯ近代美術館がそうだったんだ」

「ＢＯＺＺＯＬＯ近代美術館？　あの小さいが、お騒がせの美術館か？」

フェルナンドは驚いた顔をした。

「そうさ。美術館とは、カモフラージュだったんだ。僕らが人目につかないように、こんな場所をアジトにしているのと同じことだ」

「よし、そいつはいいぞ。奴らは明日の準備の為に、アジトに集合しているに違いない。奴らの動きをそっと見張って、隙を見て奇襲をかける。

奴らのトップは二十七人。私とお前で十人ずつ、いやせめて七人ずつは始末するんだ。そうすれば奴らの組織は脆弱《ぜいじゃく》化して、宇宙の安全は暫《しばら》く保たれる」

「分かったよ、フェルナンド、そうしよう。もう覚悟はできている」

「よし。自分の命は捨てたものと思え。道は他にないんだ。同志よ、共に散らん。我等の行いを誰も知る者がいなくとも」

「共に散らん」

キーンは高らかに言った。

「さて、そうなれば武器が必要だ」

フェルナンドはそう言って奥の扉を開いた。そして中から二つの銃と、四つの弾薬の箱を取り出し、エアホッケー台の上に置いた。

「こいつはマシンピストルだ。小型だがフルオートの射撃機能がついた短機関銃で、チューンアップ済みだから、威力は抜群だ」

キーンは銃を受け取ってしげしげと、その強くて硬そうな黒いボディに見入った。

「流石だ、フェルナンド」

「当たり前だ。キーン、銃の撃ち方は分かるな」

「分かるさ。昔、イヤというほど祖父に習ったんだ」

最後の打ち合わせは良い感じだ。そう思った時だ。

ふとフェルナンドの足元に目をやったキーンは、背筋を凍らせた。

フェルナンドの足元にある排水口。そこから這い出した大量のゴキブリが、フェルナンドの足を上へ上へと伝っていくのだ。

「フェルナンド、ゴキブリだ！」

フェルナンドは自分の足元を見て顔を歪《ゆが》め、手で必死にゴキブリを叩き落とそうとした。

「キーン、私の側にいると危ない。遠くに離れて、近づくんじゃない」

キーンは後ずさった。

フェルナンドの身体は、どんどんゴキブリに覆われていく。その足元には血溜《だ》まりが、みるみる広がっていった。ゴキブリがフェルナンドの肉を嚙《か》み裂いているのだ。

「くそう。こいつら、私を食ってやがる」

フェルナンドは苦痛の声をあげ、床を転がり回った。

その身体は既に真っ黒なゴキブリの大群にびっしりと覆われている。

両頬の肉が嚙みちぎられ、赤い筋肉が剝《む》き出しになったフェルナンドの顔が、キーンを見た。

「キーン、私に構わず逃げてくれ。そして必ず革命をやり遂げると誓ってくれ」

「誓う。誓うよ、フェルナンド」

「さあ、行くんだ。二十七頭の象をなんとしても阻止しろ！」

キーンはフェルナンドの叫び声を背後に聞きながら、階段を駆け下りた。


六月二十三日、夜半。

キーンはパーカーの下に銃を隠し、BOZZOLO近代美術館近くの路地に潜んでいた。

今日という日を逃せば、もう自分の存在価値は無い。

キーンはパーカーの下の拳銃《けんじゅう》を握りしめた。

ただ問題は、背中の皮膚の下に無数の虫が這い回る感覚があって、時間が経つにつれ、それが背筋を伝って頭の中へ入って来たことだ。

いつの間にか、また毒物を摂取させられたのかも知れない。

だが既に解毒剤は使い果たしてしまった。

死ぬ事は今更怖くなかった。ただ、使命を果たせないまま死ぬのだけは嫌だ。

（どうか、どうか務めを果たさせてくれ）

キーンは神に祈った。

その祈りが通じたのかも知れない。

美術館の前に、怪しい大型トラックが横付けされた。

その荷台から、黒いフードとマントを身につけた怪しげな男達が現われ、美術館へ入っていく。

そうして暫く経つと、男達は手に手に怪しげな機械を持ち、美術館から出てきた。

彼らがトラックに次々と運び込んでいく箱や部品は数え切れないほど多かった。

キーンは目を皿のようにして、彼らの動きを観察した。

突撃のチャンスはたった一度きりだ。

奴らの間隙を突く。それしかない。

荷と人を積んだトラックは、ゆっくりと走り出した。

キーンはその後を追った。

トラックはさほど距離を走らぬうちに、緩やかに停まった。

そこはトレヴィ広場であった。

ライトアップされたトレヴィの泉の周辺には、マント姿の人影が蠢《うごめ》いている。

停車したトラックの荷台からも、マント姿の男達が下りてくる。

その数、合わせて二十七名。

あれが世界を操り、人類を滅亡させようとする者達だ。

悠久の歴史を持つ組織のトップ達が集結していた。

ただ不思議なことに、彼らの他に観光客らの姿はなかった。

トレヴィの泉は観光名所だというのに、一帯には危険を知らせる立入禁止のロープが張り巡らされているのだ。

不審に思ったキーンの目の前で、彼らは一様に不可思議な動きを始めた。

トラックの荷台から、灰色の大きくて平べったい物体を下ろし、それを石畳の上に広げると、怪しい機械に繋《つな》げていくのだ。

一体何をしているのかと、キーンは物陰から身を乗り出した。

その時だった。

何ということだろう。それまで石畳の上にべったりと投げ出されていた灰色の物体が、むっくりと起き上がっていくではないか。

そうしてみるみる見上げるほどに大きく膨れ上がったその物体が、巨大な象の形へと変化していく。

UN ELEFANTE
DUE ELEFANTI
TRE ELEFANTI
QUATTRO ELEFANTI……。

二十七頭の象が次々と、石畳の上に立ち上がっていく。

よく見ると、それらは巨大なバルーンだった。

象の形を模したバルーンだ。

一見和やかに見えるが、安心してはならない。あれは現代のトロイの木馬だ。象どもの腹の中には、生物兵器やガス兵器が仕込まれているのだ。あれらを多くの人が集まる場所で、爆破させるに違いない。

何としてでも、それを阻止してやる。

キーンはフェルナンドから託された銃を取り出し、強く握り締めた。

呼吸を整え、飛び出すタイミングを見計らう。

「鉄槌を下すのだ！」

フェルナンドの厳しい声が聞こえてきた。

（よし、今だ！）

キーンは勢いよく、二十七頭の象達の前に躍り出た。

そして彼らに向かってオート銃を撃った。

男たちは血を流して、次々と倒れていく。

まさか、こんな不意打ちがあると思わなかったのだろう。

をあげて、悪魔を召喚しようとするものもいる。逃げ出そうとするもの、大声

「鉄槌を下すのだ！」

キーンは銃弾を詰め替え、撃ちまくった。

男たちは地面に倒れ込んで、動かなくなっていった。

成功だ。

僕はやったんだ。

けたたましい悲鳴と足音が交錯する中、キーンは思った。
次の瞬間、雲の間を駆けて来る、金色の毛足の一角獣達が見えた。
ふわふわと、金色の綿毛が舞い降りて来る。
美しい。
なんて、美しいんだ……。

第五章　午前二時の聖母と宇宙戦争

1

テーセウス『『若きピュラモスとその恋人ティスベの冗漫にして簡潔な一場。とても悲劇的なお笑い。』陽気で悲劇的とな！　冗漫にして簡潔！　これは熱い氷、黒い雪というようなものだ。この矛盾はどうやって調和されるのだ？」

フィロストレート「これは、閣下、台詞《せりふ》がほんの十ばかり、芝居でこんな簡潔なものはないという代物ですが、その十の台詞が、閣下、どうにも長すぎるのです。ですので冗漫というわけです。どこもかしこも、ぴったり収まる台詞はなく、どの役者もずれている。そして、確かに悲劇的なのです、閣下。

なにしろ、ピュラモスは自害致しますので。
それを稽古《けいこ》で見たとき私は、白状しますが、
思わず目に涙を浮かべました。あんなに
大笑いして涙が止まらなかったことはございません」

ローレン・ディルーカは、琥珀色《こはくいろ》の透き通った瞳《ひとみ》で、パソコンの画面を見つめ、電子メールを書きながら、シェイクスピアの『真夏の夜の夢』の一節を口ずさんでいた。

そして思った。

人は、常に簡潔なことを冗漫に理解する。
むしろそれを好んでする。
生まれて死ぬまで、冗漫な台詞が十もあるのは多すぎる。
私は、三つの簡潔な言葉で人生を理解している。
生まれる。死に向かって歩き始める。そして死ぬ。
人に定められた運命があるとすれば、たったこれだけだ。
その間は、自由意志。
悲劇を演じるのも、喜劇を演じるのも構わない。
同時に演じても構わないし、観客側に徹するのもいいだろう。
狂人。恋人。詩人。

誰もが踊る。奇妙な振り付けで。
そうして生まれる物語は、再び皆の夢の中へと侵入する。
何色の花が咲くかなど、種を蒔《ま》いた本人ですら分からない。
だが必ず死ぬのに、わざわざ自害するとは、ちぐはぐだ。
確かにそれは笑えるかもしれないので、その芝居、見てみたいね。
ありふれたこと過ぎてくだらないかも知れないが。

2

「大丈夫ですか？　ことはもう一応、おさまったようですよ」
そんな声が聞こえ、キーンは薄らと目を開いた。
口の中には生々しく強烈な血の味があった。
(僕は、死ぬのかな……)
キーンが思った時だ。彼の身体を誰かの腕が優しく受け止めた。
ぼやけた視界が少しはっきりとする。
ここは……。
どこだ？
カツカツと蹄《ひづめ》の音を立てながら、金色の一角獣たちが、以前に見た時よりも、ずっと、奔放に走り回っていた。

そして嬉《うれ》しげに、流れ出る噴水から水を飲み、鬣《たてがみ》と角を振りかざしている。

生命の活動のリズムが流れる。

その分、自分は死体の様だ。

このまま死んだほうが楽かもしれない。キーンはそう思うのに、一角獣達は、それはならないと不思議な声を上げる。

「大丈夫ですか？」

キーンの背に回された腕が少し持ち上がり、バターブロンドの髪をした美しい男が、キーンの顔を覗《のぞ》き込んだ。

それをぼんやり眺めながら、キーンは問うた。

「僕は、あの二十七頭の象たちを叩《たた》きのめせたのかな？」

するとバターブロンドの髪の男は、苦い顔をした。

「いいえ、まだなのです。今は、どうにかなっていますが……。

でも、気にしてはなりません。

私にしてもそうです。世の中に満ちる悪意はどうしようもなく増殖していきます。

それでもこれらは美しいので、今はどうにか世話をしておりますが、中にはとんでもなく醜い輩《やから》などもおりまして、どんなに身も世も無いほど尽くしても、また憎んでも、本当に自分の思いとは関係なく増殖していくものなのです。前にそう言ったのは、覚えているでしょう？」

男にそう言われ、キーンは頷《うなず》いた。

「ああ、それは分かるよ。僕だって、正しく美しいものを愛している。そうなんだ。何もかもが憎いわけじゃなくて、愛しているものが多いから、それをなんとか守りたいと思って、こんなことになっているんだ」

キーンの言葉を聞いて、バターブロンドの髪の男は微笑んだ。

「ええ、そうですとも。私だって、この世の全てが愛《いと》おしいのです。だからこそ辛《つら》いのです。ですがもう、貴方《あなた》が頑張る必要はないのですよ。どうでしょうか？　ここで私と共に、この子らの番人となって暮らしませんか？」

男の言葉に、キーンの心は揺れた。

しかし、自分にはまだやるべき事が残っていた。ここで試合から降りることはできなかった。

キーンはぐっと拳《こぶし》を握り締めた。口に血が、目には涙が滲《にじ》んだ。

「有難う。でもダメなんだ。僕はもう一度、行かなきゃいけないんだ」

「……そうなのですね。貴方には使命があると、そう言われるのですね」

男は寂しげに言い、目を伏せた。

「そうなんだ。だけどもう、僕はロクに目も見えないみたいだ。リーダーのフェルナンドも死んでしまった。それでずっと、行くべき場所が分からずに迷っている。

だけど、あの二十七頭の象達がまた動き出したんだ。だから今度こそ、うまくやらなきゃいけないんだ。

どうか僕を導いてくれ。君ならきっと何かを知っているんだろう?」

キーンの言葉に男は顔をあげ、ヘーゼルの瞳で、夢見るように遠くを見詰めた。

その視線の先には美術館があった。

「美しいように見えて、本当に醜いものがあるとしたら、あのような所になのですよ。あそこでまた、何かが企《たくら》まれているのです」

キーンは、ハッと顔をあげた。

そうだ。美術館だ。そこが騒ぎの元で、一番怪しい場所じゃないか。以前もそうだったじゃないか。

そこから世界の危機が始まると知らせる為に、午前二時の聖母は降臨されたに違いない。

今度こそヘマはしない。

確実に、『二十七頭の象』達をやっつける方法を考えるのだ。

どうすればいい……。

キーンは頭を抱えた。

そうだ、自分にはまだ、覚悟が足りなかったに違いない。

どこかに、恐れる心があったから、しくじったのだ。

神の加護を願うのならば、殉教の覚悟が必要だ。

今度こそ、自分の命をかけるのだ。

この世界の為に。

愛しい人々を救う為に。

はっ、と稲妻のような閃《ひらめ》きが湧き上がった。

そうだ。これならば確実だ。

キーンは覚悟を決めて、その準備をすることにした。

時間は無い。

必要な物をできる限り早く調達しなければ……。

キーンは、花火を大量に買いつけた。

そして短い金属パイプを十個、手に入れた。

近くのモーテルに入り、一人、黙々と作業を開始する。

ひたすら花火を解《ほど》いていき、中の火薬だけを取り出す。

それは、相当な量になった。

幅三センチ程度に長く切った紙に糊《のり》をぬっていく。

そこに、火薬を振りかけて、糊が乾く前に紙縒《こよ》りにしていった。

それを十つくれば、導火線は完成だ。

次は、その導火線を、少しだけはみ出るように金属パイプに入れて、パイプの中に残った火薬を詰め込む。

それらに粘土で蓋《ふた》をした。

そうやって爆弾を十個作り終えた。

その十個の爆弾を、ガムテープで自分の腹に、ぐるぐると巻いていく。

キーンは、脂汗を流しながら、神に祈った。


神様。

どうか、今度こそ、奴らを一網打尽にする力を、僕にお与え下さい。

我が忠実なる僕《しもべ》よ、お前の願いは聞き届けた
私はお前の行いを見た。お前は、真に我が意志を継ぐもの
正しきものである

厳かな声が聞こえた。

その方向を見ると、あの一角獣の番人が、キーンの傍らに立ち、微笑んでいる。

「やっぱり、貴方だったんですね」

キーンは、感動で震える手で、十字を切った。

番人は頷き、その姿は柔らかな光に包まれて、消えていった。

キーンはそれを見届けると、爆弾が見つからないように、上着を羽織った。

そして、モーテルから一路、美術館へ向かった。

3

六月二十三日、夜半。

サン・ピエトロ広場は興奮の坩堝《るつぼ》と化していた。

市民や信者らが不安と怒りの混じった顔でピナコテカ目掛けて押しかけ、盾を持って警備するカラビニエリの隊員達と、あちこちで押し合っていた。

テレビカメラがそれらを捕らえては、「我々に知る権利を!」と、抗議の声をあげている。

「ピナコテカの封鎖を解け!」

「我々をマリア様に会わせろ!」

「バチカンは隠し事をするな!」

「市民の手に自由と真実を!」

激しいシュプレヒコールが繰り返されていた。

ロベルトは疲れた顔で、ピナコテカの窓から広場を見下ろしていた。

「今夜は遅くまで騒ぎが治まらないな」

「本当ですね。いっそあの人々を館内に招き入れてはどうでしょうか」

平賀はカメラのファインダを覗《のぞ》きながら言った。

「あの状態の人々をかい？　言い方は悪いが、まるで象の大群をピナコテカに招き入れるようなものだね。絵画が踏み荒らされてしまいそうだ。

法王庁は連日、午前二時の聖母の動画には根拠がないと発言しているが、人々の心には届いていないらしい。むしろ火に油状態だというね。もう僕の耳には、ディオニソスの祭りの音楽が聞こえて来そうだよ」

ロベルトは溜息《ためいき》を吐いた。

「そう言えば、午前二時の聖母の撮影者が何者か、分かったんですか？」

平賀が訊《たず》ねる。

「バチカン当局からテレビ局へ問い合わせているが、確認中との返答だ。まだ何も分かっていない。これだけ騒ぎになっているのに、撮影者が名乗り出てこないのは不自然だ」

ロベルトは疑うように言った。

「これだけ騒ぎになっているからこそ、出て来れないのかも知れません」

「確かにそうだけどね……」

「あの午前二時の聖母の映像に関して私が分かっていることは、画像合成の痕《あと》が見つからないこと、それだけなんです。それ以外に断定できることがありません。

私はここで午前二時の聖母が再び現われるのを待つだけです」

「けど、いつまで待てばいいんだい？　この騒ぎもいつまで続くのか……」

ロベルトがうんざり顔で言った時だ。

カツンカツンと蹄《ひづめ》のようなヒールの足音が聞こえて来た。

二人が音のする方を振り返ると、薄闇の中から女の姿が浮かび上がった。

額にかかる黒く縮れた髪、どこか焦点の合っていないグレーの瞳《ひとみ》、すらりと伸びた長い手足。淡く青い光の中で揺れる月来香のような女だ。太陽の下で咲き誇る健康的な美とは真逆の、ひっそりとした妖《あや》しい美を湛《たた》えている。

聖なるものか、邪なるものかと、ロベルトは目を凝らした。

「こんばんは」

女は無表情に言った。こんな時間、こんな場所にいるというのに、女は警備関係者にも、バチカンの関係者にも見えなかった。

「どうも、こんばんは。どこかでお会いしましたか？」

ロベルトは警戒気味に訊ねた。

「貴方《あなた》がロベルト神父で、そちらが平賀神父だね。初めまして。ボク、フィオナです。もう余り時間がないから手短に言うね。貴方がたのよく知ってる、ローレン・ディルーカの命令でここへ来たんだよ。貴方達を助けて、危険から遠ざけるようにと」

フィオナは淡々と言った。

「貴女《あなた》、ローレンの知り合いなんですね？　彼は元気なんですか？」

平賀は無邪気に、思いがけぬ出会いに声を高くした。

「うん。そうに決まってるさ」

フィオナは微笑んで答えた。

「僕達を助けて、危険から遠ざけろと、ローレンが言ったただって？」

ロベルトは、どうにも不思議なこの女の言葉に半信半疑で訊ねた。

「そう。今ここで起こっているのは宇宙戦争なんだ。神父さん達なら悪魔《あくま》祓《ばら》いや、科学調査は得意だろうけど、恐らくそれをもってしても対処は困難だろう。何故ならこの事件は、以前にローマ近郊で起こった二十七頭の象の……」

フィオナの言葉を遮るようにして、その時、階下から大きなどよめきが響いてきた。

パン、パン。

乾いた銃声が谺《こだま》し、人々の悲鳴と怒号が沸き上がった。

続いてドタンバタンと人々が格闘するような音、フェンスに何かがぶつかる鈍い音、そして悲鳴、また悲鳴。

「何事でしょうか。銃声も聞こえました」

平賀が顔色を変えた。

「行ってみよう」

ロベルトはそう言いながら、既に走り出していた。

「待って。それはボクの仕事だよ」

フィオナもロベルトを追うように走り出す。

平賀も二人の後を追った。

三人がピナコテカの玄関ホールへ行くと、周囲を覆っていたフェンスが引き倒され、あちこちで警官隊と野次馬が殴り合いの衝突を起こしていた。

土と血に塗《まみ》れた青年が一人、玄関扉の前で屈強なカラビニエリに取り押さえられている。

青年は後ろ手に締め上げられ、抱え起こされたが、その腹にいくつもの爆弾が巻きつけられているのが見えた。

ロベルトは思わずハッと立ち止まった。

フィオナは真っ直ぐに玄関へ駆けて行く。

「待つんだ、危険だ！」

ロベルトは思わず叫んだ。

フィオナは血塗れの青年の側に屈《かが》み込むと、ポケットから注射器のようなものを取り出し、青年の首筋に素早く押し当てた。

青年は、ぴくんと痙攣《けいれん》して、驚いたようにフィオナを見た。

「よくやったよ。キーン。君の使命は達成されたんだ」

フィオナが言うと、青年はうっすらと微笑んで頷《うなず》いた。

そして、目を閉じると、ぐったりと床に崩れ落ちた。

フィオナはその身体を抱き留めながら、自分も床に座り込んだ。

「もう終わったんだよ、キーン。君一人が頑張る必要は、もうないんだよ」

フィオナは青年の頭を膝《ひざ》の上に載せ、愛《いと》おしそうに、優しく何度も撫《な》でながら言った。

失神した青年は、小柄で酷《ひど》く繊細そうに見えた。淡い茶色の巻き毛に細い顎《あご》、ショパンの肖像画を思わせる顔立ちに、無精髭《ぶしょうひげ》を生やしている。

「彼はもう大丈夫だから。ボクの患者だ」

フィオナはカラビニエリの警官に身分証明書を示しながら、そう言った。

暫《しば》くすると救急車のサイレンが聞こえ、キーンと呼ばれた青年の蒼白《あおじろ》い顔が、身体が、担架に乗せられ運ばれていく。

それまで小競り合いを繰り返していた警官達も野次馬も、押し黙って道を開け、その担架が通り過ぎるのを見送っていた。まるで毒気を抜かれたかのように、先程までの狂乱はいつの間にか鎮まっている。

「ひとまず今夜の騒ぎは収まったかな」

フィオナは平賀とロベルトをくるりと振り返った。

「良かったです。けど、今の人は誰だったんです？」

「それに一体、君は何者なんだ？」

平賀とロベルトは、各々フィオナに訊ねた。

「ボクはフィオナ・マデルナ。職業は心理学者。カラビニエリ特捜部の依頼を受けて、事件のプロファイリングを担当しているんだ。

さっき運ばれていった青年は、キーン・ベニーニ。療養所から逃げ出したボクの患者で、二十七頭の象の事件の関係者でもある」

「二十七頭の象事件といいますと？」

平賀は聞き覚えのない言葉に首を傾げ、ロベルトを見た。

一方、ロベルトは風化していた薄気味の悪い記憶を蘇《よみがえ》らせた。

それは確か七年前。僅《わず》か十日間余りの間に連続して起こった、得体の知れない殺人事件で、現場に「二十七頭の象」という落書きと悪魔の紋章が残されていた、というものだ。

突如始まった奇妙なこの連続事件は、またある日突然、パッタリと途絶え、犯人も不明、殺人の目的も不明のまま、人々に忘れ去られていったのだ。

当時はバチカンで学業と修道生活、見習い神父としての修行に多忙だったロベルトは、それ以上詳しい話を知らないままだ。

ただ、年配のエクソシスト達の話を聞く機会があると、「あの時は、街角で祈禱《きとう》や清めの儀式を行ったことがある」と、小耳に挟む程度である。

「あの事件は何だったんだい？　それとこの騒ぎには何か関係が？」

ロベルトは改めて、フィオナにその疑問を投げかけた。

「あの事件を担当したのはカラビニエリ特捜部とボクなんだけど、実際にカラビニエリが規制した事は、あの事件に関する詳細な情報を外部に漏れないよう遮断し、マスコミにも規制させた、それだけだ。本当にあの事件を解決したのはマスター……いや、ローレンだったんだよ」

「あの事件をローレンが？」

ロベルトは驚きを隠さず言った。当時の彼の年齢を想像するのが恐ろしいほどだ。

「そうだよ」と、フィオナは至極当然のように頷いた。

「これは誰にも内緒だけど、当時のローレンは、カラビニエリの迷宮入りしそうな事件解決に力を貸していたんだ。あの事件の真相は、マスターでなければ分かり得なかっただろうし、余りにそれが突拍子もない真相だったから、それを知った者でさえ半信半疑で公表しなかったくらいだよ。

今からその話を二人にしたいんだ。どこか静かな場所を用意してくれるかな？」

フィオナは川のせせらぎのような密《ひそ》かな口調で言った。

4

静かに話せる場所はどこかと考えた平賀は、ピナコテカ内の会議室はどうかとフィオナに提案した。

それは館内で生活中の平賀に、仮眠室として提供されている部屋だった。

今いる場所から目と鼻の先であるし、聖母の降臨の奇跡が起こった時もすぐ駆けつけられるから、というのが平賀の推薦の理由である。

そうして平賀は、フィオナとロベルトを会議室へと案内した。

フィオナは少しの間、席を外した。かと思うと、一人の男を引き連れて戻って来た。

新しく会議室にやってきた男は、警官にも心理学者にも見えなかった。

ラメの入った青いスーツを着、右半分を刈上げて左の前髪を長く伸ばすという、奇抜な髪型をしていた。目つきは爬虫類《はちゅうるい》めいており、眉《まゆ》はなかった。年齢は不詳だが、恐らく三十代かと思われた。

得体は知れない男だが、恐らくフィオナの仕事仲間なのだろう。

「彼の名前はルキーノ・ジャコメッリ。今からの話に必要だから連れてきたよ」

フィオナはシンプルにそれだけを言い、すとんと椅子に着席した。

男は小さく黙礼をし、フィオナの隣に座る。

「お二方とも、宜《よろ》しくお願いします。平賀・ヨゼフ・庚です」

平賀は普段通りの挨拶《あいさつ》をして、フィオナの向かいに着席した。

「どうも。ロベルト・ニコラスです」

ロベルトも緊張気味に平賀の隣に座る。

フィオナはテーブルの上に一冊のファイルを開くと、両肘《りょうひじ》をついて指を組み、その上に軽く顎を乗せた姿勢で話し始めた。

「それじゃあ、まず、ボク達が『第一の事件』と呼んでいたカメーリア・バッジョ変死事件について話をするよ。

　この事件は七年前の六月十二日午前二時半、被害者のカメーリアがフーモのルジアーダ通りにある自宅四階の窓から何者かに突き落とされ、彼女と同棲《どうせい》中の恋人ジャコモが『悪魔が彼女を突き落とすのを見た』と証言した、というものだ。

　カメーリアの遺体の胸には『稲妻の剣』と呼ばれる殺傷力のない短剣が刺さっており、遺体は十字路に描かれた悪魔の紋章の上で発見された。

　勿論《もちろん》、ジャコモが悪魔を見たなんて証言はまともに取り扱われず、彼は容疑者として逮捕される。けど、彼は一貫して無罪を主張したし、確かな証拠もなかった。そこで彼は証拠不十分で釈放され、事件は一旦《いったん》、カメーリアの自殺だろうと推測された。

　というのも、近くの場所で既に二人の人間が、飛び降り自殺によって死んでいたから。

　それは六月四日未明に死亡したエンマ・ドナート二十四歳と、五日未明に死亡したルカ・コンテ十九歳だ。二人とも、何者かが路上に描いた悪魔の紋章の上に墜落死していた。

　エンマとルカの事件を不可解に思ったボク……つまりフィオナは、二人の死んだ場所にあったのと同じ悪魔の紋章を描いてみたんだ。するとそこに、カメーリアが降ってきた。

　当日の現場には、正体不明の少年少女達もいて、彼らは『悪魔を見た』『尻尾《しっぽ》を見た』と言い合っていた。ボク自身も四階の窓に影らしきものをちらりと見た気がしたから、あの時はボク、本当に悪魔を呼び出しちゃったのかと思ったよ」

「つまり、四日にエンマが飛び降り自殺し、翌日ルカが同じ場所で自殺し、十二日に君がその近くの場所に悪魔の紋章を描いたら、カメーリアがそこで墜落死したんだね。当日、君の他にも複数の少年少女が現場にいたというけど、彼らは何者だったんだ？」

ロベルトが訊《たず》ねる。

「うん。謎の少年少女達については後で話すよ。まずはルカとエンマの話からだ。ルカはエンマが働いているバーの常連で、エンマに惚《ほ》れていた。そこで、ルカの死はエンマの後追い自殺だと考えられた。

また、エンマは少し前の五月末にオーバードーズで急死した、俳優で歌手のライモンド・アンジェロの大ファンで、彼女の死はライモンドの後追い自殺だと考えられた。

実際、ルカの死のきっかけは、エンマの死による絶望だと思われる。彼はエンマに好かれようと、ライモンドのコピーバンドを作ってみたり、自作のラブソングをエンマに書いたりするほど彼女に惚れていたので、自殺の蓋然《がいぜん》性が高かったんだ。

ただし、ルカの家から大量の風邪薬の空き箱が発見されたり、突然大金が必要になった様子でギターを売るなど、死の直前に不審な行動も見られたんだけどね。

ともかく当時のルカはエンマに頻繁に連絡を取り、同時期にエンマは『もうすぐライモンド・アンジェロに会える』という意味深な発言をしていたことが分かっている。

それともう一つ、当時、フーモにはおかしな噂があった。

それは『ライモンド・アンジェロが実は生きていて、深夜、紋章のある十字路に行けばライモンドに会える』というものだった。

ボクらがこの噂を知るのはもっと後になってからなんだけど……時系列的には、この時点でこの噂が、ライモンドのファンを中心に、流れていたんだ。

そう思ってエンマの生前の発言を聞いてみると、エンマは死んでライモンドに会いに行くつもりじゃなく、どこかの十字路に行けば会えるだろうライモンドに会うつもりだった。そして、ルカはエンマを喜ばせる為に、何らかの方法でライモンドとエンマを会わせようとしていて、その為に大金を用意し、エンマに頻繁に電話をして『もうすぐライモンドに会わせてあげる』と言っていたと考えられるんだよ。

この裏付けとなるのが、ルカがある人物に大金を振り込んだという事実だ。彼はね、ライモンド・アンジェロの元マネージャに大金を振り込んでいたんだよ。

そして元マネージャ――名前はロン・ジャガーというんだけど、彼はライモンドの死後すぐに雑誌社にコンタクトを取り、『俺がライモンド・アンジェロと悪魔を契約させた。ライモンドは悪魔に魂を捧《さき》げた』というネタを売ろうとして、雑誌社から鼻で笑われ、マネージメント会社からクビにされた事が分かっている。

そうだよね、ルキーノ？」

フィオナはそこで、隅の席の男を見た。

ルキーノはコクリ、と頷《うなず》いた。

「俺の職業は、インターネット・ウォッチャーです。意地の悪い人からは『覗《のぞ》き屋』なんて呼ばれることもあります。

元来、ゴシップには目がない性質《たち》で、ライモンド・アンジェロの死にも興味を持って、彼の周辺のSNSをウォッチしていたんです。何故そうするかと言われても困ります。それが俺の生き甲斐《がい》なんです。ネットを覗き見るのがね。

さて。ライモンドはその年のカンヌ国際映画祭にノミネートされていて、それまで暫《しばら》く低迷していた人気に再び火が点《つ》きそうになってたんです。けど、授賞式から僅《わず》か数日後、自宅で遺体となって発見された。死因はオーバードーズです。

当然彼はヤク中だった訳ですが、これから再出発って時に自殺するのも不審だというんで、彼の財産を狙った親族の仕業だとか、良くない噂のあったマネージャのロン・ジャガーが投与する薬の量を間違えたとか……まあ、そういう噂は飛び交ってましたね。

で、そのライモンドの死後まもなく、パパラッチや芸能レポーターが集う会員制のSNSで、面白い情報が流れたんです。それは概《おおむ》ね、こんな調子でした。

『ライモンドがオーバードーズか、いつかそうなると思ってた。

カンヌのトイレで倒れて救急車で運ばれたのも、オーバードーズが原因だったらしいからな』

『知ってるか、ライモンドのマネージャが変な噂を立ててるのを。

ライモンドは悪魔と取引して栄光を手に入れ、伝説になるんだと。

カンヌで倒れる直前、ライモンドはゴブリンに会って、悪魔と契約しろとそそのかされたらしい。マネージャが詳しい情報を売ると言っているが、買いたい奴はいるか？』

『マネージャって、ロン・ジャガーだろ？　胡散臭《うさんくさ》い奴だ』

『扱うには微妙なネタだな。俺はいらない』

……まあ、そんな調子でこの話題はスルーされてたんですが、俺はネタを買いたいと申し出た。そしてロンの連絡先をゲットしたんです。

俺が身分を偽ってロンに会うと、彼は殆《ほとん》どライモンドの話はせず、『自分は悪魔を呼び出せる力がある』と強く主張してきた。で、こっちが用意した偽の小切手と引き替えに、証拠ビデオというのを貰《もら》ったんです。それがこいつですよ」

ルキーノは鞄《かばん》からパソコンを取り出し、DVDを入れて再生した。

暫くすると、パソコン画面に『ライモンド・アンジェロの伝説』とテロップが出る。

そして街灯が点滅する薄暗い屋外で自撮りしたらしき、目の粗い動画が始まった。

痩《や》せて肌の荒れた、酔っ払いのようにどろりと目の濁った男が十字路に座っている。

男は呂律《ろれつ》の回らない口調で、悪魔について語り始めた。

『ロノヴェっていう悪魔を知ってるか？　そいつに命を捧げる契約をすれば、誰からも愛され、人気者になる力が与えられる。

だから、俳優でも、歌手でも、議員でも、作家でも、売名家でも、とにかく人気で名をあげる仕事をしたかったら、ロノヴェと契約することだ。

実際、ライモンド・アンジェロも俺が悪魔との契約をさせてやった一人だ。

悪魔を召喚する方法が気になる奴は、十字路伝説を調べてみるといい。

契約には特別な力と、尊い犠牲が必要だと分かるだろう。

そして、この契約には度胸が必要だ。自分の命を一旦、犠牲にしないといけない。

だけど、それは一時的な死だ。そのあとには復活が待っていて、二十七歳まで、人気者として生きることが出来る。

愛してほしい相手がいるなら、その相手は即座に、アンタに惚れるだろう。

うだつの上がらない人生を長生きするより、魅力的な生き方だ。

よし、じゃあ今から俺が悪魔を召喚してみせる。

俺の力を示す為にな。

有名になりたい奴がいたら、この俺に相談するといい』

画面には、携帯電話の番号が無防備に流れた。

それから男は、チョークで路面に紋章を描き出した。

二重円とその間にRONOVEの文字。内円の中には、縦横の線と、抽象化したラッパのような模様を描き入れる。

描き終わると、男は『ロノヴェよ呼びかけに答えろ』と言いながら紋章の周囲を回り、奇妙なダンスを始めた。

暫くすると画面の中央を、長い尻尾《しっぽ》を持った毛むくじゃらの物体が素早く横切るのが見えた。

男の顔が大写しになって「見ろ、悪魔ロノヴェが現われた！」と叫び、ビデオはそこで終わった。


ルキーノは動画を少し戻し、悪魔が登場した場面を静止画にして表示した。

するとすぐ、その悪魔の正体は、猿のような着ぐるみを着た人間だと誰もが分かった。

その背中にファスナーらしき盛り上がり部分があるのも映っている。

「まるで低予算のB級ホラー映画だ。こんなものを信じる人間はいないでしょう」

ロベルトは正直な感想を漏らした。

「ええ」と、ルキーノは失笑した。

「今のビデオの男がロン・ジャガーですよ。この動画、ネット上にも数日流れたんです。まあ、クソの評判にもなりませんでしたけどね。で、ロンは会社から大目玉を食らってクビになり、動画も削除されたという次第です」

ルキーノは肩を竦《すく》め、ノートパソコンを閉じた。

「あの。今の映像、あとで私にもコピーを頂けないでしょうか」

平賀は何を思ったか、嬉《うれ》しそうな顔でそんな事を言った。

「僅かな間にネットで流れた今の動画。それをルカ・コンテは見たんだよ。ルカは歌手になって成功したかった。エンマにも愛されたかった。だから、こんな馬鹿げた話にも、強く興味を持ったんだと思う。彼のパソコンには十字路伝説をマークした跡があったし、ロンの口座に大金を入金した金の動きも、後に判明している。

一方ロンは、ライモンドのファンクラブの掲示板にも、こんな書き込みをしていた。『俺がライモンドを悪魔と契約させた。俺は悪魔を使役できる。だから、悪魔に命じてライモンドを呼び出すことができる』とね。

この発言も掲示板からすぐに削除されたけど、ルカはそれも見ていたんだ。そして信じてしまった。

ルカはロンに連絡を取り、ロンはルカに『悪魔を召喚する代金』を請求した。

彼以外にも、何人かの熱心なファンが、ライモンドに会いたいとか、悪魔と契約したいと、ロンに連絡を取ってきたそうだ。そこでロンはこれは金になる、と考えた。

この辺りの事情は、ロンの逮捕後に分かったことさ」

フィオナは小さく咳払《せきばら》いをし、話を続けた。

「ところで、ライモンド・アンジェロという人物は、整った甘いマスクとバターブロンドの長髪と、少し猫背で寂しげな雰囲気というのが特徴だ。雰囲気を真似やすいというので、彼が大ブレイクした時代には、彼を真似するそっくりさんが沢山いたらしい。

ロンはね、そういうそっくりさんを見つけてきた。そうして二人で組んで一儲《ひともう》けしようと企《たくら》んだんだ。

　実際、男のルカは大金を振り込んできたし、ライモンドに会いたがっているのが女なら、もっと手っ取り早く金になる。

　この辺りのことはおいおい話すとして、ここではエンマの遺体に性交渉の痕跡《こんせき》があったことと、抵抗の痕《あと》はなかったことを覚えておいて」

　フィオナはロベルトと平賀に向かって言った。

「ルカ君はロンに大金を振り込んだと言ったね。それで、実際に悪魔を召喚してもらったのかい？」

　ロベルトが疑問を口にする。

「そこが問題なんだ。ルカが振込をしたのは六月四日の午前中で、ロンはその夜から失踪《しっそう》するんだ。そして、ルカとも誰とも連絡を絶った」

　フィオナが答えた。

「失踪？」

　ロベルトが問い返す。

「そう」と、フィオナが頷く。

「ロンは金になる方法とやらが見つかった所なんだろう？　何故、失踪を？」

「それはね、ロンがエンマを殺してしまったからさ」

　フィオナはひっそりと答えた。

5

「ロンと偽ライモンドは、かなり下品な連中だったんだ。強姦《ごうかん》クラブに入り浸るような。そうだよね、ルキーノ？」

フィオナの問いかけに、ルキーノは「ええ」と楽しげに微笑んだ。

「当時は、というか、正確には今もなんですが、『強姦クラブ』っていう裏サイトがありましてね。そこでライモンド・アンジェロのそっくりさんと自称する男が、若い女性を次々と路地裏に連れ込んでセックスするって画像を流してたんです。

俺はライモンド・アンジェロの死の周辺を嗅《か》ぎ回ってたら、リンクを辿《たど》ってそこへ行き着いたんですねえ。

証拠の動画を今お見せしてもいいんですが、神父様相手なので遠慮しましょうか。

とにかくそのサイトでは、ライモンドによく似た男と、強姦されているのに、抗《あらが》うというより嬉しげにしていた女の動画サンプルを、何本か見ることができたんです。そのうちの女の一人がダニエラといって、後に事件を起こすことになるんです。

ロン・ジャガーがそんなビデオを撮った目的は勿論《もちろん》、それを売って金にする為です。サンプル動画は無料ですが、その先を見たければ金を払えというやつです。あと、ハッキリ言えば『強姦クラブ』は変質者の集まりですね。

こんな説明でいいですかね、マデルナ捜査員」

ルキーノがフィオナに視線をやった。

「うん、いいよ」

フィオナは頷《うなず》き、ルキーノの話の続きを始めた。

「エンマ・ドナートはライモンドの大ファンだった。そして彼女の遺体には、死の直前に性交渉した痕跡があった。けど、彼女の遺体には激しく抵抗した痕は見つからなかった。だから警察は合意の行為として問題にしなかった。

エンマの両親はというと、双方お堅い教師で、父親は婚前交渉なんてとんでもないというタイプ。母親は奔放なエンマに手を焼いていた。そんな背景もあって、娘の性行為を和《わ》姦《かん》とする警察見解に、家族は異議を申し立てなかった。

けど真相は違ったんだ。エンマを始め、何人かの少女はライモンドのそっくりさんに強姦され、ライモンドの幻影と出会うことになった。憧《あこが》れの人と関係を持つことは、少女らにとって夢のような出来事だっただろう。エンマも最初は本物のライモンドだと思っていたが、最後に彼が別人だと気付いてしまった。

エンマは抵抗したけど、殺された。そして墜落死に偽装されたんだ。それがエンマ・ドナート事件の真相だ」

「ホント気の毒ですねえ」

ルキーノが感情なく相槌《あいづち》を打った。

「そしてエンマが死んでしまい、ロンとも連絡が取れず、生きる目的を失ったルカ・コンテがしたことは、落ち込んだ精神をなんとか復活させるべく、彼自身が買い溜《だ》めしていた風邪薬を一気飲みし、現実逃避するという行動だった。

ルカが買い溜《た》めていた薬はプロキシンといって、合法ドラッグを語る掲示板でもよく話題になってる薬なんだ。若い子には常用者も多い。

プロキシンに含まれるプソイドエフェドリンという成分には、鼻炎を抑える働きがあるけど、摂取しすぎると、不安、虚脱感、憂鬱《ゆううつ》、幻想、妄想などの副作用が現われるんだ。身体的には、口の渇きや眩暈《めまい》、手足の痺《しび》れが起こることもある、と説明書にも表記されている。

実際、ボクも試しに四本ばかり買って飲んでみたら、すごいハイになったんだよ。

要するに、ルカが飛び降りる直前に『悪魔に追われている』と警察に電話を入れたのは、プロキシンの多量摂取による幻覚のせいだったのさ」

「要するに、ラリって飛んじゃったわけ。半ば自殺のようなもんよね」

と、ルキーノが横から言った。

「ルカが悪魔の幻覚を見たのは、さっきボクらも見た、あの稚拙なDVDを見たせいだと思われるね。だから、ルカが最後に見た幻覚は、長い尻尾《しっぽ》を持った黒い毛むくじゃらの悪魔の姿だっただろう。

さて、これでエンマが他殺、ルカは自殺だったことが明らかになった。けど当時は二人は飛び降り自殺と思われていた。そこが重要さ。

それが次に起こったカメーリア・バッジョ変死事件に影響を及ぼし、彼女も恐らく自殺だろうという推測を生んだんだ。

けど、真相は違う。カメーリアの事件は、同棲《どうせい》中の恋人ジャコモが、無意識に犯した殺人だったんだ」

「無意識の殺人ですか？」

平賀がおうむ返しをした。

「そう。ジャコモの証言をよく聞けばヒントがあったんだけど、事件当日の彼は隈《くま》の濃い、寝不足の顔をしていて、夢か現実か分からない、寝ぼけ状態にあったんだ。

平賀神父は、寝ぼけ殺人なるものを聞いたことがあるかな？」

「睡眠時遊行症、すなわち夢遊病の一種のことでしょうか？」

平賀の言葉に、フィオナは「うん」と頷いた。

「眠りながら歩く、外へ行く、記憶無く会話する、無意識のまま高所から落下するなど、夢遊病の症状は様々にある。特に睡眠中に起きる『寝ぼけ犯罪』については、犯罪精神医学上の論文もあるほどで、寝ぼけ状態での殺人、傷害致死、暴行、かみそりや小刀で刺す、斧《おの》で殴る、包丁を振り回す、扼殺《やくさつ》するなどの症例が報告されているんだ。

二〇〇八年、イギリスで就寝中の妻を夫が殺してしまうという事件では、加害男性がレム睡眠行動障害に罹患《りかん》していたことが認められ、無罪と判断されたケースもある。一般にレム睡眠中は筋肉活動が抑制されるのだけど、この機構が阻害されると、異常行動が起こる。原因としては脳梗塞やレビー小体型認知症などの脳障害があげられるが、詳しいことは分かっていない。

ジャコモの事例だと、彼はエンジニアの職を失し、一日中ゲーム浸りの生活をしていたんだ。睡眠も不規則で、特に『マジックマスター・オズモンド』というMMO（大規模多人数型オンライン）ゲームに夢中だった。

当時のそのゲームの最終局面には、襲ってくる悪魔を稲妻属性のレアな武器で薙《な》ぎ倒すというステージがあって、ジャコモはそれに夢中だった。

そして寝ぼけ状態で彼女を敵の悪魔と見間違えたジャコモは、魔法ショップで購入していた稲妻の剣で彼女を刺し、窓から突き落としたんだ。

ちなみにこの事件の裁判には精神鑑定が適用され、ジャコモは執行猶予付の懲役判決を受けている」

「それが第一の事件だったんですか」

ロベルトが言った。

「そう。そして又、次の事件が起こる。それはとても単純な事件だったけど、事件の裏では既に別の事件が進行していたんだ。

まずは表の事件から説明すると、六月十四日未明、ゾーエ・ゴッティ二十二歳がフーモのマレーア通り十字路で、バールのような凶器によって撲殺され、被害者自身が死の直前、友人に『悪魔が近くにいる』と電話メッセージを残した、というものだ。

ここまでの事件との大きな違いは、ゾーエ事件の現場には悪魔の紋章の他に、謎のメッセージが書かれていたことだ。

「ルキーノ、画像はあるかな？」

フィオナに言われ、ルキーノはパソコンを素早く操作した。すると画面に、ロノヴェの紋章と、そのすぐ近くに書かれた謎の文字が表示された。

1 ELEFANTE（象が一頭）
2 ELEFANTI（象が二頭）
3 ELEFANTI（象が三頭）
4 ELEFANTI（象が四頭）
VENTISETTE ELEFANTI（象が二十七頭）

その怪文は、デジタル文字に似た不自然な字体で書かれている。

「二十七頭の象、とありますね。成る程、これが事件名になったのか……。僕は現物の写真を見るのは初めてだけど、全く意味が分からないね」

ロベルトは眉《まゆ》を顰《ひそ》めた。

平賀も真剣な顔で画面を見詰めている。

フィオナが頷く。

「そうなんだ。何故悪魔の紋章の側で象を数えているのか、当時のボク達も分からなくて苦労したんだ。けど、それは裏の話。

実際に起こった事件の真相は、あっけないほど単純なものだった。

後にローレンの協力があって逮捕されたのは、同様の殺人事件を複数起こしていた、筋金入りの愉快犯だったんだ。

犯人はイラーリオ・ペドリーニ。テレビでジャコモ事件を見て興味を持ち、自分も悪魔憑《つ》き事件を起こしてみようと思い立った。そこで当時、ネットに流れていた悪魔ロノヴェの召喚動画を真似て、ロノヴェを呼び出す紋章を描いて鶏の血を捧《ささ》げ、召喚の呪文を路面に書いたんだ」

「ロノヴェの召喚動画といいますと、先程見たDVDですか？」

平賀が訊《たず》ねる。

「ああ……それが違うんだ。ルキーノ、フィリッポの悪魔写真と、ロドヴィーゴの悪魔動画は画面に出せるかな？」

フィオナの声に、ルキーノはニヤッと笑ってパソコンを操作した。

モニタに映ったのは、暗闇の中に浮かぶ悪魔の横顔を写した写真だ。悪魔の鼻は象のように長く、耳が大きく、言われて見れば象のイメージに共通した姿をしている。

しかし、よく見るとそれが偽写真だということが分かる。何故ならその悪魔は少し拡大して見ると、樹脂で作られたフィギュアだと簡単に分かったからだ。

「ふむ。さっきのDVDに出てきた着ぐるみよりは、よく出来ているが……」

ロベルトは「だから、どうだって？」と言いたげな顔で、ルキーノを見た。

ルキーノは微笑み、次にテレビ番組らしき動画を再生した。


『……それでは、悪魔実在の証拠ビデオをお送りします。大変ショッキングな内容ですので、テレビの前の皆様は、どうぞ注意してご覧下さい』

スタジオにいる司会者の振りが入り、VTRが流される。


最初に映し出されたのは暗い森の中だ。

地面に悪魔の紋章が描かれていて、その周囲で蠟燭《ろうそく》の炎が揺れている。

一人の男が左手から歩いて来、紋章の正面に立ち止まった。

引き摺《ず》るほど長い黒ローブを纏《まと》った、死神のように痩《や》せた男だ。顔の半分はアイマスクに覆われていた。

「私は魔術師ロドヴィーゴだ。今宵《こよい》、悪魔を信じぬ不信心者達に、私が修行によって得た、ソロモンの秘術の一端をお見せしよう。

今宵の私が呼び出すのは、悪魔侯爵ロノヴェ。彼を呼び出すには、こう呪文を唱えるのだ。

『UN ELEFANTE　DUE ELEFANTI　TRE ELEFANTI　QUATTRO ELEFANTI』……」

ロドヴィーゴは指で数を数え、一呼吸して続けた。

「そして、『VENTISETTE ELEFANTI』だ……。良いかな、これが真呪だ。また悪魔を現世へ呼び出すには、それ相応の対価が必要となろう」

ロドヴィーゴの宣言のあと、黒い覆面姿の信者らしき一団が現われた。黒覆面達は皆で棺桶《かんおけ》を運んでいる。

棺桶がロドヴィーゴの横に下ろされ、その蓋《ふた》が開けられると、中には手足を縛られた下着姿の女性が横たわっていた。

二人の黒覆面が女性を両脇から抱えるようにして立たせる。女性は激しく抵抗した。長い髪が乱れ、顔につけられた目隠しと猿ぐつわが露《あら》わになる。

だが、黒覆面は力尽くで女性を紋章の上に跪《ひざまず》かせた。

その時、ロドヴィーゴがマントの下から、長い剣を取り出した。徐《おもむろ》にそれを身体の前に掲げると、呪文を唱えた。

「おお、霊よ！　我は偉大なる師、ソロモン王の名において、お前に命ずる。速やかに現われよ、悪魔侯爵ロノヴェよ。我、汝《なんじ》を召喚する真呪を唱えたり！」

ピカッと稲妻のような輝きが画面に走った。

魔術師ロドヴィーゴは長い剣を大きく振りかざし、泣きながらもがいている女性の胸に突きたてた。

痙攣《けいれん》する女性の姿。

大きな血飛沫《ちしぶき》が上がって、映していたカメラのレンズが血だらけになる。

誰かの手が布で血を素早く拭《ふ》き取った。

女性は目を見開いたまま、ぐったりと紋章の上に横たわった。

とても演技とは考えられない迫力だ。

すると画面が、二、三度揺らぎ、ザザッと砂嵐が走った。

何か超次元の力が、その時、フィルムに影響を及ぼしたようだった。

再び映った映像の紋章の中に、赤黒い霧のような、血煙のようなものが漂ったかと思うと、その中に黒い身体がうごめくのが見えた。

長い尻尾《しっぽ》がうねり、緑色の皺《しわ》だらけの顔がこちらを見る。その目は赤く、山羊《やぎ》のように横長の虹彩《こうさい》をしていた。大きな耳と、少し滑稽《こっけい》に見える長い鼻。

それらが一瞬、ハッキリと映った、その次の瞬間、ザッ、ザザッと再び画面が乱れた。

そしてロノヴェは再び黒い闇に囲まれ、忽然《こつぜん》と消えた。

動画もプツリと終わる。

「これは六月二十一日の時点でテレビ放映された動画だ。勿論《もちろん》、内容は作り物さ。けど、テレビ放映より十日ばかり前の時点で、既にこの動画はネット上に流れていて、オカルト好きの連中は見聞きしていたんだ。

またそうでなければ、ゾーエの事件は起こらなかった」

フィオナが言った。

「今の動画の男が唱えていた呪文『UN ELEFANTE DUE ELEFANTI TRE ELEFANTI QUATTRO ELEFANTI……そして、VENTISETTE ELEFANTI』というのが、現場に書かれた怪文の元になったというのか」

ロベルトは驚いた顔で呟《つぶや》いた。

「まさに、そうなんだ。当時、多くの捜査関係者はこの動画が、実際の事件を模倣して作られた悪戯《いたずら》だと考えていた。けど、ルキーノの調べで、この動画の最も古い投稿日付が六月十日だったことが判明したんだ。

ゾーエの事件が起こる頃、フーモでは悪魔の噂や目撃談が出回り始めていた。ゾーエは友人達から悪魔の噂話を聞いていたという。それがある夜、一人でクラブ帰りの夜道を歩いていた時、目の前に悪魔の紋章なんかを見たとしたら、悪魔の仕業と思うのも無理はなかっただろう。

しかも彼女の遺体からは、プロキシンの成分が発見されていたんだ。警察はそれをただの風邪薬の成分だと判断したようだけど、恐らく彼女はクラブでラリっていたんだろう。ちなみに彼女の友人の家に大量のプロキシンが備蓄されていたのを、ボクはこの目で見ている。

そして裏事情として判明したのは、六月五日の夜、フィリッポというオカルト研究家と、ロドヴィーゴという『見世物屋』がバーで大騒ぎをし、フィリッポは悪魔の写真を、ロドヴィーゴは今見た動画を、それぞれ作ってネットに投稿したという事実なんだ」

フィオナが言った。

「はい、そうなんですね。彼らが自作した写真や動画をネットで流すなんて行動をした目的は、勿論、それを売って金にする為ですよ。平均で三百ユーロあたりが相場といわれますが、反響を呼びそうな出来のいい写真や映像なら、八千ユーロぐらい支払われることがあるんですねえ。

テレビなんかで、心霊写真特集やオカルト特集が組まれることがあるでしょう？　ロドヴィーゴのような『見世物屋』は、ネットにそこそこクオリティの高い動画を投稿して、テレビ局から映像使用許可の連絡が来ればそれを売る、っていう商売をしてるんです。他にもホラー系の映像制作会社なんかが、買い取り用の投稿映像を募集していることもありますね。狭い業界ですんで、誰が作ったかなんてのも、仲間うちではすぐに分かるんだとか」

ルキーノが解説を付け加える。

「成る程……。貴方《あなた》がたの言いたい事が分かってきた気がするよ」

ロベルトはそう言い、じっくりと頷《うなず》いた。

「ふふっ」

フィオナは小さく笑いを漏らし、話を続けた。

「いいね。じゃあ、先を急ぐとするよ。第三の事件だ。

六月十五日午前六時、フランチェスカ・プーマ十一歳が、カッファレッラ公園内の十字路で刺殺死体として発見され、現場には悪魔の紋章と象のメッセージが書かれていた。

死亡推定時刻は前日の午後九時から十時。遺体には大型ナイフによる刺し傷が四ヵ所あった。目撃者は一切なしだが、発見現場の公園近くに住む被害者のクラスメイトが『公園を彷徨《さまよ》う悪魔を見た』と証言した、というものだ。

被害者がミスコン常連の美少女だったことから、マスコミにも結構取り上げられた事件さ。騒ぎに音を上げた警察が、カラビニエリに捜査を依頼するきっかけになった事件でもある。

けどこの事件も、蓋を開ければ単純なものだった。

事件の犯人はフランチェスカの姉ヴェロニカで、共犯者はフランチェスカのクラスメイトで悪魔を目撃した少女、アガタだ。

後《のち》の二人の供述によれば、その日、ヴェロニカとアガタはトランプ占いをして遊んでいた。そこへフランチェスカがやって来て、地味な遊びだなどと言って、二人を笑い物にしたそうだ。

ヴェロニカは以前からずっとフランチェスカに恨みを持っていた。家庭内で妹の方がずっと贔屓《ひいき》にされてきた、という理由からだ。そして事件当日、思わず『魔が差して』、妹を突き飛ばしたんだ。ところが打ち所が悪く、妹は死んでしまった。困ったヴェロニカとアガタは、彼女の遺体を地下室に隠した。至極単純な動機で単純な行動だ。

この事件を少しばかり複雑にしたのは、プーマ家がワイン畑を所有し、ワインレストランを営む素封家だったという事実だ。フランチェスカの遺体は地下の低温のワイン倉庫に一旦《いったん》隠されたんだが、そのせいで死亡推定時刻が狂ってしまった。そして、ヴェロニカに疑いの目が向けられずに済んだんだ。

ヴェロニカが地下を彷徨《うろつ》いていたことから、父親は間もなくフランチェスカの遺体を発見する。そして、ヴェロニカが犯人だということにも気が付いた。

そこで真相の発覚を恐れた父親は、カメーリア事件やゾーエ事件と同一犯の犯行に見せかける為、偽装工作を行った。すなわち遺体にナイフで傷をつけ、十字路に置いて、紋章と象のメッセージを書いたんだ。

父親は死体損壊容疑で逮捕されたが、その頃には悪魔事件に関する報道規制が厳しく敷かれていたから、真相を知る人は殆《ほとん》どいなかったと思う。フランチェスカは事故死扱いになり、ヴェロニカとアガタにはカウンセリングの受診が義務づけられたんだ」

6

フィオナは咳払《せきばら》いをすると、話を続けた。

「さてと。次は第四の事件だったね。

これは六月二十日未明、フーモのアルモネ通り近くの交差点で、十六歳のマリオ・ローレが口から血を流した変死体で発見された。現場には悪魔の紋章と象のメッセージがあり、司法解剖の結果、マリオの死因はシアン化カリウムによる急性中毒死。いわゆる青酸カリによる毒物死と判明した、というものだ。

第四の事件と次の第五の事件は瓜《うり》二つだから、第五の事件も同時に説明するね。

第五の事件は同じく二十日に起こった。今度の犠牲者はジーナ・パドアン、十四歳。彼女は十字路に描かれた紋章の周りに、他の五人の少年少女と集って同時に飲み物を呷《あお》り、ジーナ一人だけが青酸カリ中毒で死んだ、というもの。

そして、二十四日には三度目の青酸カリ事件が起こる寸前だったんだけど、何とか食い止めることが出来たんだ。その時、現場にいた少年少女六名と、主犯のダニエラ・シュミット十七歳が保護され、事件の全容が明らかになった。

この事件にはダニエラという主犯はいるものの、被害者の少年少女は自ら毒を呷って死んでいた。その動機はライモンド・アンジェロ教への殉教だったんだ……。

では、この奇妙な事件を、ダニエラの視点で追いかけながら説明しようと思う。

ダニエラ・シュミットは、ライモンド・アンジェロの大ファンだった。そして彼女はライモンドが死に、悲嘆に暮れていた。

最初に話したエンマ・ドナートともファン仲間だったというダニエラは、エンマと同様、『ライモンド・アンジェロが実は生きていて、深夜、悪魔の紋章のある十字路に行けばライモンドに会える』という噂を知り、あらゆる方法でライモンドに会おうと試みた。そして……ロン・ジャガーと偽ライモンドの仕掛けた罠《わな》に嵌《は》まってしまったんだ」

フィオナは肩を竦《すく》めた。

「そうそう」と、そこでルキーノが話に割り込んだ。

「それがさっき俺の言っていた、『強姦《ごうかん》クラブ』っていう裏サイトに繋《つな》がるんですよ。そこでライモンド・アンジェロのそっくりさんと自称する男が、若い女性を次々と路地裏に連れ込んでセックスする画像を流してた、と言ったでしょう？

ダニエラもそれにひっかかったんです。ロンの流した情報に釣られてルジアーダ通りの交差点へ行き、そこにいたライモンドと出会って関係を持った。

けど、彼女はエンマと違って、ライモンドが偽者だとは気付かなかったんです。気付かないまま動画を撮られ、一寸《ちょっと》ばかし薬物を盛られ、夢現《ゆめうつつ》のままライモンドと別れるという体験をした訳ですよ。いやあ、愉快ですねえ」

ルキーノが言った。

更にフィオナが話を続ける。

「ダニエラにすれば、愛する彼との甘い思い出なんだ。忘れられないさ。なのに、偽ライモンドはエンマ殺しの後、姿を消した。ダニエラは二度と彼に会えなくなる。

彼女は恋人に会えた時のことを思い出して悪魔の紋章を描いてみたり、魔法グッズを買い占めて黒魔術に凝ってみたりしたが、やはり彼に会えない。

その頃から、町では悪魔に関する噂が増え始め、見世物屋のロドヴィーゴが作った悪魔召喚動画も出回り始めた。

ダニエラはね、そこでライモンドをこの世に呼び戻す為の秘術を行う決心をしたんだ。そうして作ったのが、WDSという私設ファンクラブだった」

ルキーノが「そうそう」と頷き、話を継いだ。

「俺はライモンド・アンジェロの死の周囲で起きていた胡散臭《うさんくさ》い話を嗅《か》ぎ回っていて、ロン・ジャガーに行き着いた訳なんですが、このロンという男に、やたらコンタクトを取りたがってる女がいたんです。

ハンドルネームは『ジュリエッタ』。死んだライモンドに会いたいだとか、ロンを見かけたら連絡が欲しいだとか、ネットのあちこちに一寸おかしな投稿をして、メールアドレスまで晒《さら》していたもんだから、俺も面白がって、この女をウオッチしてたんです。

するとこの女がライモンドの公式ファンクラブで『ライモンドは死なない、ライモンドをこの世に呼び戻そう』というスレッドを立てて、他の常識的なファンからブーイングを喰《く》らい、彼女の味方をした十数名のコアなファンを連れて、公式ファンクラブを出て行く、という事件が起こったんですよ。

間もなく彼女『ジュリエッタ』は、WDSという非公式ファンクラブを作りましてね。ちなみにWDSの由来は、ライモンド・アンジェロの本名、ワルター・ドミニコ・スカッキの頭文字をとったそうですよ。

なんだか面白そうなんで、俺も内部に潜り込もうかと試みたんですが、知らない人は入会させない、とジュリエッタに断られてしまったんです。

けど、WDSというキーワードと、ジュリエッタのメールアドレスで検索すると、不用意にも彼女、フェイスブックを『ダニエラ』という本名でアップしてたんですよね。

でね。そのプロフ写真を見て、俺、気付いちゃったんですよ、これは、どこかで見た子だぞ……ああ、あの動画で強姦されてた子じゃないか、ってね。

以来、俺は時々、ライモンドの新米ファンを装って、ダニエラのフェイスブックの記事にコメントを書き込んで、遊んでいたんです。俺が『ソフィア』っていう女の子になりきってフェイスブックも作って、いいね！と互いに押し合ったりして。

そんなある日のことです。『ソフィア』のフェイスブックに、ローレン・ディルーカから突然、メールが届いたんですよ。『お前、覗《のぞ》き屋のルキーノだろう』って。

ドキーッ、としました、その瞬間。いやあ、焦りましたよ。

ローレンが言うには、彼も別の理由でダニエラに辿《たど》り着き、そこのフェイスブックに張り付いてる不審な俺に気付いた、って言われました。

その時ローレンが追っていたのは、実は、青酸カリのルートだったんです。

彼は十字路連続変死事件に興味を持って、フーモ近郊に流通してる青酸カリのリストから、ダニエラの父親に行き着いたそうです。

ダニエラの父っていうのは、昆虫の蒐集家《しゅうしゅうか》だったんです。そして昆虫の標本を作る際には、色を鮮やかにする為に青酸カリが使われていたそうです。だから、普通なら入手しにくい青酸カリも、彼女の家にはあると思われた。

その時点でローレンは、連続変死事件のうち、第四と第五の事件の主犯はダニエラだと見当をつけていたみたいです。ダニエラの家を捜索し、被害者の遺体から検出された青酸カリの成分と比較すれば、恐らくダニエラの犯行だという証拠になる。けど、ダニエラが何故そんな事をしたのか、理論的に破綻《はたん》しているし、その心情は分からない……と、ローレンは言いました。

それでローレンが俺に命令したんです。『ルキーノ、お前が覗いていたダニエラの資料一式を、カラビニエリにいるフィオナ・マデルナという心理捜査員に届け、プロファイルを依頼しろ』と。『そうでなければ、君が私の名前を騙《かた》ってやらかした事件のリストを警察に通報してもいいのだが……』とも言われました。ええ……。

それで、俺とこの人が会うことになったんです。これでいいですか、マデルナ捜査員」

ルキーノはフィオナに向かって、ペコリと頭を下げた。

「有難う」と、フィオナは薄く微笑んだ。

「つまるところ、ダニエラはとても素直で思い込みの激しい少女だったんだ。

『ライモンドは死んでいない、十字路に行けば会える』と聞けば、それを信じたし、『ライモンドは悪魔と契約した。悪魔を呼び出すには犠牲が必要だ』と言われれば、それも信じた。そしてそんな彼女に賛同し、ライモンドの為なら喜んで死ねるというファン達も、実際にいたんだよ」

　フィオナはダニエラのことを話しながら、信仰とはそんなものかも知れないと思った。

（神父さま達の神がイエス・キリストであるように、ダニエラの神はライモンド・アンジェロだったんだ。そしてボクにとってはマスターがそう……。

マスターは今は側にいなくても、どこかできっとボクらを見ているんだと信じられる。

そしてしかるべき時が来た時、マスターはボクの前に再び姿を現わすだろう。

ボクはそれを信じて待っていればいいし、その日を信じて生きていけるんだ）

「なんだか、誰もが切ない話だね」

ロベルトが呟《つぶや》いた。彼の中にも、死んでも生きつづけている友がいる。

「いえ、むしろ不思議な話です。私は論理の飛躍について行けません」

　平賀は不服げに口を曲げた。

「ふふっ。平賀神父は少しローレンに似ている所があるね。そう。人の心は不思議なんだ。

でもそれが人間である証明だよ。人というものは、多かれ少なかれ、精神の病を患っている。少なくともボクはそう思ってるよ」

　フィオナは嬉《うれ》しそうに言い、小さく思い出し笑いをした。

（そういえば……ダニエラが二度もボクに襲いかかってきたのは、自分が悪魔を召喚しようと思って十字路に来たらボクがいて例の紋章を描いてたり、彼女自身が集めた仲間にボクが『サモナー』と呼ばれていたことが、気に入らなかったんだよね）

その時だ。

平賀がハッと手を打ち、フィオナを見詰めた。

「ところで貴女《あなた》は先程、『三度目の青酸カリ事件が起こる寸前で、何とか食い止めることが出来た』と仰《おっしゃ》いました。それはローレンが食い止めたんですよね？」

フィオナは「うーん」と天井を見上げて唸《うな》った。

「それはね、今まで話に出て来なかったけど、WDSの会員にボクの味方をしてくれた門番さんという人がいて、その人がボクに協力してくれたんだよ。

ダニエラはライモンドに命を捧《ささ》げる儀式の日取りを、WDSの会員にメールで通達していたんだけど、それを特別に見せて貰《もら》ったんだ」

「そうですか……。でも、貴女に味方がいたのは良かったです」

平賀は少しだけ残念そうに言った。

「うん。いい人だよ、とても」

フィオナはそう答えながら、イザイア・カルリーニの家を再訪した時のことを思い返した。

彼女があの家のインターホンを鳴らし、メールを見せて欲しいというと、彼は素直に応じてくれた。

そしてまた別の日、フィオナは彼がWDSに入った切っ掛けを、聞き出すこともできた。

ある日、彼は仕事で行った音楽スタジオで、ライモンドの公式ファンクラブのPRイベントに出くわし、チラシを配られた。そしてそこに印刷されたキリスト役のライモンドの姿を見て、カソリックのイベントに誘われたと勘違いをして、その場でファンクラブの会員になってしまったらしい。

更にそのままの流れでオフ会にも参加し、何故だかダニエラに気に入られたようだ。

きっとイザイアが極端に無口で礼儀正しいので、勝手に気が合ったと思われたのだろう。

そうしてその後、ダニエラが公式ファンクラブを抜ける時、イザイアも半ば強引にWDSに誘われたのだ。

イザイアはフィオナのことをWDSのサモナーだと思っていたので、時々、フィオナの質問に首を傾げてはいたが、全ての質問に正直に答えてくれたのだった。

イザイアに関しては、更に後日談がある。

ある日、イザイアの両親がアメデオを訪ねて、カラビニエリへやって来た。

アメデオは震え上がった。彼がイザイアを拘束して尋問した事を、両親が告発しにやって来たと思ったからだ。

「おい、フィオナ、お前はイザイアのお気に入りだろう。何とかとりなしてくれ」

アメデオが必死にそう言うので、フィオナも話し合いに同席することになった。

こうして二人は貴賓室に呼ばれ、イザイアの両親、すなわちカルリーニ電子工業社長夫婦と面会したのである。

物々しく分厚い扉を開けると、貴賓室の上座に年配の夫婦が座っていた。

イザイアの父オーランドは、六十近い鷲鼻《わしばな》の老人で、体格はイザイアに似ていた。仕立ての良いグレーのダブルのスーツを着、杖《つえ》を持っている。

母のマリア夫人は愛嬌《あいきょう》のある美人だが、貫禄《かんろく》のある体形をしていた。レースの小さな帽子を後ろで編み込んだ髪に留め、上品なワンピースを着ている。

二人の前で恐縮しながら敬礼をしたアメデオに、オーランドは意外に優しげな声で訊《たず》ねた。

「アメデオ大尉でいらっしゃいますね。そちらの女性は？」

「はっ。心理学者のマデルナ捜査員です。お宅のご子息とは、大変懇意にさせて頂いておるようです」

アメデオの言葉に、夫婦は何故か思わせぶりな目配せをしあった。

「そうですか、心理学者さんですか……」

「あ、あのですね、ご子息をお預かりしたことは、申し訳ありませんでした。彼はある事件の目撃者となった可能性がありまして、事情をお聞きしようと本署にお連れ致しましたが、その、何と申しますか、非常に無口な方でおられましたので、多少その、滞在時間が長引いてしまった部分がございまして……」

冷や汗をかきながらアメデオが言うと、オーランドは眉《まゆ》を寄せた。

「本当にそれだけですか？　息子が何かの悪事と関係していたとか、人に迷惑をかける行為をしたのではないでしょうか。

どうか私に遠慮してイザイアを庇《かば》うのはお止《よ》し下さい。それよりむしろ私は正直に、事実を教えてもらいたいのです」

オーランドは真摯《しんし》な表情で、祈るような口調で言った。

「そう？　じゃあ、ボクが正直に話すね。まず最初の確認だけど、お二人はイザイアさんが自閉症スペクトラムだと、理解はしてますよね？」

フィオナが言った。

イザイアの両親は穏やかな顔で「ええ」と答えた。

「やはり分かりますか。あの子は生まれた時から変わっていました。他の兄妹達《きようだい》とは、何もかも違っていたんです。スキンシップを嫌がり、眠らず、偏食で、喋《しやべ》らない。たまに喋ったとしても、おかしな事ばかりを言いました。何か大きな病気かと疑い、色んな医者にも診せました。そしてとうとうイザイアに、高機能広汎《こうはん》性の……いわゆる自閉症スペクトラムの診断が下されたのです。

他の兄妹は皆活発で、親子兄妹の仲も良く、私達はそれは絵に描いたようないい家族だと自負していました。しかし、あの子だけは……。

どんなに私達が愛情を持って接しようとしても、あの子は背を向ける。こちらから話しかけた言葉は理解しているようにも見えるのに、反応がない、喋らない。私共を嫌がり、否定する態度を繰り返す。絵本すらロクに読みません。ただ、一人で数字を読み上げているのが好きなようでした。

学校にも当然、馴染《なじ》めませんでした。そこで私達は専門家の先生を雇い、イザイアの教育や生活面を、指導してもらうようにしたのです。

しかし、それが果たしてどこまで功を奏しているのか、イザイアがどこまで理解できているのか、それすら私共には分からずにいるのです」

オーランドは噛《か》み締めるように言った。

「ええ。私達、いつも一生懸命イザイアを育てようとしましたの。でも、どうやっても心の交流ができませんでした。

自閉症スペクトラムは個性の一つだなんていう学者さんもおられますが、それは奇麗事ですわ。真剣に向き合うほど、心折れることの繰り返しだなんて、地獄です。

あの子が何を考えているのかと、時々、私、空恐ろしくなりますの。我が子のことが分からないなんて、もう、情けないやら、辛《つら》いやら……」

マリアはぽろぽろと涙を零《こぼ》した。

「そうかなあ。そう悲観する必要なんて、ボクはないと思うけど。

イザイアに施されたキリスト教的な道徳教育は、非常に上手《うま》く彼の身に染みついているし、第一、彼の性格は善良で穏やかだ。だから彼が好んで悪事を働くとか、倫理に反する行為をするなんて可能性は、相当低いよ」

フィオナの言葉に、オーランドとマリアは驚いた顔をした。

「本当ですか？　それこそ私共を気遣って言っているのでは？」

「なんでそこを疑うのかな。ボクは嘘やお世辞は苦手なんだ。貴方がたは、彼が余りにご自分達とかけ離れているので、彼を理解はできないだろうけど、もう少し彼を信じてあげても良いと思う。むしろ定型発達者の方が、しばしば自己都合を優先して真実を歪《ゆが》めたり、嘘を吐いたり、社会的地位の為に争ったり、欲のために他者を罠《わな》にかけたりするものだよ」

フィオナは少し怒った顔で言った。

オーランドは感情を押し殺したような、小さな溜息《ためいき》を吐いた。

「とにかく、私共はあの子の行く末が心配なのです。今、あの子を一人暮らしさせているのも、恐らくはそれが一番あの子にストレスがないと考えてのことです。ですが、あの子が善悪の判断のないような事をする位なら、施設に入れざるを得ません。私達も必死なのです。どうかそこはご理解頂きたい。老いた我々の心残りはあの子だけだ。私達の死後もあの子は生きていかねばならないのだから」

オーランドの言葉に、マリアも頷《うなず》いた。

「ええ。お金の事でしたら、食べるに困らないようにはしてやれますわ。ですが、あの子が伴侶《はんりょ》を作ることは無理でしょう。ですから、せめて自分で自分のことができ、他人様《ひとさま》に迷惑をかけなければ、それ以上の贅沢《ぜいたく》は申しません」

フィオナは少し考え、鞄《かばん》から一枚の写真を取り出してテーブルに置いた。それはフィオナが撮影した、イザイアの首の後ろのバーコードの写真であった。

「これが何か分かる？　一寸《ちょっと》気になって、撮影させて貰《もら》ったんだ」

　すると、夫婦は驚いた顔をした。

「これはイザイアの首のタトゥーよ。貴女《あなた》、どうして……？」

「実は一年前に一度だけ、イザイアが私達に手紙をくれたことがあるのです。イザイアから手紙が来るなんて、まるで奇跡のような出来事で、私達はドキドキしながら封を開けたものです。初めて息子と心通うことを期待して……。

　ところが、送られてきたのは息子の首のタトゥーの写真だったんだ」

　オーランドはそう言いながら、ポケットから財布を取り出し、四つ折りにしたイザイアのタトゥーの写真をテーブルに並べた。二枚の写真は当然、そっくりだ。

「ふむ、そんな事があったのか。じゃあ、ボクが分かる範囲で説明をするね。

　バーコードの形が数字とアルファベットを示しているのは、知っているよね。だからボクはこのバーコードの意味を調べてみたんだ。

　すると、『イタリア製電化製品、カルリーニ電子工業製、APシリーズ、198508 11』という意味だった」

「APシリーズというと、当社オリジナルの人工知能付介護ロボットのことだ」

「一九八五年八月十一日は、イザイアの誕生日よ」

　オーランドとマリアは口々に言った。

「だいたいそういう事だと思ったよ。

恐らくイザイアは、仲のいい貴方《あなた》がた家族を見て、どこか自分とは違うと分かっていた。そして意識下では、自分も皆と上手にコミュニケーションしたいと願っていた。けど、どうしたらいいのかも、何故自分だけが違うのかも、分からずにいたんだ。

そんな彼が親近感を抱いたものが、身近にあったカルリーニ電子工業製のロボットだったんだと思う。機械製品は基本的に規則的で予測可能な動きをすることから、自閉症には理解しやすい対象だといわれてる。だからね、きっと彼は自分をカルリーニ電子工業製のアンドロイドだと思ったんだよ」

「何ですって……？」

マリア夫人はあんぐりと口を開けた。

「あの子がそんなことを考えていたとは……」

オーランドも目を丸くした。

「まあ、変わった発想ではあるよね。けど、わざわざ首にこんなタトゥーを入れて、しかもその写真をお二人に送ってきたのでしょう？

それならイザイアは、きっとこう言いたかったんだ『僕はカルリーニ電子工業の社長夫婦に作られたアンドロイドです、一九八五年八月十一日生まれです、宜《よろ》しくお願いします』。そんな感じだよ。

確かに自閉症スペクトラムの人達の思考方法や表現、行動原理は定型発達とは違っている。けど、彼らに感情がない訳じゃないし、他人の全てを拒絶している訳でもないんだ。

きっとイザイアはお二人に、彼なりの親近感と愛情を持っているよ。勿論《もちろん》、イザイアはイザイアだから、急に普通の子に変化して、両親に甘えたりはしない。普通の愛情の交流ってやつは、きっとできないままだ。

でもね、こうして彼が折角、お二人に歩み寄ってきてるんだ。だからさ、月に一度ぐらいは彼の家に様子を見に行ってあげて。黙って座って、一時間ほどお茶を飲むなんてのもきっといいね。イザイアはそれで充分嬉《うれ》しいし、楽しいと思うよ」

するとオーランドとマリア夫人はみるみる顔を輝かせ、フィオナの手をがっしりと握りしめた。

「有難う。私は初めて息子が分かったような気がしているよ。会いに行っても迷惑だろうと、もう五年もあの子を放っておいた。だが、これからは貴女の言う通りにしよう」

「ええ、あの子の言葉を伝えてくれて感謝します。私、あの子という存在を初めて愛せそうな気がしています」

夫婦は感謝の言葉を繰り返して帰って行った。

そしてふと見ると、横でアメデオが男泣きをしている。

「どうしたのさ」

フィオナは不審に思って訊《たず》ねた。

「泣かせやがって。フィオナ、お前、いい奴だな。俺は自閉症がどうとかって話はよく分からんが、あの夫婦はどんなにか嬉しかったと思うぞ」

アメデオはぐずぐずと鼻を鳴らしたのだった。

7

「どうかしたんですか、マデルナ捜査員」

ルキーノに言われ、フィオナはハッと顔をあげた。

「ごめん、ごめん。話の途中だったね。ええと、どこまで話したかな」

フィオナは手元のファイルに目を落とし、頁を確認した。残りの頁は四枚だ。

「それじゃあ、残りの事件について手早く解説しよう。

次の事件も六月二十日の夜だ。被害者はビアージョ・マランゴーニ、九歳。その遺体はウルベ空港付近の十字路の紋章の上で、手足をロープで縛られ、複数の暴行の痕《あと》のある全裸の状態で発見された。

発見者は通りがかったトラック運転手、アルバーノ・マヌリッタ。彼が現場から立ち去る悪魔の姿を見たと証言した、というものだ。

犯人は性犯罪の常習者だと予想されて、膨大なリストが作られたんだけど、ローレンのメールには『犯人はアルバーノ』と、ハッキリ指摘されていたね。

その根拠はシンプルで、アルバーノは五年間、全く同じルートで、同じ時間帯に配達業務を行っていた。そして彼の勤務時間内に、ルート上で男子児童の行方不明事件が七件起こっていたんだ。そして科学調査の結果、遺体に残ったDNAとアルバーノのものが一致した。アルバーノは最初、『車の運転中、悪魔がヘッドライトの中で立ち止まって、私の方を見たのと目が合った』と証言していた。だけど実際はその逆で、彼自身がビアージョを殺害していた最中に、別の車のヘッドライトに照らされ、そのドライバーと目が合った、と感じたそうだ。それで慌てて、ことを悪魔の仕業に偽装し、自分が目撃者だと嘘を吐いたと自供したよ。彼の言う悪魔とは、実は彼自身だったんだ」

フィオナはそう言って、ファイルを一頁捲《めく》った。

「えっと、それから次に起こったのが、六月二十二日未明、ローマのミルヴィオ橋付近の十字路に、心臓を抉《えぐ》られた嬰児《えいじ》の全裸死体が置かれていた、という事件だ。

だが、遺体に身元を判別する所持品はなく、近郊の何処からも行方不明届は出ていなかった。それはとても奇妙なことだった。生まれて間もない乳児がいなくなって、騒がない親はいないからね。

ボクは犯人がサタニストだとプロファイルし、ローレンは犯人は両親だと推理した。

そしてこの事件の解決は、『最近生まれた筈《はず》の、隣家の赤ちゃんの声がしない』という市民の通報によって、呆気《あっけ》なく解決したんだ。やはりその犯人は、サタニストの両親だった」

「ぞくぞくするような猟奇事件ですねえ」

と、ルキーノが横からほくほく顔で合いの手を入れた。

ロベルトがうんざりした顔になる。

「ボクの私見を言わせてもらえば、劇場型の猟奇事件というのは、犯人にとって自己実現なんだ。自分の中に、言葉にならない、あるいは表現してはいけない激情や情動があって、理性でいくら抑え付けようとしても、生来のそれがどんどん膨らんでいく……。そして遂にはその人間の殻を突き破ってイメージが暴走し、自ら思いを遂げてしまうんだ」

フィオナは独り言のように呟《つぶや》きながら、ファイルを捲った。

「じゃあ、次の事件に進もう。

六月二十二日の夜、クイリナーレ宮近くの十字路の紋章の上で二つの遺体が発見され、遺体の状況から交通事故だと推定された。

ところが暫くしてカラビニエリ本部に、『悪魔に乗り移られた自分がやった』という男、ペッピーノ・カムッシェが自首してきた、というものだ。

ペッピーノはこれまで無事故無違反の優良ドライバーで、職業は税理士。真面目で、嘘を吐いている様子もないというので、特別に事情聴取が必要になったんだ。けど、これはアメデオ大尉が彼を勾留《こうりゅう》して厳しく追及したところで、事実が明らかになった。

ペッピーノは十字路の路面に落書きされた紋章を見て、恐怖からパニックを起こし、ハンドル操作を誤って事故を起こしてしまった。けど、自分の過ちを認めることを無意識が拒否し、認めたくない現実と不快な体験を悪魔のせいだとすり替えて合理化し、罪を犯した自分の行動を否認する状態にあった。心理的な防衛機制だったんだ。

けどそれは、ただの一時的な現実逃避だ。彼の精神が健康レベルか神経症レベルであれば、パニック状態の緩和と共に、次第に現実を受け入れられるようになる。

元来、小心だが理性的な性格のペッピーノは、次第に現実を受け入れ、自供に至ったという次第さ。

そうして事件は解決した。全てが片付いてしまえば、それぞれの事件は単純なものだった。けど、あまりに短期間のうちに、まるで感染か連鎖でもするように次々と起こったものだから、当時の関係者の誰もが、本当に悪魔の仕業じゃないかと不安になったんだ」

フィオナは「悪魔の仕業」という言葉に力を込めて言った。

そして彼女はファイルの最後の頁を捲った。

「それじゃあ、いよいよ最後の事件について話そうか。

これはね、さっきピナコテカの一階で騒ぎを起こしたキーン・ベニーニという青年が、七年前、世界を救おうとした物語だよ。

派手な割には意味が不明で、関わった本人にも何が起こったのか分かっていないという、不可解な出来事だ。尚且《なおか》つそれが起こって間もなくカラビニエリによる報道規制が敷かれたから、当時は皆、狐に抓《つま》まれた気分だったんだろうね。『二十七頭の象事件』という言葉だけが一人歩きして、でも誰もその実体を知らない。そんな伝説みたいになってしまったんだ。ロベルト神父もさっき、そう言っていたよね。

シンプルに言って、起こった事件は一つ。

七年前の今日、つまり六月二十三日夜半。キーンという青年が、改造銃を持って突如、トレヴィ広場に現われ、一発の弾丸がアントニオ・ベッリという男の脚に当たった。

そして、興奮状態のキーンは、アントニオの仲間達に取り押さえられ、救急車で病院に運ばれる。けど、何を話しかけても、『二十七頭の象は倒せたか？』、『ワールド・デーモン・システムは今も作動しているか？』などと意味不明な供述しかしない為、急性精神病性障害との診断を受けた。そして後に、精神科医のチームとボクが、彼のカウンセリングを担当することになったんだ。

当時のキーンには、時々顔を合わせる仲間がいて、それはマジックマスター・オズモンドというMMOゲームの攻略法なんかを話し合うオフ会メンバーだったんだけど、偶然、そのメンバーの一人が第一の事件の加害者、ジャコモ・ボスキだった。また別のメンバーには、フーモの麻薬売人カーラ・ボルゲーゼがいた。

カーラは悪い女で、時々、警察に目を付けられた時には、キーンにブツを隠させて警察の追及を誤魔化すという風に、キーンを利用していたらしい。

だけどキーンは、いつの間にかゲーム世界と現実を混同して、彼らと共に悪い悪魔や世界システムと戦っているつもりになっていたんだ。

やがてジャコモやカーラが次々と警察に逮捕されるのを目撃したキーンは、敵に追い詰めた気分になり、反撃に転じた。それが、トレヴィの広場で起こった襲撃事件だったんだ。

それと、キーンにはフェルナンドという、ソレイユ・ボウルビルの工事なんかを担当していた配管工の祖父がいて、幼い頃から彼を厳しく指導していたようだ。

それはともかく、実際のトレヴィ広場では、その夜、『二十七頭の象』と名乗る芸術家集団によるアートパフォーマンスの準備が行われていた。

全部で二十七人となる芸術家集団の構成メンバー曰《いわ》く、彼らが行おうとしていたアートは当時、世間を騒がせていた十字路連続変死事件と、『二十七頭の象』という現場の落書きにインスピレーションを受け、実際に二十七頭の象をローマの中心に出現させた時、市民の心にどんな感情が生まれ、町でどんなハプニングが生じるか、ということを観察する現代アートだ——という お騒がせな企画だった。

ちなみに象を出現させる、といったのは、実際の象を借りてくるんじゃない。ただのバルーンの象だ。そこが彼らなりのアートな拘《こだわ》りだったらしい。

しかもメンバーの一人がアートに造詣《ぞうけい》の深いローマ市長の娘だったことも手伝って、ゲリラ的な告知ポスターの展開、トレヴィ広場の貸切などがスムーズに実現したらしい。

けど、皮肉にも彼らの『アート』に刺激され、キーンという若者が暴走してしまった。

キーンが入手したのが偶々《たまたま》、粗悪な改造銃だったから、被害は軽微で済んだけど、このままイベントを続けると、保安上の問題が大きい。そう判断したカラビニエリと、娘らの不祥事を隠したいローマ市長の思惑が一致して、キーンの起こした事件は明るみに出なかった。けど、事件の断片を知る者達の間で、『二十七頭の象事件』という言葉だけが一人歩きするようになったんだ」

フィオナは話し終わると、ファイルをパタンと閉じた。

「さて、何か質問はあるかな？」

「はい。どうして象は二十七頭だったんですか？」

平賀が挙手して訊《たず》ねた。

「きっと二十七が悪魔ロノヴェの数字だったからだ。違うかい？」

ロベルトが横から言った。

フィオナは目を見開いた。

「わお。ロベルト神父は悪魔に詳しいんだね。そうさ。ロノヴェはソロモン王が使役した悪魔の二十七番目にあたる、悪魔軍団の長なんだ。そして、何故、最初にライモンドのマネージャが呼び出した悪魔がロノヴェだったのかというと、それが芸能に関係する悪魔だったからなんだ」

フィオナの言葉を受けて、ロベルトが話を継いだ。

「そういえば、二十七クラブ伝説というのが昔、流行《はや》ったね。一九九〇年代頃の他愛ない噂話なんだけど。知ってるかい？」

ロベルトは皆を見回して言った。フィオナと平賀が首を横に振る。

「じゃあ、手短に話そう。

悪魔ロノヴェは心理操作に長《た》けていて、言語表現力や魅力を司《つかさど》る悪魔といわれる。

そこから、『ロノヴェと契約した人間は、その魂と引き替えに、身振りや発声によって聴衆を惹《ひ》き付けるような力』、つまり『カリスマになる力』を得られると信じられたんだ。

芸能人やミュージシャンに好まれたのは、そのせいだろう。

そしてロノヴェと契約した人間は、彼の数字である二十七に因《ちな》んで、二十七歳で死ぬといわれた。それが、二十七クラブ伝説なんだ。

まるで悪魔と契約したかのような大成功を手に入れ、二十七歳でこの世を去る。そんなドラマチックな人生を歩んだ有名ミュージシャンは、結構いるんだね。

まずはブルースギタリストのロバート・ジョンソン、ギターの革命児ジミ・ヘンドリクス、ローリング・ストーンズの初期メンバーで天才と呼ばれたブライアン・ジョーンズ、ブルースの歌姫ジャニス・ジョプリン、ロック界の詩人ジム・モリソン、九〇年代にグランジブームを巻き起こしたカート・コバーンなどなど……。

彼らには確かに時代を代表するカリスマと呼ばれ、人々から愛され、二十七歳で死んだという共通点がある」

「本当に興味深いよね」

と、フィオナが呟いた。

「あと、ゴシップ大好きな俺の意見なんですけど、カリスマと呼ばれたミュージシャンに共通するファクターとしては、幼少期の劣悪な環境、暴力、貧困、虐待、捨てられ体験なんかがあるんですよねえ。あれは何なんでしょう」

ルキーノが不思議そうに言った。

「シンプルに考えれば、彼らは幼少期のトラウマや傷を埋めようとして、アルコールやドラッグに依存し、それが原因で亡くなるケースが多いとは言えるんじゃないかな。

また、そうした傷を抱えているからこそ、若者に特有のナイーブな感性や、未来に対する漠然とした不安感に響き合うような、特殊な感性や表現力を持っているのかも知れないね」

ロベルトが私見を言った。

「シドニー大学の教授によると、有名ミュージシャンは平均で二十五歳早く死ぬという統計があるそうですね。

二十七歳に死のピークがあるかどうかは知りませんが、三十歳手前で体力の低下やホルモンバランスの変化が起こり始めるという研究結果はあります」

平賀が述べた。

「あとはそう、社会からの見る目の変化も関係しているのかもね。『もう若くないんだぞ』といった周囲からのプレッシャーがかかってくる年代でもあるし。

泣いても笑っても、先には老いの坂が待っている……そんな風に思い詰めた時、二十七歳のまま、若く美しいままで死にたいという願望が芽生えるのかも知れないね。

ライモンド・アンジェロがオーバードーズで死去したのは、彼が二十八歳になるわずか半月前の出来事だったんだ。ライモンドはきっと二十七のまま死んで、二十七クラブに入って、伝説になりたかったんだね」

フィオナが呟《つぶや》く。

「あと、今の話に出て来た十字路なんですけどね、ミュージシャン関係でクロスロード伝説っていうのもあるんですよ。

二十七クラブ伝説にも名前が出て来たロバート・ジョンソンは、子供時代、ミシシッピの農園で働いていた時、ギターを持って十字路に行けば、悪魔に魂を売り渡す引き換えにテクニックを身につけられる、と教えられたとか。

まあ、その話は有名なんですが、悪魔と契約してギターのテクニックを手に入れたというお話は、ロバート・ジョンソンの一世代前のギタリスト、トミー・ジョンソンもそうだったと囁《ささや》かれてるんですね。

それに、伝説に登場する楽器はギターだけじゃないんです。ヴァイオリニストのニコロ・パガニーニも、悪魔と契約してヴァイオリンの超絶技巧を手に入れたといわれてるんですよね。実際、彼は死後、教会での埋葬を拒否されて、遺体は各地を転々としなければならなかったといいますよ。

ちなみにロバート・ジョンソンが契約を結んだ悪魔は、ロノヴェじゃないんです。レグバっていう大男らしいんです。そこも不思議ですよねえ」

そう言ったのはルキーノだ。

「レグバというと確か、ヴードゥの神だよ。精霊と人間との取り次ぎをしてくれる精霊の名だ。境界の番人という特性から、十字路に住むといわれる。恐らくそこから十字路伝説は始まったんだろう。

レグバは特別な存在で、『杖《つえ》をついた老人』の姿で表わされ、聖ペテロ、聖アントニウス、聖ラザロ、時にはキリストにも置き換えられるんだ。

レグバの別名はエレグアといい……と、こんな話はどうでもいいか。

ともあれ、十字路伝説の出所はハイチらしいね。それがアメリカで流行したんだ」

ロベルトはそう話しながら、自分の言葉に苦笑した。

「十字路伝説に、二十七クラブ伝説、そして悪魔ロノヴェ。そこに見世物屋といわれる人達が絡んで、二十七頭の象という事件が起こってしまったんですね」

平賀の言葉に、フィオナは「そうそう」と頷《うなず》いた。

「最初のロノヴェは、単に長い尻尾《しっぽ》がある悪魔で、十字路に紋章を描くと、呼び出せる存在だった。それが、僅《わず》かな時間にどんどん進化していったんだ」

ええ、そうですよ、とルキーノが話に割り込んだ。

「俺にとっちゃ、インターネットが普及したこの世界は天国ですけどね、けど流言やデマも素早く人口に膾炙《かいしゃ》して、どんどん拡散していっちゃう。大変な世の中になったもんですねえ。

昔の噂話なら、口コミでゆるやかに広がりました。ネットが誕生しても、最初の頃は、みんながホームページを持っていたわけじゃなかったし、持っていても、サイト更新なんかに手間がかかってました。手間をかけて時間がかかると、人は冷静になって誤報をチェックしたりします。

でも、ブログが登場して、更新は楽になり、さらにツイッターは、じっくり考えることなく、ツイートしちゃいます。インターネットは、世界に開かれた場なのに、やってる本人にとっては、とても個人的な場に感じるっていう罠《わな》もありますね。だから、まるで知らない人とでも、親しい友達とおしゃべりしているように感じて、相手の言うことを鵜呑《うの》みにしやすいんです。そしてツイートし、リツイートし、またまたリツイートが繰り返される。そして誤った情報でもみるみる拡散していく。そしてそれが人を、社会を動かしてしまう。俺にとっては、それを観察することが面白くて仕方がないんですよ。

あと面白さで言えば、少年少女の間を情報が巡るスピードは、大人以上に速いって点がありますね。子供ってのは情報の共有も拡散も、驚くほど速いんです」

「そう言えばさ、ボクが適当に作った『悪魔ロノヴェを退散させる方法』っていうのは、たった三日でローマ中に広まったんだっけ」

フィオナが言った。

「ロノヴェ退散の方法といいますと、もしかして、『鶏の足とセージを一緒に袋に入れて持ち歩く』っていう、あれですか？　あれ、貴女《あなた》が広めたんですか？」

ルキーノが驚いてフィオナを見た。

「うん。あれはボクが付け焼き刃に作った創作だよ」

フィオナがあっさりと答える。

「いやあ、そいつは凄《すご》いもんですね。今や老舗《しにせ》のオカルトブログや魔術本にも堂々と掲載されてますよ、それ」

ルキーノは楽しそうに、ひひひ、と笑った。

「ああ……そう言えば一つ、話し忘れていたことがあった」

フィオナが真顔になって、皆を見回した。

「ええと、ライモンド・アンジェロがカンヌの授賞式の最中に、トイレでゴブリンを見たという一件があったでしょう？

ボクは彼のマネージャ、ロン・ジャガーを逮捕した時に聞いたんだけど、ライモンドは死ぬ何年も前から、というか十九歳の頃からその幻覚を見ていたらしいんだ。

それでボクは気になって、十九歳の頃のライモンドをよく知るバーの店主に話を聞きに行ったんだ。

するとね、ライモンドが出演していたライブハウスのあるビルに、ゴブリンって陰口を言われてた清掃員が昔、いたらしいのね。本名はフリオとか言ったかな。彼の大好きだった女の子がライモンドの大ファンで、ライモンドをかなり憎んでいたらしい。

それでよくライモンドに呪いのようなことを言って、ライモンド自身が不気味に思っていたらしいんだ。きっとゴブリンの原型は彼だと思う。

あとはね、ロン・ジャガーっていうのは彼自身がヤク中で、ほんととんでもないマネージャだったんだけど、二十七歳頃のライモンドはもう本人も麻薬から抜け出せなくて、まともなマネージャをクビにしちゃったらしいね。それであいう、おかしなのが側にいる羽目になったらしいんだ。

そうそう、あとは見世物屋のロドヴィーゴが、何故ロノヴェの姿を象のようなイメージで作ったかなんだけど、それはロドヴィーゴとフィリッポがフーモのバーで盛り上がった夜、たまたま目の前に象のポスターがあったからだ、とロドヴィーゴが言ったんだ。

それでボク、バーにそんなポスターがあったか探しにいったんだけど、分かったことがある。ロドヴィーゴが丁度座っていた席の前に、顔中に針を刺した男のポスター『ヘル・レイザー』と、ジャン・コクトー原作の『恐るべき子供たち』が並んで貼られていたんだよ。それで酔った彼の頭の中で『HELL』の『ELL』と、『子供』を意味する『ENFANTS』が適当に混じり合って『ELEFANTS』になったんだろうね。ボクはそう思ったよ」

フィオナはそこまで話すと、ふうっと大きな溜息《ためいき》を吐いた。

「フィオナさんに質問です」

と、平賀が挙手して言った。

「結局、宇宙戦争の話はどうなったんです？　戦争はキーン・ベニーニ氏の妄想だったというお話のようでしたが」

「あ、そうだったね。話を戻さないと。

七年前の事件は、元々あった十字路伝説に、二十七クラブ伝説と悪魔ロノヴェの噂、それと見世物屋といわれる人達が絡んで、起こってしまったんだったよね。

では、今はどうかな？　キリスト教と、それと切り離せない終末論。奇跡認定されたファティマの聖母と、それと切り離せない第三の預言伝説。そしてピナコテカに出現する聖母の噂……。これって、七年前と似ていないかな。

恐らくこの先、七年前と同じようなことが起こる。

刺激に対する反応が連鎖的に起こっていき、人々の中に燻《くすぶ》っていた潜在的な不満や不安に形が与えられ、不安感や危機感は増殖して、様々な形で噴出するだろう。

それらを利用しようとする者、騙《だま》される者、夢現《ゆめうつつ》のうちに幻覚を見る者も現われる。殉教者だって出るだろう。愉快犯や便乗犯も登場する。ふと魔が差す者だって……。

今のサン・ピエトロ広場の熱狂が世界規模で広まった時、どれほどの事が起こるだろう。

まさしくそれは『宇宙戦争』だ。

『宇宙戦争』は元々、H・G・ウェルズが火星人襲来について書いたSF小説さ。それがオーソン・ウェルズがプロデュースするラジオドラマの中で、実際のニュースのような形式で放送された。その演出が非常に上手《うま》かったので、多くの市民が現実の出来事と勘違いし、パニックになったという事件のことだよ」

「ああ、そっちの意味ですか」

平賀が納得したように手を打った。

「要はオーソン・ウェルズが作った、一種のフェイクニュースだね」

ロベルトが頷く。

「そう」と、フィオナも頷いた。

「フェイクニュースが厄介なのは、たとえニュース自体はフェイクでも、そこから生まれる感情や人々の行動はリアルだってことなんだ。根拠のない感情、しかもマイナスの感情に突き動かされ、理性が失われてしまう。

感情って伝染するんだ。中でもネガティブな感情が、最も感染《うつ》りやすい。そのメカニズムには、進化が関係してると言われているよ。

生物は古来、環境の激変下において、環境順応性を飛躍的に高めることで生き残ってきた。

それは人間も同じだ。危機的状況に置かれると、新しい環境に適応しようとする力が大きくなり、新たな環境からの影響を積極的に取り込もうとするんだ。

社会的動物である人間の場合は、他人の感情に敏感になり、その影響を受けやすくなる。そして他人から伝染した感情を自分のものだと思い込んでしまう。

人は、今まさにその人が体験している感情を、他人からの影響だとは認めたがらない。感情の変化というのは、多くの場合、無意識下で起こるからね。人はそれを自分の内部から湧き起こったものだと、勘違いしてしまうんだ。

心に湧き上がる感情は自然なもので、個人的なもの。その人の性格や考え方、生い立ちなどからもたらされる唯一無二の体験だなんて、人は思いたがるけれど、実は他人の感情に影響されている場合が多いんだ。その危険を過小評価し過ぎている。自分の感情が外からやって来たものだなんて、余り考えたくないからね。

ことに曝《さら》される感情が強いほど、その感染力も大きくなる。

七年前の事件でも、最初のいくつかの事件が大きな影響力を持っていったのは、その背後に彼らの英雄だったライモンドという人物がいたせいで、強い感情の共有や感染が起こってしまったせいなんだ」

恐怖や器質的変調等が原因で、普段より心理的視野が狭まった時でさえ
いやそんな時こそ尚更《なおさら》、
僅《わず》かな情報をかきあつめ、人は必死で物語を紡ぎ出す
丁度キーン・ベニーニのように
それも人の自然な心の働きなんだ
ボクはこの仕事をしていて、時々、ほんとうに分からなくなる
キーンのような人たちと、「まとも」な人たち
どっちが普通なんだろうかと

狂気が広義の悪性な精神変調状態を総称する概念だと規定されたのは、一体何時からだろう
古き時代。今、「狂人」と一括《くく》りに呼ばれる人びとの世俗を超えた言動は、治療すべき疾患としてではなく、神のお告げや先祖の霊からの通信といった超自然的事実として、普通の人間には得がたい恩恵をもたらしてくれる神聖な現象として、共同体に受け入れられてきた
なのに一体、狂気はいつから、排除すべきものになったのか
そして、本当に排除すべきものなのか？
ボクは、日々、そのことを自問する

「一寸《ちょっと》いいですか？　フェイクニュースといえば、俺の出番ですよ」

と、ルキーノがフィオナの話に入って来た。

「皆さんはブラッディ・マリーや、暗い日曜日伝説、目の黒い男の子や、ゴム人間の話は知ってますか？」

「ブラッディ・マリーというのは、真夜中に鏡の前に立って名前を呼ぶと姿を現わすという、女の幽霊だったね。暗い日曜日というのは、自殺ソングとして有名な都市伝説だ」

ロベルトが答えた。

「ええ、そうです。これらは全て都市伝説です。

ちなみにゴム人間というのは、長身で、体が細く、両手が自由に伸びる、顔がのっぺらぼうの怪人なんです」

「それは興味深いですね。どの様な生命活動をしているのかとても気になります」

ルキーノの言葉に、平賀の目がキラリと輝いた。

ルキーノは「そうでしょう？」と答え、嬉《うれ》しそうに平賀を見た。

「いやあ、平賀神父とは俺、いい友達になれそうです。

ゴム人間はアメリカで噂になり、これを信じた少女二人が『ゴム人間の僕《しもべ》になりたい』という理由から、クラスメートを殺害未遂するという事件を起こしたんですよ。

都市伝説というのは、本当に面白いです。

何故それが生まれるかについては、諸説あります。

よく言われるのが、人は無意識のうちに不気味なもの、得体の知れないものへの恐れと興味を同時に抱えている、という説ですね。

けれど一人で抱えているには気味が悪い。だからそれを形にして表現し、さらには攻撃することで、自分の気持ちを落ち着かせるんです。更にその体験を他人と共有し、コミュニケーションを取ることができれば、さらに安心するんです。

いいですか。恐怖の対象を生み出し、それを攻撃して満足を得、さらに他人と共有することで仲間意識を強める。これって、ホラー映画の流行と同じシステムです。

それから一般論ですが、都市伝説なるものは、最初は単純なパターンだけが人々に広がっていくんです。それから次に、あいまいな部分を補う情報が、自然に付加されていくんです。時間が経つにつれ、悪魔ロノヴェの情報が詳しくなっていったようにね。そして細部が詳しくなることで、噂はますます説得力を持っていく。そして、伝達速度も上がっていくんです。

メールやツイッター、各種SNS、携帯電話などの普及によって、現代の情報の伝達速度は極めて速くなっています。従って、都市伝説が形づくられるスピードも、大変速くなっているんですね。

かといって、全ての人間に同じ情報が一元的に流れていく訳でもありませんから、伝説には必ず諸説が生まれます。

こうして流布される伝説の中には当然、自然に広がる噂もあれば、意図して作られるデマもあります。伝説の流布の最中に、実際に人が死ぬなどのイベントがあれば、ますますその伝説の感染力とスピードがあがります。何故なら、人は不安が高い時ほど、流言やデマに左右されるからなんです。

その理由は先程マデルナ捜査員が言ったように、人類の進化と関係しているのでしょうね。

人は誰だって、何時だって、情報を欲しがる生き物です。それが自分を取り巻く環境が変化を見せている不安な時なら尚更だ。そして自分が知った新しい情報を早く他人に伝えたいと思う。所謂《いわゆる》お喋《しゃべ》り欲求です。

しかも人間ってのは、自分の心の状態に合った情報を好んで集める習性があるんです。今のようにイタリア中が殺伐として不景気な時は、自分の心の不安と現実とを一致させようとする心の力が働いて、ますますホラーが流行《はや》る訳ですねえ」

ルキーノの言葉に、フィオナは大きく頷《うなず》いた。

「人間は不思議さ。多くの動物の中で人間だけが、事実よりも自分の心に映ったものを優先する。だから事実ではない嘘に踊らされ、幻覚の類《たぐい》をみる。それこそが、人間らしさなんだろうと僕は思うんだ。

そうして危機的状況であるほど、フィクションとそうでないものの区別が曖昧《あいまい》になる。かくして都市伝説は増殖し、実体を持ち、人の心を支配してしまうんだ。

けど、根拠のないマイナスの感情に動かされるのはバッドトリップと同じ。とても危険なことなんだ」

フィオナの言葉に、ロベルトと平賀は顔を見合わせた。

「貴方《あなた》がたは、午前二時の聖母がフェイクニュースだといってるんですね？　だが、それが拡散し、人の心の中で真実になることは食い止められないと？」

ロベルトがフィオナの目を見て慎重に訊《たず》ねた。

「そういうことさ。都市伝説はそれ自体が増殖するし、カソリックは世界中にいる。それに、ファティマ第三の預言と終末論という魅力的なテーマが絡んでいる。

午前二時の聖母はフェイクニュースだ。だけど、だからこそ、止められない。

そして、その攻撃の矛先はバチカンに向けられる。ローレンはそれを案じたからこそ、ボクとルキーノをここへ寄越《よこ》したんだ」

フィオナは真っ直ぐな目で、平賀とロベルトを見た。

エピローグ　新しい灯火(nuove luci)

1

「つまりこの聖母の騒動も、二十七頭の象と同じ現象だというんだね？」

　ロベルトはフィオナに念押しをした。

「うん。午前二時の聖母なんて、『見世物屋』がビジネスの為に流布したフェイクだよ」

　フィオナが頷く。

「では私達はどうすればいいのです？　まさか、デマを流した相手を吊《つ》るしあげる訳にはいきませんよ」

　平賀が心配げな顔で言った。

「そんな必要はないよ。まだ人が死んだ訳でもないし、何とでもなる。そうだよね、ルキーノ」

　フィオナはルキーノに目配せをした。

「ええ、そうですとも。このビデオを流布した『見世物屋』を探し出し、あれは自分達の創作だったと、メイキング映像でも流させれば済む筈《はず》です。

ただし、それにはお金が必要ですよ。彼らもビジネスですからね。だからこそ、彼らが稼げる予定以上の金額を支払うというなら、秘密を暴露する筈です。まさに蛇の道は蛇ですよ」

そう言うと、ルキーノは、ヒッヒッヒ、と笑った。

「お金で解決ですか……」

平賀が呟《つぶや》いた。

「平和的でいいじゃないか。

ただ、バチカンがそうしたものに対し、金銭を支払うかどうかが問題だ。君達が僕らを納得させたように、今度は僕らが法王庁を納得させなければならないだろう。

仮にそれが出来たとしても、恐らく煩雑な手続きが必要だろう……」

ロベルトが顔を曇らせる。

「やっぱりそうか」

フィオナは小さく溜息《ためいき》を吐き、ルキーノに目配せした。

「いやあ、実はですね、マスター……いえ、ローレンはそこの所もお見通しです。さっきのは一寸《ちょっと》した俺の冗談でして、『見世物屋』のネタを買い取るって話は、既に相手とつけてあります。ローレンの命令でね。

さあて、そろそろ奴らが編集し終えたメイキングビデオが届く時間です。どれ、確認してみましょう」

ルキーノは腕時計を確認した後、パソコンをネットに接続した。

マウスを操作し、ファイルをダウンロードする。

「おお。来てます、来てます」

そうして平賀達四人はパソコンを囲み、到着した動画を再生して見た。

覆面姿の五人の男がパソコンに向かって3Dソフトを操る姿と、画面の中で仕上がっていくメイキングの様子が映されている。

「あれ？　こいつ、ロドヴィーゴじゃない？」

フィオナが一人の男を指差して言った。

ルキーノはダウンロードした動画をDVDに焼き、平賀とロベルトの前に置いた。

「はい、どうぞ。テレビやニュースで流させるといいですよ。マスターからのプレゼントです」

ルキーノが言った。フィオナも大きく頷いた。

「ああ、良かったです」

平賀は胸に手を置き、ほっと息を吐いた。

そして、ルキーノとフィオナをまじまじと見た。

「もしかして……お二人は今もローレンと、連絡を取り合っているんですか？」

平賀の問いに、二人は顔を見合わせた。

「まさか。ボクの方から連絡なんて取れないよ。マスターから一方通行で来るメールで、今回、ボクらがこうして動いただけさ」

フィオナは至極当然のように答えた。

「ローレンの方に俺の動きは筒抜けでも、その逆はサッパリですよ」

ルキーノが肩を竦《すく》める。

「そうですか……」

平賀は、がっかりと肩を落とした。

「マデルナ捜査員。貴女はローレンのことをよくご存じらしい。それなら何故、彼がバチカンから姿をくらましたのか、何か思い当たる節はないだろうか？」

ロベルトが真摯《しんし》に訊ねた言葉に、フィオナは「うーん」と唸《うな》って小首を傾げた。

「その必要があるからじゃないかな。マスターは、無意味なことはしないんだ」

「必要？」

「うん。二十七頭の象の事件の後、マスターは刑務所の特殊房に入ったのだけど、それにも何かの理由があるみたい」

フィオナが言った。その時、ルキーノがウキウキした様子で身を乗り出した。

「俺、それには少々、心当たりがありますよ」

「君が？　何故だい？」

フィオナは怪訝《けげん》そうに瞳《ひとみ》を瞬いた。

「あの事件の後、俺は暫《しばら》くマスターに使われて、仕事をしてたんですよ。いや、いつもと同じネットの覗《のぞ》き屋をしてただけなんですけど、びっくりするぐらい稼がせてもらいました。いやぁ、ネットの覗きがあんなビジネスになるなんて、衝撃を受けましたよ。

で、丁度マスターが刑務所に入る頃、マスターの秘書って人と話す機会があったんですよ。俺、マスターのことを探るチャンスだと思って、そりゃあもう食事に誘って、酒奢《おご》って、どうでもいい話で盛り上がって、こう、なんとかマスターのことを少しだけ聞けたんです。

その人が言うにはですね、マスターに何やら妙な仕事依頼があったっていうんです。聞けたのはそれだけでしたけどね」

「妙な仕事依頼とは？」

ロベルトが訊ねると、ルキーノは肩を竦めて、にやりと笑った。

「でしょう？　気になるでしょう？　俺はもう、そのことが気になって気になって、そのまま残されていたマスターのプライベートオフィスを漁《あさ》ってみたんです」

フィオナはそれを聞くと、眉《まゆ》を顰《ひそ》めてルキーノを見た。

「ルキーノ、君、マスターのことまで嗅《か》ぎ回ったの？　呆《あき》れた……。でもきっと君がしたことなんて、お見通しだろうけどね」

「まぁ、確かにそうだと思いますが、許して下さいよ。性癖なんですよ。

そしたらですね、処理済みのシュレッダーの底にへばりつくように残っていた、図面の一部みたいなものを見つけたんです。恐らくですけど、あれは電子回路の設計図の一部ですよ。電気の回路記号ぐらいは俺でも分かりますから。で、どうやらその妙な依頼とやらの後、暫くして突然、マスターが、『私は刑務所に避難する』って、その秘書に言ったみたいですね」

「電子回路……ですか」

平賀とロベルトは、厭《いや》な予感を覚えた。

その単語から連想されるのは、世界システムのことだった。

そういえばローレンはあの事件の直後、バチカンからも突然、いなくなったのだ。

ローレンの失踪《しっそう》の裏には、どうやらとんでもない事実が隠されていそうだ。

ロベルトの心中は穏やかではなかった。

あくまで想像にしか過ぎないが、もしかすると、世界システムに纏《まつ》わる一件で、ローレンはガルドウネから追われていたのではないだろうか。そうして刑務所に避難した。

そして刑務所の特殊房も安全ではなくなり、次にバチカンに身を隠した。

もしそうなら……。

バチカンから彼が脱獄した理由も、安全だった筈のバチカンが、既に秘密を隠し通せる場所ではなくなったせいかも知れない。

だとすれば、やはりローレンは必ず捜し出すべき対象だ。

それも、平賀と自分の手によって……。

2

恋する者は、狂った者同様、頭が煮えたぎり、
冷静な理性には理解しがたいありもしないものを想像する。
狂人、恋人、そして詩人は、皆、想像力の塊だ。
広大な地獄に収まりきらぬほどの悪魔を見る。
それが狂人だ。恋する者も同じように狂っていて、
色黒のジプシー女の顔に絶世の美女ヘレネの美しさを見る。
詩人の目は、恍惚《こうこつ》たる霊感を得て、
天から地へ、地から天へと眺め回し、
想像力が、見たこともないものを思いつくと、詩人の筆がそれに形を与え、
空気のような実体のないものに個々の場所と名前を与える。
強い想像力にはそんな不思議な力がある。
喜びを感じたいと思うと、たちどころにその喜びをもたらすものが浮かぶのだ、心に。
あるいは夜、何か恐ろしいものを想像すると、一気に、茂みが熊に思えて、陥ってしまう、疑心暗鬼に。

シェイクスピア『真夏の夜の夢』より

＊　＊　＊

日曜日。

ロベルトと平賀はどちらからとなく誘い合い、フーモに足を運んでいた。

フーモの町はローマのアウレリアヌス城壁の外側にある。

電車を降りると、駅前に建つ朽ち果てかけた雑居ビルが目に入る。

今日も帽子を目深に被《かぶ》った少年達が点々と、非常階段に蹲《うずくま》っていた。

その近くの路上に布を広げ、怪しげな品を並べて売る者もいた。

鉄路を囲う長い鋼板には、髑髏《どくろ》の怪人ゴーストライダーや百目の巨人アルゴス、巨大蜘《く》蛛《も》シェロブといった不気味なキャラクターたちが、妙にリアルなタッチで描かれている。

その中に、棺桶《かんおけ》から出て来る一人の男が描かれていた。

茨《いばら》の冠を被り、額に滴る血。バターブロンドの長い髪、物憂げな表情。

イエス・キリストのようだが、何故かロックギターを持っている。

「あれが、彼なのですね」

平賀はウォール・ペイントを見上げながら言った。

「そうだね。駅の裏の方には、フィオナの行った店があるはずだよ」

平賀とロベルトは、駅裏の路地を迷いながら歩き、三階建ての雑居ビルを発見した。

フィオナの言った通り、二階に魔法使いの家がある。

二人が中へと入って行くと、紫色のローブを纏《まと》った女が足早にやって来た。

「まあ、どうしたんですか、神父様方。貴方《あなた》みたいな方達が、こんな店に来ては駄目でしょう?」

女性は不審げな顔をして、平賀とロベルトを見た。

「いいえ、そんなことはないですよ。神父だって、神秘に惹《ひ》かれるんです」

ロベルトが微笑んでいる間に、平賀はカウンターの近くにあるライモンドらしき絵を、しげしげと見ていた。

「この絵が七つ、この街にはあるんですよね?」

平賀が振り返って問う。女は微笑んだ。

「あら、そんな昔の話をよくご存じね。でもね、ずっと誰もが七つ目の絵を探していたのに、見つけた人間はいないんですよ」

「そうなんですか?」

平賀は目を瞬いた。

「ええ、そうなの。私も気になって探したんですよ。でも、何年探しても見つけられなかったわ。こんな小さな街なのに、それっておかしいでしょう?」

「まあ、確かに……。妙ですね」

ロベルトが頷《うなず》く。

「ですからね、私、思うんです。本当は七つ目の絵なんて、無かったんですよ。でもね、もし七つ目があるとしたら、このビルの前の道を、左にずっと行って、三つ目の交差点を曲がってみたら、それらしきものはあるかもしれませんよ」

女の不可思議な言葉に、平賀とロベルトは顔を見合わせた。

そうして、彼女が言った通りに歩いていくと、徐々にギターの音と、甘い歌声が聞こえてきた。

その向こうには、道端に座り込んで音楽を聞く若者たちが群れていた。

彼らの中心で、バターブロンドの髪をした青年が歌っている。

「あれって、もしかしてライモンドですか？」

平賀が言った言葉に、ロベルトは、「まさか」と答えた。

二人はしばし音楽を聞いた。

教会の厳粛な音楽とはまるで違う。

心を掻《か》きむしるような切ない声だが、甘く優しい。

彼が歌い終わると、人々は拍手をし、そして去って行った。

一人、残った青年は、ギターケースに投げ入れられた金を集めている。

「どうも、こんにちは。貴方は誰ですか？」

平賀が訊《たず》ねた。

その青年は振り向いて、少し驚いた顔をしたが、やがて頰を緩めた。

「これは神父様方、ぼくなんかの歌を聞いてくれていたんですか?」

「そんな言い方、するもんじゃない。とてもいい歌だと思ったよ」

　ロベルトは率直に答えた。

「貴方は、ライモンド・アンジェロと何か関係があるんですか?」

　平賀の言葉に、青年は、はにかんで頭を掻いた。

「いいえ、僕は、ただのライモンドのファンですよ。昔、母が集めていた彼の音楽を聞きました。それがとても素敵だったんです。それからずっと、彼のようになりたくて、詩を書いたり、曲をつくったりして、時々、ここで路上ライブをしているんです」

　青年は金を集め終えると、ギターをケースに入れ、会釈して去っていく。

「彼は、いい伝説になるのでしょうか?」

　平賀は、青年の背を見つめながら呟《つぶや》いた。

「どうだろうね。僕はそう願うけれども……」

　ロベルトは答え、二人はまた、祈るような気持ちで顔を見合わせた。

本書は文庫書き下ろしです。

バチカン奇跡調査官《きせきちょうさかん》　二《に》十《じゅう》七頭《ななとう》の象《ぞう》

藤木《ふじき》　稟《りん》

角川ホラー文庫　Hふ4-16　20443

平成29年7月25日　初版発行

発行者———郡司 聡
発　行———株式会社KADOKAWA
〒102-8177　東京都千代田区富士見2-13-3
電話 0570-002-301(ナビダイヤル)
印刷所———旭印刷　製本所———本間製本
装幀者———田島照久

KADOKAWA　カスタマーサポート
[電話] 0570-002-301 (土日祝日を除く10時〜17時)
[WEB] http://www.kadokawa.co.jp/ (「お問い合わせ」へお進みください)
※製造不良品につきましては上記窓口にて承ります。
※記述・収録内容を超えるご質問にはお答えできない場合があります。
※サポートは日本国内に限らせていただきます。

ISBN978-4-04-104988-4 C0193

角川文庫発刊に際して

角川源義

第二次世界大戦の敗北は、軍事力の敗北であった以上に、私たちの若い文化力の敗退であった。私たちの文化が戦争に対して如何に無力であり、単なるあだ花に過ぎなかったかを、私たちは身を以て体験し痛感した。西洋近代文化の摂取にとって、明治以後八十年の歳月は決して短かすぎたとは言えない。にもかかわらず、近代文化の伝統を確立し、自由な批判と柔軟な良識に富む文化層として自らを形成することに私たちは失敗して来た。そしてこれは、各層への文化の普及滲透を任務とする出版人の責任でもあった。

一九四五年以来、私たちは再び振出しに戻り、第一歩から踏み出すことを余儀なくされた。これは大きな不幸ではあるが、反面、これまでの混沌・未熟・歪曲の中にあった我が国の文化に秩序と確たる基礎を齎らすためには絶好の機会でもある。角川書店は、このような祖国の文化的危機にあたり、微力をも顧みず再建の礎石たるべき抱負と決意とをもって出発したが、ここに創立以来の念願を果すべく角川文庫を発刊する。これまで刊行されたあらゆる全集叢書文庫類の長所と短所とを検討し、古今東西の不朽の典籍を、良心的編集のもとに、廉価に、そして書架にふさわしい美本として、多くのひとびとに提供しようとする。しかし私たちは徒らに百科全書的な知識のジレッタントを作ることを目的とせず、あくまで祖国の文化に秩序と再建への道を示し、この文庫を角川書店の栄ある事業として、今後永久に継続発展せしめ、学芸と教養との殿堂として大成せんことを期したい。多くの読書子の愛情ある忠言と支持とによって、この希望と抱負とを完遂せしめられんことを願う。

一九四九年五月三日

バチカン奇跡調査官

天使と悪魔のゲーム

藤木 稟

ファン必読の１冊!!　彼らの過去が明らかに

奇跡調査官の初仕事を終えた平賀は、ある少年と面会することに。彼は知能指数測定不能の天才児だが、暇にあかせて独自に生物兵器を開発するなど危険行為を繰り返し、現在はバチカン情報局で軟禁状態にあるという。迷える少年の心を救うため、平賀のとった行動とは……（表題作）ほか、ロベルトの孤独な少年時代と平賀との出会いをえがいた「日だまりのある所」、ジュリアの秘密が明らかになる「ファンダンゴ」など計４編を収録！

角川ホラー文庫

ISBN 978-4-04-100629-0

バチカン奇跡調査官

独房の探偵

藤木 禀

人気キャラが魅せる屈指の短編集、第2弾!

悪魔のごとき頭脳を危険視され、わずか13歳にして特殊房に収監されている少年、ローレン・ディルーカ。ある日、彼のもとを国家治安警察の人間が訪れる。血も流れず、凶器もない密室殺人事件の謎を解くよう依頼されたローレンは、気まぐれに獄中から助言を授けるが……(表題作)。平賀とロベルトがあやしげなレシピの再現に奮闘する「魔女のスープ」、平賀の弟・良太の意外な人物との縁を描く「シンフォニア」など、計4編を収録。

角川ホラー文庫

ISBN 978-4-04-102937-4

バチカン奇跡調査官

ゾンビ殺人事件

藤木 稟

あの人物の意外な一面とは!? 短編集第3弾！

イタリアの森で、男女がゾンビに襲われるという衝撃的な事件が発生した。カラビニエリのアメデオ大尉は、天才少年にして凶悪犯罪者でもあるローレンを頼ることに。ローレンに心酔する心理捜査官のフィオナと共に捜査を開始するが、さらに大量のゾンビが発見され!?（表題作）FBI捜査官のビルが奇妙な誘拐事件に巻き込まれる「チャイナタウン・ラプソディ」、平賀とロベルトの休日の一幕を描く「絵画の描き方」など全4編！

角川ホラー文庫

ISBN 978-4-04-104987-7